SP

Die deutsche Bibliothek - CIP Einheitsaufnahme

Lang, Peter Thaddäus:

Tod in Albstadt.
Ein Kriminalroman von der Schwäbischen Alb.
– Albstadt: SP-Verlag, 2003

ISBN: 3-9807873-6-2

Lektorat: Bernd Seeger, Roger Orlik

Grafik: Markus Geil

Druck:
Druckerei & Verlag Steinmeier
Nördlingen

Peter Thaddäus Lang

Tod in Albstadt

Ein Kriminalroman von der Schwäbischen Alb

SP

Zur Erinnerung an Peter Binder
(Restaurator, Buchbinder und Künstler, 1956 - 2001)

Ein wunderbarer Sonntagmorgen im Mai, makellos blauer Himmel, herrliches Vogelgezwitscher - der richtige Tag für Ulrich Ströhlin, seines Zeichens Oberstudienrat am Gymnasium von Albstadt. Mit Wohlgefallen hört er neben sich im Bett das sanfte Schnurcheln seiner ansonsten fleißig an ihm herumnörgelnden Ehefrau, er steht geräuschlos auf und lässt sie sanft weiterschnurcheln, macht sich fertig für einen Tag, dem er glückselig entgegenfiebert, packt sein Pflanzenbestimmungsbuch und seine Botanisiertrommel ein und geht auf Pflanzensuche. Pflanzensuche! Das war noch so ziemlich das einzige Glück, das ihm geblieben war, das letzte Rückzugsgebiet gewissermaßen in einer Welt, die ansonsten nichts als Ärger und Enttäuschungen für ihn übrig hat. Pflanzensuche! Wie lange hatte er warten müssen, bis der letzte Schnee geschmolzen war, bis die Kräuter und Gräslein hier oben auf der Alb endlich wieder ihre jungen, frischen Triebe an der Erdoberfläche zeigten! Heute hat er sich vorgenommen, nach einer dieser seltenen Orchideen zu suchen, und zwar an einer Stelle, wo er sie vor mehreren Jahren schon einmal gesichtet hatte, weit draußen auf der Höhe, über eine Stunde Wegs entfernt von der im Tal gelegenen Stadt.

Kräftig schreitet er aus; hohl klingen seine Wanderschuhe in Albstadts menschenleeren Straßen. Sobald er die letzten Häuser hinter sich gelassen hat, wird ihm leicht und wohl, auch wenn ihn der Weg nun steil nach oben führt, auf die Albhochfläche mit ihren Wacholderbüschen, mit ihren bizarren Buchen, mit ihren hell schimmernden Kalkfelsen - das ist Natur! Das ist die Alb! Das ist sein Reich! Hier piesackt ihn kein schlecht gelaunter Schulleiter, hier nerven ihn keine widerborstigen Schüler! Gezielt lenkt er seine Schritte an die wohlbekannte Stelle auf der Albhochfläche, hoch über dem Städtchen, dessen Dächer er gelegentlich noch sehen könnte, wenn er sich umdrehen würde. Aber er ist froh, Albstadt hinter sich zu haben, es für einige Stunden vergessen zu können. Es ist noch prickelnd kalt so bald in der Frühe, kein Mensch begegnet ihm. Ab und zu bleibt er stehen, saugt die reine, vom Tau feuchte Luft tief ein, lauscht den Lerchen, die über den Äckern ihre jubelnden Lieder singen. Fühlt sich so ganz eins mit der Natur.

Nach einem Marsch von mehreren Kilometern biegt er vom viel begangenen Wanderweg ab, steuert eine leichte Senke abseits des Wanderwegs an, unweit des Waldrands. Hier irgendwo müsste es sein, hier, auf dieser Wiese. Und wirklich - schon von weitem sieht er sie im Gras, das ihm wohl vertraute, seltene Gewächs, die Orchidee! Rasch eilt er zu ihr hin, bückt sich liebevoll nieder, betrachtet sie eine Weile verzückt. Richtet sich dann wieder auf, schaut sich um. Ob es hier wohl noch mehr davon gibt? Langsam lässt er den Blick von Grasbüschel zu Grasbüschel wandern. Da - Richtung Waldrand bemerkt er ihn wieder, diesen charakteristischen Farbton, eilt darauf zu. Sein Herz schlägt höher: eine zweite ...! Und wie er näher kommt, so sieht er, unmittelbar am Waldrand, eine dritte! Rasch geht ihm der Atem ob eines solchen Glücks, er lässt die zweite Orchidee unbeachtet; auf die dritte geht er zu, nun in fiebriger Hochstimmung. Er will sein Glück versuchen - ob da nicht vielleicht noch eine vierte ...? Blickt nach rechts den Waldrand entlang, wo die Grasnarbe von niedrigem, locker stehendem Gebüsch abgelöst wird, und dann nach rechts. Kann aber keine weitere entdecken. Schaut dann genauer zwischen die Büsche, ein letzter, forschender Blick, bevor er wieder umkehrt. Da! Wer hätte auch das gedacht, sogar dort, ganz ungewöhnlich, weil so nah am Gebüsch! Und sogar zwei!

Vielleicht sind da noch mehr, fuhr es ihm durch den Kopf, weiter hinten? Wie in einem Rauschzustand schiebt er die Büsche auseinander, tritt unter die Bäume. Sorgfältig mustert er Tannennadeln und Heidelbeerkraut und Brombeergeranke. Nichts. Nichts. Der Pegel seines Rauschzustandes sinkt etwas ab. War ja wohl auch zu viel erwartet, denkt er, und will wieder zurück zwischen die Büsche, zu den beiden zuletzt entdeckten Orchideen, diese näher zu beäugen.

Aber noch zögert er: Auffallend viel dürres Reisig da auf einem großen Haufen. Und daneben diese kleine, merkwürdige Erhebung, von Tannennadeln bedeckt, kleiner als ein Maulwurfshaufen, aber steiler als eine Baumwurzel, länglich und schmal. Streift mit der Kante seiner Schuhsohle die Nadeln beiseite. Was die Leute nicht so alles im Wald wegwerfen, denkt er: ein Gummihandschuh. Stößt das Ding mit der Schuhkante leicht an, doch es steckt fest im Boden.

Fast reflexartig drückt er mit der Schuhkante etwas kräftiger dagegen, bückt sich und schaut hin: Gummihandschuh mit langem Arm-Ansatz, denkt er. Und diese schöne Fleischfarbe. Am Arm-Ansatz ragt ein Tannenzweig aus dem Erdreich; der sich ihm entgegen reckt - so, als solle er daran ziehen. Wie in kindlichem Spieltrieb fasst er nach den feuchten, kalten Nadeln, zieht mit kräftigem Ruck an dem dünnen Ast, der wider Erwarten nicht senkrecht fest im Boden steckt, sondern eher waagrecht und sich deshalb ganz leicht hochziehen lässt, wobei sich ein etwa meterlanges und gerade mal fingerdickes Stück Waldboden abhebt, und beim Anblick dessen, was er dort sieht, da wird ihm speiübel: kein Gummihandschuh liegt da im Waldboden vor ihm – sondern eine menschliche Hand. Und wie er an dem Zweig weiter zieht, wird ein Arm sichtbar, dann eine Schulter, eine weibliche Brust, dann der Blut verschmierte Ansatz eines Halses, umgeben von schwarz verkrusteten Hautfetzen, mit Tannennadeln verklebt. Dort, wo er einen Kopf erwartet hätte, krümeliger Waldhumus und schwärzliche, schleimige Fleischfetzen, nur durch fadendünne, klebrige Stränge mit dem Rumpf verbunden.

Schwindelgefühl. Panik. Er rennt weg. Nach drei, vier Schritten übergibt er sich, kotzt wild würgend ins Gelände.

- Kapitel 2 -

Bagdad, Anfang der Neunzigerjahre. Ein kleiner Raum in einem unauffälligen, niedrigen Betonbau abseits der Hauptstraßen.

Lagebesprechung der Sektion C des Ministeriums für Informationsbeschaffung, Unterabteilung II. Schleichend langsam dreht sich der Ventilator an der Decke des niedrigen, schmucklosen Raumes, dessen einzige Lichtquelle in einem kleinen Fenster besteht. Zigarettenqualm wabert im Halbdunkel. Eine Handvoll Offiziere lümmelt sich träge um einen Tisch. Zwischen ihnen eine Lücke – dort ein Stuhl mit Armstützen und hoher Lehne, der Platz des Vorsitzenden.

"Nun zur Lage in den USA. Oberst Saad Idriss, berichten sie!" Der so Angeredete, ein untersetzter Mittvierziger mit Halbglatze, wischt sich den Schweiß von der Stirn. "Ja, äh. Es ist nicht besser geworden seit unserer letzten Besprechung. Die Überwachung ist noch schärfer geworden. Aktionen sind praktisch unmöglich. Alles wird schon in der Vorbereitungsphase aufgedeckt. Erst letzte Woche haben wir wieder zwei Leute verloren - " – "Ein Skandal, das, ein Skandal!" Ein klein gewachsener, dünner Schnurrbartträger, im Rang niedriger als Oberst Idriss, schlägt erregt mit der flachen Hand auf den Tisch. "Das muss doch auch anders gehen! Denken wir doch an die Aktionen unseres Glaubensbruders Bin Laden! Oberst Idriss, langsam zweifle ich an ihren Fähigkeiten!" "Was kann ich dafür, dass diese amerikanischen Ungläubigen so reich sind und so mächtig", sucht sich Oberst Idriss zu verteidigen, "das ist Kismet. Allah will es so."

"Kismet, Kismet, wenn ich das schon höre", ereifert sich der Kleine, "damit kann sich jeder entschuldigen, der - "Was? Sie wagen es, einen der heiligsten Grundsätze unseres Glaubens in Frage zu stellen? Unerhört! Da sollte doch gleich..." – "Lassen wir das", tönt es unwirsch aus dem Sessel des Vorsitzenden. "Zu ihnen, Major Ibn Laud. Wie steht es in Europa?"

Ibn Laud, grauhaarig, Mitte fünfzig, lehnt sich zurück, drückt seine Zigarette aus und nimmt die Brille ab. "Ich möchte mich auf einen

Punkt konzentrieren", beginnt er langsam und leicht näselnd wie einer, der seiner Sache absolut sicher ist. "Wir haben Kenntnis von einem neuen Material, das von einer Firma in Süddeutschland hergestellt wird. Es handelt sich um extrem harte Mikro-Teile aus Stahl. Dazu von ungeahnter Elastizität. Einen Stoff mit solchen Eigenschaften suchen unsere Entwicklungsingenieure schon seit Jahren vergeblich herzustellen. Mit diesem Stoff werden wir nun endlich in der Lage sein, das Projekt ‚El Sakhr' in Angriff zu nehmen. Und mit ‚El Sakhr' werden wir den entscheidenden Schlag gegen die Ungläubigen führen können – Allah schicke sie in die unterste Hölle!"

"Werden sie konkret, Major!" – "Wie schon der Name sagt, handelt es sich bei ‚El Sakhr' um ein Mini-Flugobjekt in der Größe einer Wespe, das wir ferngesteuert mehrere Hundert Meter weit bewegen können. Für die äußerst vielfältigen Einsatzmöglichkeiten dieses Geräts nur ein einziges Beispiel, das sie alle mit Sicherheit überzeugen wird, meine Herren."

Wie die meisten Angehörigen seines Volks ist Major Ibn Laud ein geborener Schauspieler. So genießt er denn jetzt die atemlose Stille, die mittlerweile eingekehrt ist, so dass das träge Sirren des Ventilators wie unerträglich lautes Maschinengeräusch wirkt, und während die Augen der Offiziere gebannt an seinen Lippen hängen, nestelt er an der Brusttasche seines Uniformrocks, fingert dort mit bewusst langsamen Bewegungen nach einer Zigarettenschachtel, nimmt sich einen Glimmstängel, schiebt ihn zwischen seine Lippen und greift nach dem Feuerzeug.

"Washington, Weißes Haus", beginnt er, nimmt einen tiefen Zug und bläst den Rauch mit siegesgewissem Lächeln über den Tisch. Schon allein diese drei Wörter verursachen ein zustimmendes Raunen. "Ein schwüler Nachmittag", fährt er fort. "Der Präsident der Vereinigten Staaten schwitzt an seinem Schreibtisch im Oval Office. Die Fenster sind weit geöffnet. Die kleine Wespe bemerkt er nicht. Er bemerkt auch nicht, dass sie eine winzige Menge unseres hyper-letalen Spezial-Giftgases ausstößt und dann wieder verschwindet." Abermals hält Major Ibn Laud inne, abermals zieht er langsam und genüsslich an seiner Zigarette, bläst den Rauch hämisch grinsend über den Tisch. "Es wird ihm übel, dem Präsidenten. Er fällt vom Stuhl, wälzt sich auf dem Boden und röchelt noch ein bisschen. Dann ist er tot. Tot ist er. Bei Allah, mausetot." Das zustimmende Raunen schwillt an, wird zu beifälligem Gemurmel, aus dem sich begeisterte Zurufe herauslösen.

"Danke Major!" Die scharfe Stimme des Vorgesetzten lässt das allgemeine Stimmengewirr abebben. "Ihre Informationen über diesen Stoff, Major. Sind sie absolut zuverlässig?"

Major Ibn Laud zieht eine Sekunde lang die Mundwinkel beleidigt herunter. Er hatte seinen Auftritt sorgfältig vorbereitet und dabei war es nicht vorgesehen gewesen, dass ihm sein Vorgesetzter ins Wort fällt. Doch er hat seine Gefühle sofort wieder im Griff. "Ein Glaubensbruder von uns, dessen Frau in dieser Firma die Fußböden reinigt, hat seltsame Partikel in einem Putzlappen gefunden. Er hat sie einem Vetter gezeigt, dessen Schwager wiederum ein Onkel eines Freundes ist, der ..."

"Ist gut, Major. Fahren sie fort!" – Ibn Laud spürt erneut, wie das Gefühl des Beleidigtseins ihm durch Brust und Hals kriecht, doch diesmal versteht er es besser, sich zu beherrschen. "Das Verfahren der Härtung mikroskopisch kleiner Metallteile, das ist das Geheimnis", nimmt er den Faden wieder auf. "Die beiden Firmeninhaber hüten es sehr sorgfältig. Besonders der eine, der wichtigere, mit Namen Pawul El Rosch, ist ausgesprochen misstrauisch. Mit einem Überfall oder mit einem Einbruch wird man wohl nicht ..."

"Was schlagen sie also vor?" – "Wir müssen behutsam vorgehen.

Nichts darf überstürzt werden." An dieser Stelle kostet er es aus, wie sich die Aufmerksamkeit der Anwesenden allmählich in Ungeduld verwandelt. Kurz bevor dieser Punkt erreicht ist, drückt er seine Zigarette umständlich aus und beginnt wieder zu reden. "Ich habe es mir gut überlegt. Alle Möglichkeiten durchgespielt. Uns bleibt keine andere Wahl. Wir müssen einen Mann in die Firma einschleusen."

"Und? Haben sie schon jemand im Auge?" – Ibn Laud lächelt siegesgewiss. "Natürlich. Ich mache doch keine halben Sachen. Es muss ein Deutscher sein. Einer, der viel von Informationsbeschaffung versteht. Aber auch von Technik. Ein Ex-Stasi-Mann. Sein Name ist Erik Dalhammer. Oder auch Olaf Kurz. Oder Henning Schuschwanow. Er hat schon mehrfach erfolgreich mit uns zusammengearbeitet. Freilich ist er auch ziemlich teuer. Dann brauchen wir Geduld. Viel Geduld. Kein Ungläubiger darf auf uns aufmerksam werden. Durch einen Einbruch oder einen Mord. Die Weltöffentlichkeit schon gar nicht. Unser Unternehmen kann deshalb Monate dauern. Vielleicht sogar Jahre..." – "Danke, Major. Ich werde dem Präsidenten persönlich Bericht erstatten. Und das mit dem Geld, das soll nicht unsere Sorge sein."

- Kapitel 3 -

Eine Woche später. Jerusalem. Krisensitzung des Mossad, Dezernat VII: Naher Osten, Büro f: Irak. Ein heller, freundlicher Raum in einem unauffälligen Bürogebäude. Ernste, angespannte Gesichter. "Kommen wir gleich zur Sache, meine Herren. Unser Mann aus Bagdad berichtet, dass Saddams Leute auf eine Firma in Süddeutschland gestoßen sind, die ein Verfahren entwickelt hat, um extrem harte Mikro-Metallteile herzustellen. Für unsere Buchführung haben wir dieses Verfahren schon mal das ‚Albstadt-Geheimnis' genannt. So heißt der Ort, in der diese Firma sitzt. Wenn Saddam solche Metallteile selbst herstellen kann, sind die Folgen unabsehbar – geheimdienstlich wie militärisch. Ein deutscher Ex-Stasi-Mann ist in

Saddams Auftrag bereits nach Süddeutschland unterwegs. Er soll in die Firma eingeschleust werden. Meine Herren, was schlagen sie vor?"

Eine Hand hebt sich – "liquidieren!" Eine andere Hand hebt sich – "damit ist das Problem nicht gelöst, nur aufgeschoben. Ich schlage vor: Wir schicken selbst jemand hin. Das Produkt ist für uns mindestens genau so interessant!" – Aufgeregtes, zustimmendes Murmeln in der Runde. "Weitere Vorschläge? Keine? Gut! Wer kommt in Frage für diese Mission?" – Einige Sekunden ratloses Schweigen. Dann wieder Gemurmel. "Ruhe, meine Herren, Ruhe! Ich weiß, dass niemand gerne nach Deutschland geht!" Das Gemurmel ebbt ab, um dann aber nach kurzer Zeit wieder anzuschwellen. Aus dem Gebrummel halblaut die Frage: "Wo liegt dieser Ort in Süddeutschland?" – "Südlich von Stuttgart. Für die, die sich auskennen: Auf der Schwäbischen Alb."

"Schlomo Meir", tönt es aus der Runde, "der war doch schon dort!" "Ja, aber im Norden. Die Leute in Süddeutschland sind anders", ruft jemand dazwischen, "wir brauchen jemand für Süddeutschland!" – Ein älterer, dicklicher Mann mit einer breiten Narbe über der Stirn klatscht in die Hände – alles schweigt. Langsam erhebt der Mann mit der Narbe seine Stimme: "Wie steht es mit Dalilah Grünberg?" – "Dalilah Grünberg", echot es aus der Runde. Offensichtlich kennt keiner diese Person. – "Ja, Dalilah Grünberg. Dalilah Grünberg aus meinem Büro." Die Augen des Narbenmanns funkeln stolz. "Sie hat dort einige Jahre gelebt!" – "Hat sie Erfahrung?" Der Angesprochene runzelt die Stirn, was wegen der Narbe nur teilweise zu sehen ist. – "Nein", entgegnet er, "aber sie ist Jahrgangsbeste. Und bei ihren Fähigkeiten - " und an dieser Stelle beschreiben seine Hände in der Luft die Form einer Bassgeige, worauf alle Anwesenden in brüllendes Gelächter ausbrechen.

"Ruhe, meine Herren, Ruhe! Dalilah Grünberg also. Welche

Fähigkeiten hat sie sonst noch?" – "Lehrerin. Bibliothekarin. Krankenschwester. All so Zeug. Eigentlich ist sie Deutsche. Sie hat den Juden Grünberg geheiratet. Ist zu dem wahren Glauben übergetreten. Eine sehr überzeugte Anhängerin unseres Staats. Grünberg ist leider vor zwei Jahren verstorben. Dalilah trat dann in unsere Dienste." – "Noch was? Nein? Gut! Ich werde sie mir ansehen! Die Sitzung ist geschlossen! Guten Tag, meine Herren!"

- Kapitel 4 -

London. Zehn Tage danach. Büro des Secret Service, Division C: Continent, Dept. 3: Germany.

"Setzen sie sich, Mrs. Webster. Ihre neue Mission führt sie nach Süddeutschland. Genauer gesagt, auf die Schwäbische Alb. In eine kleinere Stadt namens Albstadt. Dort produziert eine Firma mit Namen Rockstool and Roshle ein militärisch äußerst interessantes Produkt, von dem Saddam Hussein unglücklicherweise vor uns gehört hat. Nun will er es natürlich haben und schickt einen Mann dorthin. Aber die Israelis haben auch davon gehört. Sie schicken ebenfalls jemand hin, eine Frau.

Und nun ist das Problem: Wer wird schneller sein? Wir Briten haben absolut kein Interesse daran, dass eine der beiden Seiten Erfolg hat. Das Gleichgewicht im Nahen Osten wäre gestört. Dafür sollen sie sorgen, Mrs. Webster: Austarieren. Beide gegen einander ausspielen. Je nachdem auf der einen Seite bremsen, auf der anderen Gas geben. Wenn es ganz kritisch werden sollte, müssen sie auch zu radikalen Maßnahmen greifen, sie wissen schon – wir haben ihnen das alles ja beigebracht. Eine recht diffizile Sache. Ziemlich diffizil.

Sie fahren also in diesen Ort, wie hieß er nochmal? Lassen sie mich nachsehen ... Äh, Albstadt. In Albstadt also werden sie ein Geschäft aufmachen. Einen Kosmetik-Salon. Wie wir erfahren haben, wird dort gerade jemand gesucht, der einen gut gehenden Salon übernimmt. Wie ich aus ihren Akten sehe, haben sie früher mal sowas gelernt. Darum haben wir gerade sie für diesen Job ausgesucht: Sie sind gelernte Kosmetikerin. Sie werden das Geschäft bekommen. Dafür haben wir gesorgt. Ihre Papiere sind auf den Namen Gisela Brodbeck ausgestellt. Den Lebenslauf und weitere Einzelheiten entnehmen sie den Unterlagen. Für den Salon schlagen wir den Namen ‚Gisèles Kosmetik-Studio' vor. Noch irgendwelche Fragen?"

"Ja, Sir. Was ist mit den Amerikanern?" – "Gute Frage, Mrs. Webster. Ich sehe, sie denken mit. Well, unsere amerikanischen Freunde halten sich da raus. Sehen die Gefahr von Verwicklungen mit Israel. Schicken deshalb uns vor. Genügt das?" – "Ja, Sir. Danke Sir." – "Noch weitere Fragen?" – "Wenn sie erlauben, noch eine, Sir. Woran erkenne ich die beiden Leute?"

"Ganz einfach. Sie werden beide kurz vor ihnen in Albstadt eingetroffen sein und dann versuchen, möglichst schnell und möglichst dicht an einen der Chefs von Rockstool and Roshle heranzukommen. Sie müssen eigentlich nur die Augen offen halten."

- Kapitel 5 -

Seltsam berührt fühlte sich Mrs. Webster, als der ätzend trödelnde Bummelzug, von Stuttgart kommend, endlich in den Albstädter Bahnhof eingefahren war und sie nun endlich den Bahnsteig betrat. Nur zwei mickrige Bahnsteige waren da zu sehen, und nur ein halbes Dutzend Menschen lungerten da herum, die teils auf einen abfahrenden Zug warteten, teils auch, weil sie jemanden vom Zug abholen wollten. Sie war ja schon früher mal in Deutschland gewesen, das war aber in Schleswig-Holstein, ganz im Norden, und außerdem war das schon eine ganze Weile her.

Alles war so sauber hier in Albstadt – keine herumfliegenden, halbzerknüllten Zeitungen, keine Kaugummi-Reste, keine leeren Getränkedosen, keine Glassplitter – nichts dergleichen, sondern Sauberkeit, überall, wo man auch hinschaute, diese gnadenlose, penetrante Sauberkeit. Die örtliche Stadtverwaltung hatte offensichtlich eine gehörige Summe in die Anschaffung von Kehrmaschinen investiert, die mit unermüdlicher Emsigkeit überall ihre Runden drehten. Und wehe, es wurde jemand beim Fallenlassen eines Stückchens Papier oder einer Zigarettenkippe ertappt: Das kam teurer als anderswo das Falschparken!

Aber die Albstädter hielten nicht nur ihre Straßen mit Fleiß und Pedanterie peinlich sauber, nein, sie taten dies auch mit ihren Häusern, von außen genau so wie von innen. Mrs. Webster hatte freilich erst nach mehreren Wochen ihres Aufenthalts in Albstadt eine Gelegenheit, eines der Albstädter Domizile von innen kennenlernen zu dürfen. Denn die Albstädter betrachteten es als eine große Schande, wenn ein Besucher auch nur ein Stäubchen oder ein Fleckchen hätte erspähen können. Nahte also ein solcher – ein Mensch also, der die Absicht zeigte, unaufgefordert ein Haus betreten zu wollen, so wurde derartiges mit Entsetzen festgestellt und der betreffenden Person die Haustür allerhöchstens einen fingerbreiten Spalt geöffnet, um durch einen solchen Spalt darauf hinzuweisen, dass ein Betreten unmöglich sei, denn man habe ja noch nicht geputzt. Besuche waren aus diesem Grunde nur gegen eine Voranmeldung von mehreren Tagen möglich. Aber als es Mrs. Webster nun endlich einmal geschafft hatte, ein Albstädter Haus zu betreten, da herrschte eine dermaßen vollkommene Sauberkeit, wie sie es zuvor noch nirgendwo anders gesehen hatte, und sie war doch schon recht weit auf der Welt herumgekommen: Nirgendwo ein Stäubchen. Alles blitzte, alles glänzte. Allenthalben hörte man den summenden Ton der Staubsauger und das dröhnende Brummen der Waschmaschinen.

Außergewöhnlich schien es Mrs. Webster, wie die Albstädter ihre

Gärten traktierten. Wenn es um das Anpflanzen von Gemüse ging, so spannten sie zunächst einen Faden, damit die Bohnen, Gurken oder Salatköpfe ja recht ordentlich in Reih und Glied daherwachsen konnten. Zeigte einmal eine dieser Nutzpflanzen eine Neigung dazu, aus der Reihe auszubrechen, da war der ordnungsbeflissene Gartenfreund rasch zur Hand, um das unbotmäßige Kräutlein wieder auf die gerade Linie zu bringen. In ein starres Ordnungsschema musste sich auch der Rasen fügen, konnte er doch auch nicht so wachsen, wie es ihm dünkte. Auch der Rasen musste einsehen, dass nichts über Zucht und Ordnung ging. Kaum ein Wochenende verging zur Sommerzeit, an dem nicht die allzu kecken Grasspitzen erbarmungslos zurückgestutzt wurden, und wehe dem Halm, der es wagte, in einen Gehweg hineinzuragen – solcher Disziplinlosigkeit wurde kurzerhand und ohne Gnade mit der Nagelschere ein Ende gesetzt. Unkraut – also alles, was ohne den Willen des Gärtners in Rasen oder Beet ein selbstständiges Dasein zu fristen sich anmaßte – Unkraut also hatte ohnehin keinerlei Chance. Nur von schwerem Regenguss ließ sich der gartenbewusste Albstädter davon abhalten, solcherlei gesetzlosen Gesellen den Garaus zu machen. Keine Frage, wie es da um die Gartenwege bestellt war. Kein Krümelchen durfte da herumliegen, kein Blättchen, kein Stengelchen, nichts, absolut nichts, denn neben der Ordnung war Sauberkeit das oberste Gebot.

Die Sauberkeit war jedoch nicht das Einzige, worauf die Albstädter ihr Sinnen und Trachten richteten, wie Mrs. Webster schon recht bald feststellte. Ihnen eignete ein ihr sonderbar erscheinender Hang zur Gleichförmigkeit. Bevor irgendeiner von ihnen irgend etwas tat, so schaute er sorgfältig umher, um zu sehen, was die anderen Albstädter gerade taten. Und dann tat er exakt dasselbe. Das begann schon früh am Morgen: Man zog in Albstadt die Fensterläden hoch, wenn alle dies taten. Wollte einer mal etwas länger im warmen Pfühl sich räkeln, so schaute er immer wieder verstohlen durch die Ritzen des Fensterladens, um zu sehen, ob die Läden in der Nachbarschaft noch geschlossen waren, oder ob schon der eine oder andere das Tageslicht in die Zimmer herein ließ. War die Mehrzahl der Fensterläden geöffnet, so konnte ein waschechter Albstädter durch keine Macht der Welt davon abgehalten werden, auch seine eigenen Läden zu öffnen.

Ähnliches spielte sich bei der Wahl der Kleidung ab. Hatte sich eine Mehrzahl entschlossen, des Morgens einen Mantel anzuziehen, so wollte keiner ohne Mantel herumlaufen, denn eine Ausnahme zu bilden oder aufzufallen, das dünkte den Albstädtern ein gar schlimmes Ding. War das Wetter des Morgens diesig, so schaute der Durchschnitts-Albstädter nicht nach den Regenwolken, sondern auf die Nachbarn – hatten diese sich entschieden, einen Schirm mitzunehmen, so tat er desgleichen; sah er jedoch nirgendwo ein derartiges Regenschutzgerät, so ließ er das seine ebenfalls im Schrank.

Geradezu groteske Formen nahm diese Gleichheits-Sucht an, wenn es darum ging, den Müll vor die Haustür zu stellen. Da hatte sich einer geirrt und seinen Unrat am falschen Tag hinausgestellt. Der Nachbar denkt dann sofort: Ei, dass ich den Müll vergessen habe! Und stellt seinen Müll ebenfalls raus. Nun sieht dies der Dritte, der nun ebenfalls seinen Müll hinausstellt, dann der Vierte, der Fünfte, der Sechste, und so fort, bis überall, wohin man auch sieht, die Mülleimer an Straßenrändern vergeblich darauf warten, entleert zu werden.

Aus solcherlei Beobachtungen zog Mrs. Webster ihre Schlussfolgerungen für ihr eigenes Verhalten: Auch wenn es schwer fällt, so sagte sie sich, in Albstadt lebst du wie die Albstädter. Benehme dich unauffällig. Tu, was die anderen tun. Vor allem aber, sei sauber und ordentlich. Fragt dich einer, wie es dir geht, so antworte ihm ja nicht, dass es dir gut gehe, auch wenn du gerade noch so gut drauf bist. Nein, vollkommen falsch. "Viel Arbeit!" musst du sagen. Dann bist du angesehen bei den Albstädtern.

Mrs. Webster lernte rasch. Als sie ihren Kosmetik-Salon eröffnete, da hatte sie es geschafft, dass nicht einmal die klitzekleinsten Schmutzpartikel, ja nicht einmal irgendwelche Mikroben in ihren Geschäftsräumen hätten angetroffen werden können. Sie selbst strahlte mit größter Selbstverständlichkeit das Albstädter Fluidum mittelmäßiger Unauffälligkeit aus. Nur einem ganz scharfen Beobachter wäre aufgefallen, dass hinter der Fassade des Unscheinbaren und Gewöhnlichen sich eine Frau verbarg, die es durchaus verstand, ihre Reize unmissverständlich zur Geltung zu bringen.

- Kapitel 6 -

Der Kosmetik-Salon erwies sich als Glücksfall, wurde er doch fast ausschließlich von der weiblichen Version der Gattung Homo Albstadtensis besucht. Und es sollte sich zeigen, dass die weibliche Version wesentlich gesprächiger war als deren männliches und extrem wortkarges Gegenstück. So hatte Mrs. Webster in den ersten Wochen und Monaten ihres Albstädter Aufenthalts ausnehmend viel Gelegenheit, die Stadt und ihre Menschen kennen zu lernen. Sie hielt Augen und Ohren wagenweit offen; trotzdem dauerte es geraume Zeit, bis sie erstmals von der Firma Ruckstuhl und Röschle hörte, gehörte doch dieses Unternehmen zu den unscheinbaren und unauffälligen Unternehmen in Albstadt.

Das Albstädter Gesellschaftsleben war hauptsächlich geprägt von einer höchst vielseitigen Erscheinung – von den Vereinen. Der größte davon, in welchem so ziemlich jede Familie ein oder zwei Mitglieder hatte, das war der Sportverein. In der Wahrnehmung von Mrs. Webster jedenfalls. Bei den Sportlern waren es die Handwerker und die kleinen Angestellten, die den Ton angaben. So jedenfalls wollte es Mrs. Webster festgestellt haben. Weiter oben auf der gesellschaftlichen Stufenleiter stand jedoch der Wanderverein. Hier tummelten sich in Kniebundhosen und Wanderstiefeln neben den Handwerksmeistern und den Studienräten die Gastwirte und die kleinen Mittelständler. Ganz oben rangierte der Tennis-Club. Dorthin fühlten sich nicht nur all jene hingezogen, die einfach nur Tennis spielten wollten, nein, vor allem auch alle, die von sich dachten, sie gehörten zur Spitze der Albstädter Gesellschaft. So waren hier einige Fabrikanten und Geldgrößen von Bank und Versicherungswesen zugange, aber auch gut situierte Handwerker, Architekten wie auch Musiker und Künstler der feineren Art. Und natürlich auch deren Gattinnen.

Diese drei Vereine waren selbstverständlich nicht die einzigen – ganz im Gegenteil; eine Überfülle davon betätigte sich in Albstadt: Musik- und Gesangvereine, Bergsteiger- und Naturvereine, Bastel- und Schachvereine, Brauchtums- und Heimatvereine, Tierschutz- und Modellflugzeugvereine, gar nicht zu reden von den Schul- und Orgelbau-Fördervereinen, von den Hasen- und Hundevereinen, von den Kinderschutz- und Frauenrechtsvereinen, um nur eine winzige Zahl alles dessen zu erwähnen, was sich in Albstadt eine Vereinssatzung gegeben hatte und im Vereinsregister eingetragen war.

Mrs. Websters Interesse am Albstädter Vereinswesen hatte natürlich einen ganz speziellen Grund – es galt auszuloten, in wie weit die maßgeblichen Leute der Firma Ruckstuhl und Röschle in die Albstädter Vereine eingebunden waren. Denn eines hatte sie in Albstadt bereits nach wenigen Tagen gelernt: Wer in dieser Stadt Kontakte knüpfen wollte, wer gesellschaftlich eine Rolle spielen wollte, wer nicht vollkommen im Abseits stehen wollte – dem blieb nur eine einzige Möglichkeit: In einen Verein einzutreten. Oder, besser noch, gleichzeitig in deren mehrere. Der Sportverein, der Wanderverein und der Tennisclub – das waren ihre vorrangigen Studienobjekte, und nichts tat Mrs. Webster lieber, als mit ihren Kundinnen darüber zu plaudern, wer in welchem dieser drei Vereine sich durch welche Aktivitäten besonders hervortat. Auf diese Weise gelang es ihr bereits nach wenigen Wochen, die Firmen-Chefs von Ruckstuhl und Röschle vereinsmäßig zu verorten.

Paul Röschle, der Seniorchef der Firma, galt als ein Arbeitstier, das nichts anderes im Sinn hatte als seinen Betrieb. Verschlossen und in sich gekehrt, interessierte ihn das Albstädter Vereinsleben kaum – mit einer einzigen Ausnahme: Er machte es sich lediglich aus einem einzigen Grunde zu Nutze, nämlich zur Erhaltung seiner Gesundheit. Deshalb hatte er sich, bieder und bescheiden wie er war, nicht dem Tennisclub, sondern dem Wanderverein angeschlossen. Wolfgang Ruckstuhl hingegen nahm sich ausnehmend viel Zeit, um am gesellschaftlich-kulturellen Leben der Stadt Teil zu nehmen. Dazu gehörte für ihn der Tennisclub. Freilich zeigte er mit dem Schläger am Netz wenig sportlichen Ehrgeiz; sein Ding war vielmehr das ganze Drumrum, die Drinks am Rande des Platzes, die vielen hübschen Mädels und die Vereinsfeste.

Nach kurzer Zeit hatte sich Mrs. Webster eine Strategie zurecht gelegt: Sie wollte, ohne allzu viel Zeit zu verlieren, das Problem schnurstracks und frontal angehen, indem sie in den Wanderverein eintrat, um sich an den Seniorchef heran zu machen. In Albstadt wäre es indes als recht unschicklich empfunden worden, wenn sie als Frau dort so ganz alleine aufgetaucht wäre, das war ihr schnell bewusst geworden. Deshalb freundete sie sich mit einer Kundin an, die dort seit vielen Jahren engagiert mitwanderte, und fragte diese angelegentlich, ob sie nicht einmal mitkommen könnte.

Schon recht bald begriff Mrs. Webster, dass für die Albstädter das Wandern viel mehr als nur eine Art der Fortbewegung ist – das Wandern ist eine Art Lebensstil und umfasst Kleidung und Denkart genau so wie die Einstellung zu Natur und Landschaft, die Einstellung zum eigenen Körper genau so wie zu den Speisegewohnheiten, ja, nicht einmal die Politik war hier gänzlich ausgenommen. Dergestalt galt es denn zuallererst, sich die erforderlichen Kleidungsstücke zu beschaffen, sich die einschlägigen Nachschlagewerke über die Pflanzenwelt und über die örtliche Topographie zu besorgen und zu studieren. Vor allem aber galt es, den eigenen Fortbewegungsapparat dermaßen in Schuss zu bringen, dass sie einen Dreißig-Kilometer-Marsch mit schwerem Gepäck auch bei großer Hitze hinter sich bringen konnte, ohne anschließend stärkere Zeichen körperlicher Erschöpfung zu zeigen.

Mrs. Webster entwickelte sich somit zu einer emsigen Wanderbiene, sie lernte nicht nur die malerische Umgebung von Albstadt kennen, sondern eine ganze Reihe alt eingesessener und überaus mitteilsamer Bürgerinnen der Stadt, die sie mit allerhand nützlichen Informationen über Land und Leute versorgten. Dies war für sie von höchstem Wert: War ihr doch bewusst, dass etwa zur gleichen Zeit wie sie sich noch zwei andere Fremde in Albstadt eingefunden hatten, die zwar unauffällig, aber doch zielstrebig danach trachteten, an die Firmenleitung von Ruckstuhl & Röschle heran zu kommen. Und diese beiden Fremden – die mussten unbedingt entdeckt werden.

Aber so weit war Mrs. Webster noch nicht – erst einmal trachtete sie danach, sich an den Senior-Chef heran zu machen. Und dies erwies sich als weitaus schwieriger, als sie es sich zunächst vorgestellt hatte. Paul Röschle war zwar nicht mehr der Jüngste, aber was das Wandern anbetraf, machte der den allermeisten Jungen noch etwas vor. So hatte er es sich bereits vor vielen Jahren zur Angewohnheit werden lassen, am Beginn einer jeden Wanderung augenblicklich mit einer geradezu sturen Verbissenheit und einem ungeahnt raschen Schritt los zu trotten, so dass ihm kaum jemand zu folgen im Stande war. Paul Röschle verschwand also mit steter Regelmäßigkeit bald nach dem Aufbrechen in weiter Ferne, während der Haupttrupp der Wandererschar mehr und mehr hinter ihm zurück fiel. Man sah den voraus eilenden Wandersmann erst wieder an einem der vereinbarten Rastplätze, wo er beim Eintreffen den Haupttrupps aber schon längst sein Vesper verzehrt hatte und ungeduldig auf den neuerlichen Aufbruch wartete.

Mit etwas Training war es kein Problem, mit Paul Röschle Schritt zu halten. Und wie sie erstmals so neben ihm dahintrottete, da fand nichts statt. Nichts. Auch nach längerem Zuwarten nicht. Keine Konversation. Schweigen pur. Dieses Schweigen enttäuschte sie nicht wenig, hatte sie doch eigentlich erwartet, dass ihre Gegenwart den alten mürrischen Röschle ein klein wenig aufmuntern würde.

Also blieb ihr nichts anderes übrig, als nun selbst mit der Konversation zu beginnen. Über die heutige Jugend begann sie zu schwadronieren, und darüber, dass früher alles besser war – in der nicht unbegründeten Hoffnung, solche Rede würde bei dem muffligen Alten gut ankommen. Und siehe da – würdigte er sie doch tatsächlich eines verhuschten Lächelns. Dieser kleine Erfolg ließ sie stracks zur nächsten Tat schreiten: Bei der nachfolgenden Rast bot sie ihm einige flüssige Köstlichkeiten (alkoholischer Art) an, die sie eigens für einen solchen Zweck in ihrem Rucksack verstaut hatte. Damit hatte sie jedoch den Bogen bereits überspannt – Röschle lehnte brüsk ab – schon ein wenig barsch, wie Mrs. Webster empfand.

So wiederholte sie denn bei der nächsten Wanderung das Spielchen aufs Neue. Diesmal erzählte sie ihm von ihrer harten, entbehrungsreichen Jugend, und sie konnte mit Genugtuung feststellen, dass Röschle ihr mit großem Interesse lauschte. Was sie dazu verleitete, ihn nach seiner eigenen Jugend auszufragen. Aber damit hatte sie den Bogen abermals überspannt: Er reagierte mit beharrlichem Schweigen. Sie bot ihm nun ein Pfefferminzbonbon an, um ihn zu einer Reaktion zu bewegen. Umsonst. Sie steigerte sich und versuchte es mit einem Wurstbrot - ebenfalls Ablehnung. Sie beließ es denn notgedrungenermaßen damit, schweigend neben ihm herzutrotten.

- Kapitel 7 -

Die nachfolgenden Wanderungen verliefen ganz ähnlich. Sie versuchte sich in verschiedenen anderen Gesprächsthemen, wie Politik – sowohl die weltweite als auch die lokale Version. Ohne jede erkennbare Reaktion. Sie versuchte es auch mit der wirtschaftlichen

Lage. Fehlschlag. Religion, Naturbetrachtungen, Pflanzenkunde – nichts davon konnte den guten Paul Röschle aus der Reserve locken. Nach einigen weiteren Wanderungen gab es Mrs. Webster auf, mit neuen Gesprächsthemen zu experimentieren. Sie beschränkte sich auf das Erprobte und Bewährte und ließ in vielen Variationen die guten alten Zeiten hochleben; ihre Kindheit und Jugend mit all ihren Entbehrungen diente hin und wieder als Abwechslung.

Entbehrungen in der guten alten Zeit – Paul Röschle hörte solches gerne, und, wie Mrs. Webster zu bemerken glaubte, mit wachsender Begeisterung. Sein früheres Schweigen wich einer Folge mitfühlender "mmmh's" und "aah's". Bis er schließlich, nach einem tiefen Seufzer, zu reden anfing: "Ja, damals". Mrs. Webster hielt den Atem an und lauschte gespannt – endlich! Endlich hatte sie etwas erreicht! "Ja, damals", wiederholte sich Paul Röschle sinnend, "das war eine schwere Zeit. Der Vater im Krieg. Die Mutter alleine. Und die vielen Geschwister. Und kaum etwas zu essen." Wie Röschle fortfuhr, war es nun an Mrs. Webster, das Erzählte mit "ooh's" und "mmh's" zu begleiten, was ihrem Begleiter sichtliches Wohlempfinden bereitete.

"Und nach dem Krieg, als ich aus der Schule war, da lernte ich ein tüchtiges Handwerk. Die Schlosserei. Mein Lehrherr nahm alles ganz genau. Und streng war er. Streng. ‚Bub', sagte er immer wieder, ‚Bub, wenn du so weiter machst, dann verdienst du dir nicht mal das Salz in die Suppe.'" Wenn er so weiter macht, dachte Mrs. Webster, dann müssen wir noch mehrere Stunden wandern, bevor wir jenen Lebensabschnitt erreichen, der mich interessiert. Geduld war also angesagt, und geduldig verteilte Mrs. Webster ihre kleinen mitfühlenden Laute auf die kleinen Atempausen, die Paul Röschle immer wieder einlegte, wenn der Weg aufwärts führte.

"Und dann, als die Franzosen gegangen waren, machte ich mein eigenes Geschäft auf. In einer Garage. Das Geld borgte mir die Verwandtschaft. Schrauben, das war mein Ding. Schrauben. Immer ein klein wenig besser als die Konkurrenz. Und immer ein klein wenig billiger als die Konkurrenz. Aber die schläft nicht. Die Konkurrenz, meine ich. Musste ordentlich schuften. Hat sich manchmal kaum gelohnt. Wurde alles erst besser, als der Ruckstuhl kam, nach der Wende, mit seiner Erfindung -"

Endlich! Endlich! Mrs. Webster fühlte, wie ihr das Blut vor Aufregung in den Ohren rauschte, ließ sich aber äußerlich nicht das Mindeste anmerken. Röschle jedoch hielt inne, so als hätte er gewittert, was in seiner Begleiterin vorging. So als hätte er gespürt, dass er damit zu weit gegangen war. Mrs. Webster wartete. Geduldig. Unglaublich viele Atemzüge lang. Alle Fasern ihres Körpers gierten danach, die eine, die wirklich wichtige Frage zu stellen: "Was für eine Erfindung?" Aber ihr war klar, dass Röschle darauf nicht eingehen würde. Offen gezeigte Neugier, so hatte sie den Eindruck, hätte seinen Mund sicherlich wieder für eine längere Zeit verschlossen. "Jaja, die Wende", seufzte sie schließlich, um das lang anhaltende Schweigen zu unterbrechen. "Die Wende. Sie hat viele Veränderungen gebracht." Damit wollte sie ihrem Wanderfreund den roten Erzählfaden wieder in die Hand spielen. Aber Röschle blieb stumm.

So ermutigt, harrte Mrs. Webster wacker bei den Wandersleuten aus, auch wenn auf einen sonnenreichen Sommer herbstliches Schmuddelwetter folgte, das von einem knackig kalten Winter abgelöst wurde. Die alten Albstädter behaupteten zwar, die Zeit der richtig kalten Winter sei längst vorbei – früher sei sibirische Kälte auf der Schwäbischen Alb keine Seltenheit gewesen und auch der Schnee habe sich gelegentlich mannshoch getürmt. Davon konnte freilich keine Rede sein, aber für Mrs. Webster waren auch leichte Minusgrade unangenehm genug.

Das Schmuddelwetter überstand sie mit hohen Stiefeln und einem wasserabweisenden Anorak; dem Winter glaubte sie, mit einem hypermodernen, atmungsaktiven Schneeanzug begegnen zu können.

Und das alles in der Hoffnung, an der Seite von Paul Röschle noch mehr über seine Firma und deren Geheimnisse zu erfahren. Die Wanderfreunde hatten sich im Laufe der Zeit daran gewöhnt, die beiden mehr oder weniger schweigend neben einander her trotten zu sehen. Ihrem Ziel war Mrs. Webster seit Röschles unerwarteten Worterguss freilich keinen Deut näher gekommen. Dies änderte sich allerdings ebenso unvermittelt und unerwartet wie bei Röschles erstem Herzenserguss.

Am Ende einer größeren Winterwanderung hatte man den Heersberg erklommen; Paul Röschle und Mrs. Webster wie üblich einen halben Kilometer vorneweg. Ihr Weg führte sie zum Böllat, wo sie bei strahlendem Sonnenschein und extrem klarer Luft einen selten erlebten Blick in die Ferne genießen konnten. Während ihnen beim Ausatmen dicke Dampfwolken aus dem Mund quollen, schauten sie wortlos ins Weite, nach Westen hin, wo am Horizont die dunklen Höhen des Schwarzwalds zu erkennen waren. Langsam drehte Röschle den Kopf nach Süden und seine Augen begannen zu glänzen. "Schauen sie dort, der Säntis!" In seiner Stimme lag ein leichtes Zittern, das auf eine derart unermessliche Gefühlsaufwallung schließen ließ, wie sie bei Schwaben höchst selten stattzufinden pflegt. Er hob den Arm und deutete in die Richtung des genannten Bergs. "Dort! Dort hinten! Der weiße Fleck!"

Mrs. Webster hatte Schwierigkeiten, der Richtung des ausgestreckten Arms zu folgen, aber mit einiger Konzentration konnte sie eine winzige weiße Fläche ausmachen. Die erhabene Stille der Landschaft in ihrer majestätischen Weite verursachte auch bei ihr ein inneres Vibrieren. "Mein Gott", brach es aus ihr hervor, "ist das hier schön!"

"Wenn man so etwas sieht," begann Röschle zu philosophieren, "dann wird alles andere klein. Die Alltagssorgen, das Geld, die Firma – das wirkt alles plötzlich so klein und unbedeutend." – "Sie haben Sorgen? Ich denke, ihrer Firma geht es gut?" Ganz impulsiv und ohne jeden Hintergedanken hatte Mrs. Webster diese Frage gestellt. "Ja, schon", antwortete Paul Röschle und ließ den Blick ergriffen vom Säntis wieder zurück in die Richtung der Schwarzwaldhöhen schweifen. "Es geht bestens. Seit ich mich mit Ruckstuhl zusammen getan habe. Wissen sie, diese Erfindung. Sie bringt mir jede Menge Geld ins Haus. Habe mich schon gewundert, dass noch niemand versucht hat, sie mir abzukaufen. Oder zu klauen."

Ohren und Wangen wurden ihr vor Aufregung heiß, als sie dies hörte. Endlich, endlich begann der alte, verschlossene, menschenscheue Röschle zu sprechen! Sie fühlte, wie ihr der Puls in den Ohren pochte. Röschle registrierte dieses Mal nicht das Mindeste davon; zu sehr hatte er sich in den Anblick des wundervollen Panoramas versenkt. "Ich verstehe ja überhaupt nichts von Technik", log Mrs. Webster tapfer, "aber wenn ihre Erfindung so viel Geld bringt, dann muss sie ja ziemlich wertvoll sein. Ich an ihrer Stelle würde da höllisch aufpassen. Alles in einem Tresor der höchsten Sicherheitsstufe verstauen. Gut versteckt. Hinter einem Schrank oder so. Und keinen Menschen ranlassen. Nicht einmal in die Nähe. Und immer wieder kontrollieren, ob alles noch da ist. Irgendeinen Trick erfinden, damit sie einem unerbetenen Interessenten auf die Spur kommen können."

Unvermittelt schloss Mrs. Webster den Mund. Es stand zu befürchten, dass ihr Redeschwall über dieses heikle Thema den alten Fabrikanten misstrauisch werden ließ. Aber dieser schaute noch immer gebannt auf den dunklen Saum am Horizont. Ohne zu reden. Wie sie ihn von der Seite ansah, merkte sie, wie es nach einiger Zeit in seinem Innern zu arbeiten begann. "Ja," seufzte er schließlich. "Ja, sie haben Recht."

- Kapitel 8 -

Paul Röschle und das Firmengeheimnis – das war nicht mehr als die Voraussetzung für die Hauptaufgabe, die Mrs. Webster noch vor sich hatte. Nämlich herauszufinden, wer die beiden Agenten waren, die sich an das Firmengeheimnis heran zu schlängeln gedachten. Hierzu kam ihr eine ihrer Kundinnen sehr zupass, eine ältere, sehr kommunikative und dazu noch äußerst anhängliche Dame mit Namen Hildegund Blickle. Sie befand sich im Witwenstand und ihr verflossener Ehemann hatte durch die Ausübung des ehrenwerten Handwerks der Metzgerei ein ansehnliches Vermögen aufgehäuft, das ihr nun, nach seinem Ableben, ein sorgenfreies Dasein ermöglichte. Hildegund Blicke war für Mrs. Webster (alias Gisela Brodbeck) von allerhöchstem Interesse, weil sie aus einer alteingesessenen Familie stammte und ein weit verzweigtes Gebilde von Verwandten und Bekannten ihr eigen nannte.

So wollte es denn der Zufall, dass Hildegund Blickles Lieblings-Patenkind eine Schwester hatte, die bei besagter Firma der Vorzimmerdame des Seniorchefs als Assistentin an die Hand ging. Was in der Praxis bedeutete, dass diese junge Dame – mit Namen Nadja Eppler - bei denkbar schlechter Entlohnung alle erdenklichen Hilfstätigkeiten auszuüben hatte, als da sind die eingehende Post in Empfang zu nehmen, zu sortieren und zu verteilen, die ausgehende Post zu frankieren und weg zu bringen, die Akten abzulegen, Büromaterial einzukaufen, Kaffee zu kochen, die Blumen zu gießen, – und dergleichen mehr. Bei der ausgedehnten Vielfalt dieser Tätigkeiten kannte diese junge Dame die gesamte Belegschaft der Firma allerbestens, zumal sie kein Kind von Traurigkeit war und zu denjenigen Leuten gehörte, von denen es in den Arbeitszeugnissen heißt, sie machten sich in einem ganz besonderem Maße um das Betriebsklima verdient.

Mrs. Webster erklärte denn Hildegund Blickle – in einem ersten Schritt – zu ihrer Lieblingskundin und legte ihr gegenüber eine geradezu überschäumende Freundlichkeit an den Tag. In einem zweiten Schritt lud sie besagte Hildegund wiederholt zum Essen ein, besuchte mit ihr wiederholt die Vernissagen der Städtischen Galerie, bot ihr alsbald das du an und erklärte sie schließlich zu ihrer Busenfreundin. Natürlich ließ Mrs. Webster ihre neue Busenfreundin nach kurzer Zeit wissen, wie außerordentlich sympathisch sie deren Lieblings-Patenkind fand, und schloss die Schwester des genannten Patenkinds flugs in ihre Sympathiekundgebung mit ein. Patenkind mitsamt Schwester wurden dem zu Folge mit zunehmender Häufigkeit zum Kaffeekränzchen eingeladen und mit Geschenken überhäuft, was die jungen Damen sich recht gerne gefallen ließen.

Auf diesem Wege erfuhr Mrs. Webster, dass es der unverheiratete Wolfgang Ruckstuhl faustdick hinter den Ohren hatte. Ganz im Gegensatz zu seinem Seniorpartner liebte er es, mit attraktiven jungen Damen auszugehen, diese zu umwerben und mit Aufmerksamkeiten zu überschütten. Damit, so munkelte man in der Firma, verfolge er nur ein einziges, schnödes Ziel: Er wollte, wie es hieß, von den dergestalt angehimmelten Frauenzimmern nur das Eine, eben das, was Männer gemeinhin eben immer so wollen. Da diese Beziehungen in aller Regel einer tieferen geistig-seelischen Dimension ermangelten, so ergab es sich zwangsläufig, dass ihre Dauer zumeist recht kurz bemessen war. Solches änderte sich allerdings in gewisser Weise, als jene Bibliotheksleiterin im Dunstkreis der Firma auftauchte, eine überaus lebenslustige Person, sportlich und braun gebrannt, mit rötlichblondem Haar und einem Hang zu teuren Parfums und kostbarem Schmuck.

Wolfgang Ruckstuhls flatterhafter Lebenswandel hatte zur Folge, dass er sich nicht in dem Maße der Belange der Firma annehmen konnte, wie es seine Position als Juniorpartner erfordert hätte. Er sah sich deswegen schon sehr bald gezwungen, einen Assistenten einzustellen, der ihm das allzu mühsame Alltagsgeschäft abnahm. Es dauerte einige Zeit, bis eine Person gefunden war, die bei mäßiger Entlohnung ein Höchstmaß an Arbeitswut an den Tag legte und dabei auch noch absolut zuverlässig war. Leider wollte es das Schicksal, dass dieser Assistent während eines Urlaubs in den Bergen tödlich verunglückte – und das just zu jener Zeit, als die Bibliotheksleiterin an Wolfgang Ruckstuhls Seite erschien. Ein Nachfolger war nicht zu finden. Jedenfalls nicht in Albstadt. Kein Wunder auch bei den geforderten Qualitäten. So mussten denn erst mehrere Anzeigen in überregionalen Zeitungen geschaltet werden, bis ein geeigneter Kandidat zum Vorschein kam: Schuschwanow hieß er, Henning Schuschwanow; einer jener Menschen mit osteuropäischem Familiennamen, die mit einem teutonischen Vornamen zu erkennen geben, dass sie nicht mit Menschen slawischen Geblüts verwechselt werden wollen.

Dieser Schuschwanow erwies sich als seltener Glücksfall. Nicht nur, dass er Wolfgang Ruckstuhls Bürokram erledigte – nein, seine Dienstbeflissenheit reichte darüber hinaus noch weit bis in das Privatleben des Juniorpartners hinein. Er brachte die Wäsche zur Reinigung und das Auto zum Kundendienst, er kümmerte sich um die Steuererklärung und engagierte eine zuverlässige Putzfrau, ja, er erledigte nach einer gewissen Anlauf-Phase sogar die allfälligen Lebensmittel-Einkäufe und letztendlich gelang ihm das erstaunliche Kunststück, seinen Dienstherrn mit sanftem Druck so weit zu bringen, dass dieser seine Ausgaben in zwar weiten, aber doch vorhandenen Schranken hielt.

- Kapitel 9 -

Henning Schuschwanow und die Bibliothekarin – Mrs. Webster glaubte, in ihnen die gesuchten Leute erkannt zu haben. Nun fehlte nur noch der Augenschein. Ihre beiden Kollegen – oder sollte sie die beiden lieber als Konkurrenten sehen? – in Fleisch und Blut.

Zunächst versuchte sie es einfach mit einem Besuch der Stadtbücherei. Bummelte von einem Regal zum andern. Ließ den Blick von einem Buchrücken zum andern schweifen. Bis nach einer halben Stunde geduldigen Zuwartens schließlich eine junge Dame artig auf sie zukam. "Kann ich ihnen helfen?" Auf diesen Augenblick hatte Mrs. Webster gewartet. "Ja, bitte: Dieses neue Buch von – äh – von Manfred Mai – haben sie das schon? Ich habe gehört, es sei erst kürzlich erschienen. Nur den Titel – äh – den habe ich leider vergessen." Die junge Dame versuchte vergeblich, ihre Ratlosigkeit hinter einem freundlichen Lächeln zu verbergen. Und schon war Mrs. Webster mit der nächsten Frage dran: "Kann ich die Chefin sprechen?" Die junge Dame runzelte die Stirn und schürzte die Lippen, wodurch sie ein Bedauern zum Ausdruck bringen wollte. "Ist heute leider außer Haus."

Also: Erster Versuch fehlgeschlagen. Genau so wie ein zweiter Versuch, bei dem es hieß "Ist gerade in einer Besprechung". Und ein dritter, bei dem es hieß "ist gerade mit einer Führung durch die Bücherei beschäftigt". Als es dann bei dem vierten Versuch hieß, besagte Dame nehme derzeit an einem Lehrgang teil, da gab Mrs. Webster auf.

Eine bessere Gelegenheit musste sich also finden lassen – eine, bei der vielleicht auch dieser Schuschwanow anzutreffen war. Bei einem dieser gesellschaftlichen Großereignisse Albstadts, als da sind die Ausstellungseröffnungen der Städtischen Galerie, der Neujahrsempfang des Bürgermeisters oder ein Benefizkonzert in der Martinskirche. Sobald Mrs. Webster sich einigermaßen sicher war, ihre beiden "Kollegen" richtig geortet zu haben, schaute sie den städtischen Kulturkalender durch, um an einer geeigneten Veranstaltung teilzunehmen. Sie musste es nur so einfädeln, dass nicht nur ihre Busenfreundin Hildegund Blickle, sondern auch deren Lieblingspatenkind mitsamt zugehöriger Schwester mitkamen. Eine Ausstellungseröffnung – das erschien ihr die probateste Gelegenheit. Zwangloses Umherschlendern in den Räumen der Galerie, ein Gruß nach rechts, ein freundlicher Blick nach links, ein bisschen Tuscheln nach dem Motto "den kenne ich doch - wie heißt der noch einmal?" – Das war es exakt, was Mrs. Webster brauchte.

Die beiden jungen Damen zierten sich zunächst. Eine Ausstellungseröffnung hielten sie für ein Event (neudeutsch für "Ereignis") für Grufties. Erst eine Einladung zu anschließendem Spaghetti-Essen brachte den entscheidenden Gesinnungswandel.

Wenige Wochen später war es denn so weit – und zuhauf waren sie erschienen, die Gemeinderäte, die Fabrikanten, die Kulturschaffenden, die Schulleiter und die Oberstudienräte, sie alle jeweils mit weiblichem Anhang, dazu noch die Krankenschwestern und Erzieherinnen, die Bibliothekarinnen, die Elternbeirätinnen und die Lehrerinnen im Erziehungsurlaub, die Hobbykünstlerinnen und Zahnarzthelferinnen – sie alle mit männlichem Anhang. Mrs. Webster hatte sich alles genau ausgedacht. Sobald die beiden jungen Damen ihre Langeweile nicht mehr verbergen konnten, fragte sie einfühlsam, um etwas Ablenkung für das junge Gemüse zu bringen: "Ist vielleicht auch dein Chef hier im Raum? Kannst du ihn mir mal zeigen?" Und das Lieblings-Patenkind griff den Faden bereitwillig auf. "Bestimmt ist er hier – wir müssen nur suchen – ja, dort!" Mrs. Webster folgte mit den Augen dem dezent ausgestreckten Zeigefinger, erkannte aber zu ihrer Enttäuschung in der angegebenen Richtung nur ihren Wanderkameraden Paul Röschle. "Den meine ich nicht – den jungen!"

"Den habe ich auch schon gesehen!" Nadja Eppler schob sich so bereitwillig wie zielstrebig durch eine Flut von raschelnden Sonntagsroben, von lässig wirken sollenden Kaschmirkleidern, von frisch aufgebügelten Sakkos und schwarzen, fließenden Gewandungen, die versuchten, an die längst verflossenen Zeiten einer Juliette Gréco zu erinnern.

"Dort steht mein Jung-Chef", flüsterte Nadja Eppler schließlich und deutete mit einer Kopfbewegung, die sie für unauffällig hielt, in die entsprechende Richtung. "Dort müsste auch die Bibliothekarin sein." Dort stand zwar Wolfgang Ruckstuhl, aber ohne weiblichen Anhang, lediglich umgeben von einigen Mitarbeitern aus der Firma. Nadja Eppler schaute sich verblüfft um. "Weit kann sie aber nicht sein -". Nur wenige Schritt entfernt entdeckte sie denn auch Ruckstuhls weibliches Anhängsel, freilich mit einem anderen männlichen Wesen schäkernd und laut lachend zugange.

"Aha", ließ sich Mrs. Webster vernehmen und hatte in der Tat ein Aha-Erlebnis der besonderen Art, als sie das gesuchte Objekt ihrer Neugier wahrnahm. "Das ist also - -", hauchte sie, und Nadja, die Schwester des Lieblings-Patenkinds hauchte zurück: "Ja, das ist also - -". Noch selten war sie in der Lage gewesen, einen Menschen mit einem einzigen Blick dermaßen präzise einzuschätzen: allerhöchstens dreißig, rötlichblond, braun gebrannt, sportlich, mit lebhaften Augen und offensichtlich jenem männlichen Wesen scherzhaft zugetan. Sie trug ein weit ausgeschnittenes, eng anliegendes, hellgrünes Kleid, das ihre ausgesprochen weiblichen Körperformen bestens betonte - - kurzum, die Art von Frau, nach der sich alle Männer auf der Straße herumdrehen; die Art von Frau, die jeden Mann ohne jede Mühe um den Finger wickeln kann. Und offenbar auch die Frau, die es ohne Mühe schaffen würde, an die geheimsten Geheimunterlagen der Firma Ruckstuhl und Röschle heranzukommen.

So weit, so gut, dachte Mrs. Webster. "Sind da noch mehr Leute von eurer Firma?" Abermals ging die junge Dame mit bereits praktizierter Zielstrebigkeit vor. Da waren die Chefsekretärin und der Abteilungsleiter, der Oberbuchhalter und der Außendienstler, der Ingenieur und der technische Zeichner. Mrs. Websters Geduld wurde bis zur äußersten Grenze strapaziert. "Sonst niemand?" fragte sie schließlich, als dieses ganze Panoptikum Stück für Stück abgearbeitet war. "Lass mal sehen", war die Antwort. Und wieder schoben sich die zwei reiferen Damen im Kielwasser der beiden jungen durch die Flut der naturburschenmäßigen Wollpullover und der nadelgestreiften Zweireiher, durch die Wogen der betörend knallengen Minis und der Verruchtheit verstrahlenden Lackjacken, vorbei an den gerahmten Anlässen des gesellschaftlichen Ereignisses, die aber keiner der Anwesenden wirklich wahrzunehmen schien.

"Dort, der da!" – "Und was ist der?" – "Der Sekretär des Jung-Chefs!" Mrs. Webster zog die Augenbrauen hoch. "Aha!"

Ein kaum überdurchschnittlich großer Mann von unscheinbarem Äußeren. Unscheinbar auch in seiner Gewandung. Man musste schon sehr genau hinsehen, um unter dem Stoff einen sehnigen, durchtrainierten Körper erkennen zu können. In ein Gespräch vertieft mit einem der Ingenieure der Firma Ruckstuhl und Röschle. Ein lebhaftes Gespräch. Eine leicht schnarrende, leicht einprägsame Stimme. "Aha", ließ sich Mrs. Webster abermals vernehmen. "Aber jetzt sollten wir uns auch mal die Bilder ansehen!" "Oooch, die Bilder", ertönte es schmollend, "sollten wir nicht endlich an die Spaghetti denken?"

- Kapitel 10 -

Seltsame Gefühle beschleichen Kommissar Brösamle, als sich der Zug nach Albstadt in Bewegung setzt. Seit dem Abitur war er kaum einmal dort gewesen. Vor zehn Jahren das letzte Mal, bei der Beerdigung seiner Mutter. Und dann nur ganz flüchtig – aus dem Zug raus, zum Friedhof, und nachher wieder hastig zurück zum Bahnhof. Eigentlich hatte er sich immer davor gedrückt, seine Mutter während des Studiums zu besuchen. Zu viele unangenehme Erinnerungen waren mit dieser Zeit verbunden. Und jetzt dieses – ein Aufenthalt von mehreren Tagen, vielleicht sogar von Wochen in Albstadt, wie er es in Erinnerung hatte: in diesem verschlafenen, trüben Albstadt.

Brösamle, hatte sein Chef gesagt, sie sind genau der Richtige für diesen Fall. Sie stammen doch von dort, Brösamle, von der Alb, hat er gesagt. Sie kennen doch die Leute dort, diese Älbler, diese knorrigen Typen. Werden wissen, wie man mit ihnen umgeht. Wird ihnen sicher nicht schwer fallen, mit diesem Fall voran zu kommen, hat er gesagt.

Ob sich viel verändert haben wird auf dem Fleckchen Erde, dem er jetzt entgegenrollt, seit seiner Schulzeit? Es fällt ihm schwer, einzelne Bilder von damals in die Erinnerung zurückzuholen. Nur langsam kommen sie, die Bilder, und äußerst widerwillig. Und was ihm da in den Sinn kommt, wirkt abstoßend: Angst vor Klassenarbeiten. Schlechte Noten. Gähnend langweiliger Unterricht. Nachsitzen. Einträge. Strafarbeiten. Und dann dieser Schulleiter am Gymnasium. Dieser fette, aufgeblasene Kerl. Noch immer steigt der blanke Hass in ihm hoch, wenn er an diese starken Brillengläser denkt, durch welche die Augen wie giftige Punkte hindurchzustechen schienen. Und dieses eklige Pomadenhaar, dieser exakte Scheitel...

Der Hass auf die Schule gräbt tief in seinem Unterbewusstsein, bringt ordentlich Schwung in sein Erinnerungsvermögen. Allmählich wird lebhafter und farbiger, was da von den alten Pennälerzeiten in ihm wieder hochkommt. Das miese Kinoprogramm von damals beispielsweise, oder das Café Condor, das den aalglatten Plastik-Chic der späten Fünfziger verstrahlte, mitsamt dem Hausverbot wegen Herumgrölens zu später Stunde. Und dann diese zickigen Mädchen, die ihm auf die Finger hauten, weil sie meinten, es ginge um ihre Unschuld, wenn er sie mit den Fingerspitzen an der Schulter berührte. Zickig – ja, die meisten jedenfalls. Und bei den anderen das schlechte Gewissen, wenn er sie auch nur an der Hüfte anfasste: Gesündigt hast du, Theodor Brösamle! In Gedanken, Worten und Werken! Allein und mit anderen!

Ganz allein sitzt er in dem Abteil erster Klasse, das ihm laut Dienstreise-Reglement zusteht. Leere Polster. Niemand, der ihn von seiner Grübelei abgelenkt hätte. Wer denn in aller Welt will freiwillig nach Albstadt?

Ob die Martinskirche noch immer so dunkel und so streng und so abweisend wirken würde wie damals, so sinnierte Brösamle weiter. Ob es die alte Stammkneipe noch gab, das Café Hinze? Das

Gymnasium, das mehr mit einem Betonbunker gemein hatte als mit einem Erziehungsinstitut? Die engen, holprigen, schlecht beleuchteten Straßen, wo er nach dem Kneipenbesuch nächtlings in dunkle Ecken zu kotzen pflegte? Diese kaffeehausartigen, leicht muffligen Gemächer in der Unteren Vorstadt, in welchen sich das verklemmte Jungvolk beiderlei Geschlechts zur Tanzstunde traf? Das Parkanlägle, in welches er seine Tanzstundendame auf dem Heimweg zu drängen suchte? Den schmuddeligen Bahnhofskiosk mit diesen Heftchen, die nur unter dem Ladentisch gehandelt wurden, weil darin übermäßig geschminkte Damen ihre dicken Brüste zeigten?

Brüste. Während diese Bindegewebs-Ausbuchtungen des erwachsenen, weiblichen Körpers Männer ansonsten zum Träumen veranlassen, bewirkten sie bei Theodor Brösamle das Gegenteil. Sie riefen ihn nämlich wieder zurück zur Wirklichkeit, weil sie ihn an diese weibliche Leiche erinnerten, die ihn überhaupt hierher auf den Weg nach Albstadt gebracht hatte. Die Albstädter Kollegen hatten sofort das Handtuch geworfen und sich hilfesuchend an das Landeskriminalamt in Stuttgart gewandt. Die Leiche hatte eben keinen Kopf, und gerade das war ein Fall für ihn. Voll Stolz und Genugtuung schaute er zum Fenster des Abteils hinaus auf die vorbeiflitzenden Bäume. Ein Glanzstück kriminalistischer Kleinarbeit war ihm gelungen. Sicher, die Leiche hatte erst einige Stunden im Wald gelegen, und das bei Temperaturen, die von Frost nicht weit entfernt gewesen sein konnten – sie war also gewissermaßen taufrisch gewesen. Was andererseits jedoch äußerst erschwerend hinzugekommen war und für ihn eine echte Herausforderung darstellte, das war gerade dieses Fehlen des Kopfes. Einen Frauenkörper von einzigartiger Schönheit hatten ihm die Kollegen von Albstadt zur kriminaltechnischen Untersuchung nach Stuttgart geschickt, weil sie wegen dessen Kopf-Losigkeit kriminalistisch nichts weiter mit ihm anzufangen wussten. Die Gerichtsmediziner waren auch nur eine Kleinigkeit weiter gekommen: Weiblich, um die dreißig Jahre alt, Tod durch Erwürgen, damit hatte es sich. So war denn er wieder mal an der Reihe.

Ein Körper, der ihn trotz des genannten Mangels geradezu in Verzückung versetzte, ein Körper, der zu seinen Lebzeiten gut und gern der eines männermordenden herzensbrechenden Vamps hätte sein können. Jede Ritze, jede Falte, jede Rundung, jede Fläche war ihm inzwischen bestens bekannt, jede Vertiefung und jede Erhöhung hatte er eingehend studiert, Quadratzentimeter für Quadratzentimeter sorgsam unter die Lupe genommen, den Augenschein durch die chemische Analyse winziger Gewebeproben ergänzt, und schließlich nach einem skrupulös erarbeiteten Plan die gesamte Körperoberfläche in kleine Regionen aufgeteilt und jede einzelne von ihnen eigens beschrieben. Was dabei zutage kam, das glich schon fast einem Psychogramm. Es handelt sich um eine Frauensperson um die Dreißig oder nur wenig darüber, hatte er in seinem Abschlussbericht geschrieben. Wie die Analyse der Gewebeproben aus den Achselhöhlen und von den Fingernägeln erkennen lassen, hatte sie ein teures Deodorant und einen nicht minder kostenträchtigen Nagellack benutzt; jene Körper-Regionen, die in der Kosmetik Problem-Zonen genannt werden, waren ihr eine intensive Behandlung mit einer kaum erschwinglichen Straffungs-Creme wert. Festigkeit und Färbung der Haut geben zu erkennen, dass für sie Sauna und Solarium keine unbekannten Orte gewesen waren. Muskulatur und Bindegewebe mit ihrer kinderpopoartigen, prallen Konsistenz mögen auf den regelmäßigen Besuch von Fitness-Studios hindeuten oder zumindest auf ähnliche, beharrlich geübte Praktiken der Körperertüchtigung.

Die Analyse des Mageninhalts brachte zum Vorschein, dass sie nur kurz vor ihrem gewaltsam herbeigeführten Ableben ein italienisches Speiselokal der gehobenen Klasse besucht hatte. Ja, noch genauer: Der Chemiker konnte so ziemlich die ganze Speisefolge des Abends rekonstruieren. Da waren ein Blattsalat mit ausgesucht feiner Salatsoße und ein auf nicht alltägliche Art zubereitetes Muschelgericht genossen worden nebst einem leichten Weißwein und einer kleinen Portion gemischten und offensichtlich nicht fabrikmäßig hergestellten Speiseeises. Fast vergeblich hatte Brösamle nach winzigsten Spuren von Textilien an diesem Körper gesucht, aber nur in einigen geheimen Winkeln einige Baumwollfäserchen gefunden, die unglücklicherweise keine weiteren Schlüsse zuließen über die genauere Art der von ihr getragenen Unterwäsche. Dafür aber hatte er Glück bei der Untersuchung des analen Bereichs, will sagen ihres Popos, denn er entdeckte ein kleines Fitzelchen rosa Klopapier, groß genug, um das Fabrikat zu identifizieren.

Natürlich ließ er keinen Millimeter ebendieser Körper-Region aus, und siehe da, auch die Scheide brachte individuelle Besonderheiten ans Licht. Kaum wahrnehmbare Partikel eines Präservativs, und zwar einer ziemlich billigen Sorte, was höchst verwunderlich war.

Nur mit dem Elektronenmikroskop war an den Hautproben von Fingern und Handgelenken zu ersehen, dass die Frau oft und viel teuren Schmuck getragen hatte; besonders auffällig ein Ring aus einer Legierung, die nur während einer kurzen Zeit vor dem Ersten Weltkrieg in Mode war. Diesen Ring trug sie auffälligerweise am Zeigefinger der linken Hand; die schmale, oval geformte Fassung ragte ungefähr je einen halben Zentimeter weit über den eigentlichen Ring hinaus.

Was ihm aber großen Kummer bereitete, das war der Kopf. Nur all zu gern hätte er etwas über ihn gewusst. Zumindest über ihre Haarfarbe wollte er sich Gedanken machen, denn nach der Körperbehaarung zu schließen, dürfte ihr Haupthaar von rötlichblonder Farbe gewesen sein. Vorausgesetzt, sie hätte es bei der natürlichen Färbung bewenden lassen.

Alles das zusammengenommen, so folgerte Brösamle in seinem Bericht, ergibt das Bild einer körperbewussten, lebenslustigen und äußerst gut aussehenden Frau, die bei den Männern bestens ankommt (da war bei Brösamle wohl der Wunsch der Vater des Gedankens) – äh, Pardon, angekommen war, und die, so stellte es sich Brösamle vor, damit bestens umzugehen wusste.

Irgendwann während der ganzen Untersucherei hatte er gespürt, wie bei ihm zarte, sachte Gefühle aufkeimten, wenn er an diese Frau dachte, wenn er sich vorstellte, wie ihr Gesicht ausgesehen haben mochte, wie sie sich bewegte, wie sie redete, wie sie lachte. Bitternis empfand er bei dem Gedanken, dass diese Frau nicht nur ihr Leben, sondern auch außerdem ihre Identität verloren hatte. So hatte er sich entschlossen, ihr einen Namen zu geben. Bettina könnte vielleicht zu ihr passen. Oder, noch besser, Barbara. Ja, Barbara würde er sie nennen.

Mit solcherlei Gedanken war Kommissar Brösamle beschäftigt, als ihn die jähe Eisenbahn-Wirklichkeit einholte: Die Fahrt verlangsamte sich, die Räder schrillten auf den Schienen, der gute alte wohlbekannte Bahnhof kam in Sicht: Albstadt!

- Kapitel 11 -

Brösamle wuchtete seinen Koffer den schmalen Treppenaufgang hoch. Nicht zu teuer, aber gediegen, das war die Devise, nach welcher ihm die Mitarbeiter in Stuttgart eine Bleibe in Albstadt besorgt hatten. Dazu noch ganz im Stadtkern gelegen - unmittelbar an Albstadts Marktplatz.

Der intensive Geruch von Bohnerwachs waberte durch die Flure, und von Ferne hörte er das geschäftige Summen eines Staubsaugers. Ja, so sind die Schwaben, dachte Brösamle, und ein leichter Anfall von Wehmut überkam ihn dabei, so sind sie, immer fleißig, immer sauber!

Wie er durch die Flure stapfte und seinem Zimmer näher kam, wurde auch das brummende Geräusch des Staubsaugers immer lauter, bis er dann direkt vor seiner Zimmertür ganz unvermittelt mit der

Geräuschquelle konfrontiert wurde: Da stand sie, vornüber gebückt, in altmodisch blaugrau geblümelter Kittelschürze, ihren breiten Hintern ihm entgegenstreckend und mit beiden Armen das saugende Rohr emsig über den Boden bewegend: Gabi Keinath, Putzfrau aus Berufung, das Herz auf dem rechten Fleck und außerdem noch auf der Zunge. Wollte Brösamle zur Tür seines Zimmers gelangen, musste er dieses ergreifende Bild schwäbischer Betriebsamkeit wohl oder übel stören – deshalb verlangsamte er zögernd seine Schritte, um sich zunächst einmal in den Anblick sowohl ungebremsten Fleißes als auch eines überaus breiten weiblichen Hinterteils zu vertiefen.

Nicht sehr lange konnte er so verweilen, denn nach wenigen Augenblicken war seine Anwesenheit bereits entdeckt. Die graublau geblümelte Dame richtete sich auf, stützte sich auf das Rohr des Sauge-Geräts wie auf einen Krückstock und schaute ihm neugierig ins Gesicht. "Grüß Gott! Send sie der Kommissar? Der Herr Brösamle? Der wo jetzt wega dera Leich komma soll?"

Der Dialekt seiner Kindheit und Jugend – wie lange hatte er ihn nicht mehr gehört! Wie kräftig und unverblümt er doch war! Und wie schlapp und kraftlos erschien ihm dagegen das Stuttgarter Idiom, das er sich längst schon angewöhnt hatte. Die Sprache der Hauptstädter, das schien ihm kaum mehr als Schriftdeutsch mit leicht schwäbischem Akzent zu sein. Der Kommissar begann schon, ganz sachte heimatliche Gefühle zu entwickeln, doch dann gewann doch der Verstand die Oberhand, der Verstand, der ihn fragen ließ, woher diese Frauensperson so präzise über ihn Bescheid wusste, hatte er doch die Albstädter Kollegen um äußerste Diskretion gebeten, als sie ihm anboten, für eine angemessene und preiswerte Unterkunft zu sorgen.

"Ja, der bin ich schon", erwiderte er, "doch sagen sie, woher wissen sie das so genau?" Die Angeredete hob die Augenbrauen. "Morom i des wois? Ha, des isch koi Hexawerk! Do mo i iberall butz, do schwätzt mr halt au a bissle! Do war scho oiner do, mo noch eane g'froget hot." Bei so viel Publizität fühlte sich der Kommissar leicht unwohl; dass ein Fremder hier in Albstadt eine Sensation zu sein schien, das war ihm während seiner Schulzeit nie aufgefallen. Unter solchen Umständen war ein unauffälliges Arbeiten wohl kaum möglich – jeder seiner Schritte, jede seiner Bewegungen, jedes Wort, das er sagte, drohte somit zu einer allgemein bekannten Haupt- und Staatsaktion zu werden. Und dass da schon jemand nach ihm gefragt hatte, das missfiel ihm außerordentlich.

"So? Nach mir gefragt? Und wer war das? Wissen sie das auch?" Gabi Keinath riss erstaunt die Augen auf und zuckte mit den Schultern. "I kenn jo viele Leut," meinte sie wichtigtuerisch, "aber den, den kenn i it." In Brösamle war unwillkürlich der Kriminalinstinkt erwacht. "Und wie sah er aus", wollte er nun wissen. Die wackere Raumpflegerin runzelte die Stirn und schaute konzentriert an die Decke, so als könnte sie dort eine Antwort ablesen. Nach langem Zögern brachte sie nicht mehr als eine Gegenfrage heraus: "Ha, wie soll er scho ausg'säa hau?" Mehr wusst sie anscheinend nicht zu berichten. Brösamle wartete trotzdem höflich. Einige Sekunden lang.

Gabi Keinath konnte das beiderseitige Schweigen nicht lange ertragen und entschied sich schließlich doch, den Mund auf zu machen. "Wia lang wollet Sie do bleiba? Do, en onsrer scheana Stadt?" Brösamle wollte sich aber nicht von seinem Thema ablenken lassen. "Wie groß war er? Wie alt? Seine Kleider?" "Ha, was soll i do jetzt au saga – vielleicht middl groß. Ond middl alt. Vielleicht so om die Vierzge rom. Ond Kleider? Halt a Hos ond an Kiddl!" Der Kommissar gab aber noch nicht auf. Hartnäckigkeit war eines seiner Erfolgsgeheimnisse. "Welche Farbe?" - "Ha, was wois i. Middl halt. Braun vielleicht. Oder grau." Trotz dieser wenig präzisen Aussagen ließ Brösamle nicht nach. "Hat er hochdeutsch gesprochen?" – "Jo, des scho. Glaub i jedenfalls. Jo, ond hot'r so was am Ohr g'het."

Brösamle schaute sich um: Das also sollte für die kommenden

Wochen oder auch noch länger sein Zuhause sein. Dämmerlicht. Gelbliche Tapete mit feinen, bräunlichen Längsstreifen, pastellig rosa geblümelte, zugezogene Rüschenvorhänge. Großer Einbauschrank. Breites Bett mit geblümeltem Rüschenüberzug. Schreibtisch, Sessel mit Blümelmuster, Stuhl, Nachttisch, und auf diesem ein globiges Ungetüm: dunkelblau glänzende Obstschale aus Glas, späte Nierentischchenzeit, Typ billiges Tombola-Geschenk.

Angewidert rümpfte der Kommissar die Nase. Weg mit dieser geschmacklosen Zumutung, dachte er und suchte sie in der Nachttisch-Schublade zu verstauen, aber sie war zu sperrig. Worauf Brösamle die gläserne Scheußlichkeit im Wandschrank einschloss. Nun konnte er aufatmen: Ein Ärgernis weniger. Aber da war noch dieses milchigtrübe Dämmerlicht. Ein Ruck an der Gardine brachte die gewünschte Helligkeit, doch war der Ruck wohl etwas zu heftig gewesen: Der pastellig rosa geblümelte und zu Rüschen geraffte Stoff rutschte ungebremst über die Vorhangstange hinaus und fiel in weitem Bogen leise raschelnd auf den Fußboden.

Kein Grund sich aufzuregen, dachte Brösamle, denn noch immer ertönte von fernen Fluren das emsige Summen eines Staubsaugers. Die Betreiberin dieses Geräts, breit gebaut und graublau geblümelt, würde dies schon wieder in Ordnung bringen. Da war er sich sicher.

- Kapitel 12 -

Geld brauchte er. Etwas mehr Bargeld, als er bei sich hatte. Da gab es doch die Volksbank in der Marktstraße, erinnerte er sich. Jenes Geldinstitut, dem er als Junge alljährlich am Weltspartag den Inhalt seiner Sparbüchse anvertraut hatte. Doch wie stutzte er, als er an der Stelle des betulich-behäbigen Baues aus den Fünfzigerjahren ein ganz neues, postmodernes und viel größeres Gebäude vorfand! – Mit etwas mehr Barem in der Tasche fühlte er sich einfach wohler. Ziellos schlenderte Brösamle nun durch die Straßen, sah sich um und schwelgte in Erinnerungen. Es war mittlerweile Abend geworden; die Straßen schienen ausgestorben, denn die Albstädter pflegten um diese Zeit vor ihren Fernsehern zu hocken. Vergeblich suchte er nach jenen Gemächern, in denen er als blutjunger Grünfink die Tanzstunde durchzittert und durchschwitzt hatte. An deren Stelle verstrahlte jetzt eine Raiffeisenkasse ihren kühlen Charme. Aber jene Parkbank an der Schütte, auf die er seine Abschlussballdame beim Nachhauseweg locken konnte, die stand immer noch auf dem kleinen Eckchen Grünfläche am Rande der Altstadt. Wehmütig dachte er an jenen lauen Frühsommerabend, als er, neben ihr auf der Bank sitzend, langsam seine Hand zwischen ihre Beine gleiten ließ, worauf sie einen gedämpften, aber unüberhörbar spitzen Schrei ausstieß und davonrannte.

Voller Wehmut streifte sein Blick jenes Gebüsch am Rande eines Vorgartens. Es war offensichtlich sorgfältig gepflegt und gestutzt worden, denn es hatte weder Größe noch Form wesentlich verändert. Jenem Gebüsch hatte er seinen Mageninhalt anvertraut, damals, nach dieser Sauforgie mit den Klassenkameraden im Café Hinze. Das Café Hinze – ob es das noch gab? Während ihn seine Erinnerung zwischen frühem Suff und frühem Sex hin und her trieb, lenkte er seine Schritte unwillkürlich in die Richtung der Kneipe, in welcher sie damals versucht hatten, mittels unmäßigen Biergenusses ganze Kerle zu sein. Es waren nur wenige Straßenecken, die er zu gehen hatte, da stand er davor. Unverändert: Ein dunkles, großes, leicht schäbig wirkendes Haus. Noch dieselbe Fassade mit rostroten Klinkern. Noch derselbe, schmale, unscheinbare Eingang. Anders als früher verstrahlte jetzt eine einsame Neonröhre über dem Eingang ihr blässliches, grünes Licht. Ohne weiters darüber nachzudenken, was er tat, öffnete er die Tür und trat ein.

Leicht schummriges Licht in dem niederen Schankraum. Geruch von kaltem Zigarettenrauch und abgestandenem Bier. Brösamle schaute sich um: Kein Mensch zu sehen; gähnende Leere. Farbe der Wände,

Tische, Stühle – all das völlig anders: heller jetzt und moderner; kleinere Tischchen, anders gruppiert. Nur der globige Tresen noch an derselben Stelle im Hintergrund. Gedankenverloren setzte er sich an eines der kleinen, quadratischen Tischchen. Kaum hatte er Platz genommen, löste sich aus dem Schatten des Tresens eine hagere, männliche Gestalt, die auf ihn zukam. "Ein Bier", wollte er sagen, doch blieb ihm die wohlvertraute Floskel im Halse stecken. Dieser schmale Schädel, diese wasserhellen Augen. Diese kleine, runde Nase. Diese leicht aufgeworfenen Lippen. Dieses kräftige Kinn mit markantem Grübchen – ihm war, als hätte er dies alles schon einmal gesehen. "Kann es sein, dass wir uns kennen?" quoll es ohne weiteres Nachdenken aus Brösamle heraus, und aus der unbewussten Tiefe seiner Erinnerung formten sich drei Wörter: "Gymnasium. Wedebrinck. Mathe-Unterricht." Sein Gegenüber zog die Augenbrauen hoch und beugte sich nach vorne, um ihn besser betrachten zu können. Nach kurzem Zögern breitete sich ein Strahlen über sein Gesicht. "Was! Mensch! Sie sind – äh – du bist doch nicht – Mensch! Ja, Brösamle! Bist du es wirklich?"

Erkannt zu werden, mit Namen angeredet zu werden – damit hatte Brösamle wirklich nicht gerechnet. Eine seltsame Rührung überkam ihn, er stand auf, fasste den Menschen bei den Schultern, der ihn so überraschend erkannt hatte: "Dann bist du – der Degenhardt! Hans Degenhardt! Mensch, so was, Hans!"

Degenhardt und Brösamle hatten zusammen die Schulbank gedrückt, hatten beide unter der zynischen Gewaltherrschaft des Schulleiters Wedebrinck gelitten, hatten versucht, sich mit einer Vielzahl von Streichen an ihm zu rächen, was ihnen selbstverständlich immer nur Nachteile brachte, bis Degenhardt schließlich wegen fortgesetzter, gravierender Mängel im Betragen von der Schule gehen musste. Er erzählte von seiner Liebe zu der Serviererin Emmi Kalenberg, von ihren gemeinsamen Kneipen-Plänen, von dem Scheitern ihrer Ehe – und Brösamles Geschichte nahm sich nicht wesentlich anders aus –

Waldraut Epple hieß die Seine, aber zum Scheitern hatte er es ebenfalls gebracht.

Hans Degenhardt hatte mittlerweile zwei volle Gläser Bier herbeigeschafft und sich zu ihm gesetzt. "Was tut sich so in Albstadt?" erkundigte sich Brösamle, denn er suchte das Thema zu wechseln. Seine gescheiterte Ehe lag ihm noch ziemlich schwer im Magen, weshalb er Schwierigkeiten hatte, darüber zu reden. Degenhardt dachte nach, womit er beginnen könnte. Mit einem langgezogenen "Och" brachte er diesen Denkprozess zu einem Ende. "Eigentlich alles noch beim Alten. Die Schule steht noch. Das Rathaus auch. Ein paar neue Geschäfte haben aufgemacht. Den Schlossfelsenturm haben sie neu angestrichen. War damals schön rot. Und eine Menge alter Häuser sind abgerissen worden. Auch den Hasen. Die Kneipe am Schweinweiher, weißt du noch?" – "Jaja, und die Volksbank, die ist auch neu". Mehr fiel ihm nicht ein. Brösamle zierte sich. Er hatte keine Ahnung, wovon sein Freund sprach. Der Schweinweiher, das war der Platz am unteren Ende der Marktstraße, das wusste er noch. Aber der Hasen?

Degenhardt hatte schon bemerkt, dass da bei seinem alten Freund und Nebensitzer erinnerungsmäßig nichts mehr da war. Nach einer kleinen Sprechpause wechselte er nun seinerseits das Thema. "Und warum bist du nun wieder hier in Albstadt?" Brösamle antwortete ohne Zögern. Degenhardt war ja sein Freund. "Ist schon ein paar Wochen her. Die Leiche ohne Kopf. Du hast es bestimmt in der Zeitung gelesen."

Während der Kommissar in allen Einzelheiten davon zu berichten begann, was er bisher herausgefunden hatte, trat ein weiterer Gast in den Schankraum. Ein kleines, dünnes Männchen näherte sich ihrem Tisch, ausnehmend wohlgekleidet: gut sitzender, grauer Flanellanzug, frisch polierte, schwarze Schuhe, eine teure Seidenkrawatte mit dezentem Muster. Als Degenhardt ihn bemerkte, stand er rasch auf, ging auf ihn zu, fasste ihn am Arm. "Darf ich dir meinen guten Freund und Stammgast vorstellen – Immanuel Kantzelmann, Doktor der Philosophie und Archivar im Ruhestand. Gegenwärtig arbeitet er an einem großen Projekt. ‚Geistesleben in Albstadt', so heißt es doch, nicht wahr?" - "Ja ja, schon," erwiderte der Kleine im Flanellanzug. Seine Augen funkelten hinter den Brillengläsern und er setzte dazu an, sein Vorhaben genauer zu erläutern. "Gegenwärtig arbeite ich am zweiten Band, dessen genauer Titel aber noch nicht – " - "Uns normalen Sterblichen hat mein Freund Kantzelmann zwei Dinge voraus," unterbrach ihn Degenhardt, der wohl wusste, dass sein gut gekleideter Freund nicht so bald ein Ende finden und damit den Kriminalkommissar tödlich langweilen würde, "erstens: Er ist Frührentner. Und zweitens" – hier warf Degenhardt dem Kriminaler einen scharfen Blick zu, so als wollte er sagen: wehe dir, wenn du jetzt anfängst, dich lustig zu machen – "zweitens, er hört Stimmen. Ja, man kann richtig neidisch werden. Diese Stimmen sagen ihm, wo es lang geht. Sie helfen ihm natürlich auch bei seinem großen Forschungsvorhaben über das Geistesleben hier in unserer Stadt." Brösamle beeilte sich, ein höchst beeindrucktes Gesicht zu machen, worauf sich der kleine dünne Kantzelmann überaus geschmeichelt zeigte. "Nicht doch, nicht doch", flötete er und drehte seinen auf einem spindeldürren Hals sitzenden Kopf leicht wackelnd zu Degenhardt hin, um sich dann wieder dem Kommissar zuzuwenden. "Er hat Recht, mein Freund Hans, er hat Recht. Schade nur, dass mich kaum jemand Ernst nimmt mit meinen Stimmen. So bin ich nämlich der gesamten Menschheit meilenweit voraus. Und da sie der Freund meines Freundes zu sein scheinen, stehe ich ihnen mit meinen außergewöhnlichen Fähigkeiten selbstverständlich voll und ganz zur Verfügung."

Degenhardt nickte dem kleingewachsenen Philosophen wie auch dem etwas verdutzten Kommissar huldvoll lächelnd zu. "Mein Freund Brösamle wird dieses Angebot sehr zu schätzen wissen. Er ist nämlich bei der Kriminalpolizei und hat es auf sich genommen, die

Sache mit dieser Frauenleiche aufzuklären, du weißt schon, dieser Fall, er war in der Zeitung." - "Ja, wirklich, Polizei!" Kantzelmann reichte dem Kommissar die Hand. "Ich bin sicher, wir beide werden gut zusammen arbeiten. Sie erlauben doch, dass ich mich zu ihnen setze. Dieser Fall interessiert mich ungemein."

Brösamle glaubte zwar inzwischen, hier in die Außenwohngruppe einer Nervenheilanstalt geraten zu sein, aber seinem alten Kumpel Degenhardt zuliebe spielte er das Spiel mit und fuhr fort, von seinen bisherigen Ermittlungen zu erzählen. Während er mehr und mehr in Fahrt kam und seine beiden Zuhörer sich von den kriminaltechnischen Details sehr beeindruckt zeigten, bemerkten sie nicht sofort, dass ein weiterer Gast den Schankraum betrat, sich zwei Tischchen von ihnen entfernt niederließ, eine Zeitung aus seiner Jackentasche holte und sich in die Lektüre derselben vertiefte. Als Brösamle den Höhepunkt seiner Geschichte hinter sich gebracht hatte (als solchen hatte er sich das Fitzelchen Klopapier am Hintern der Leiche auserkoren), entstand eine kleine Pause. Nun erst registrierte Degenhardt den neuen Gast und verließ flugs die kleine Runde; kam jedoch nach kurzer Zeit zurück, nachdem er ein Glas Bier vor den Zeitungsleser gestellt hatte.

"Und wie willst du hier in Albstadt vorgehen?" nahm Degenhardt den Faden wieder auf. "Was sind die nächsten Schritte?" Brösamle genoss es, wie ihn die beiden andächtig und ehrfürchtig ansahen. "Morgen früh", begann er, die Hände im vollen Bewusstsein seiner besonderen Bedeutung übereinander legend, "morgen früh gehe ich aufs Rathaus. Auf das Einwohnermeldeamt. Dort werde ich feststellen, wer als Opfer in Frage kommt. Das ist ganz einfach: Albstadt hat so ungefähr fünfzig tausend Einwohner. Davon sind gut die Hälfte weiblich, bleiben also fünfundzwanzig tausend. Von diesen fünfundzwanzig tausend haben vielleicht viertausend das passende Alter. Und von diesen viertausend sind die allermeisten verheiratet und haben Kinder. Die scheiden alle aus. Was ich brauche, das sind die kinderlosen Alleinstehenden. Sonst hätte ja irgend jemand eine Vermisstenanzeige aufgegeben. Und dann werde ich die hiesigen Drogerien abklappern. Und Parfümerien und Schönheits-Salons, wenn es hier überhaupt welche gibt. Das Opfer hatte sich ja sehr sorgfältig und aufwendig gepflegt. Solarium. Fitness. Kosmetik. Parfüms." Brösamle begann nun, sich in Einzelheiten der chemischen Zusammensetzung von Parfums zu verlieren, was seine beiden Zuhörer mehr und mehr langweilte und schließlich zu einem Wechsel des Gesprächsthemas führte – von Parfüms zu den Frauen, von den Frauen zu Autos, von den Autos wieder zu den Frauen. "Im Allgemeinen", unterbrach Degenhardt den Gang der Unterhaltung, "sitzen wir hier alle an einem Tisch zusammen. Ist doch gemütlicher. Ich geh mal rüber und frage den ..."

Ohne das Einverständnis des Kommissars und des Philosophen abzuwarten, erhob er sich vom Tisch und ging auf den noch immer Zeitung lesenden Gast zu. Nach einem kurzen Wortwechsel stand dieser jedoch ruckartig auf, stürmte an Brösamle und Kantzelmann vorbei und verließ das Lokal. Sein Gesicht konnte Brösamle nicht erkennen, denn er hatte den Kopf beim Vorübergehen von ihm abgewandt. Trotzdem – oder vielleicht gerade deswegen – war ihm das rechte Ohr des seltsamen Gastes aufgefallen: Merkwürdig verunstaltet erschien es ihm – groß und breit und gekräuselt wie ein Salatblatt.

"Seltsamer Zeitgenosse", schüttelte Degenhardt den Kopf, als er wieder zurückkam. "Kennst du ihn?" wollte Brösamle wissen. "Nö", antwortete Degenhardt, "war noch nie hier."

- Kapitel 13 -

"Herr Brösamle? Herzlich willkommen bei uns in Albstadt! Auf gute Zusammenarbeit!" Brösamle musste die Zähne zusammenbeißen. Der Händedruck von Kommissar Helmut Stößels breiten Pranken erinnerte an einen Schraubstock. "Sehr groß ist unser Polizeiposten hier in Albstadt ja nicht, wie sie sehen. Und unsere Ausstattung, na ja, könnte besser sein. Kommen sie, ich zeige ihnen alles." Der Stuttgarter zog die Augenbrauen hoch. "Polizeiposten? Nicht Revier? Früher war hier doch das Albstädter Revier – oder irre ich mich?" Stößel gab einen wehmütigen Gluckslaut von sich. "Sie irren sich nicht. Leider. Bis vor ein paar Jahren war hier das Revier für ganz Albstadt. Aber vor ein paar Jahren haben sie im Norden der Stadt ein großes Drumm hingestellt, mit allem Drum und Dran. Fünfzig Leute sind jetzt dort. Seitdem ist hier nicht mehr viel los. Kommen sie, ich zeig's ihnen." Der groß gewachsene, massige Leiter des Polizeipostens fasste Brösamle an der Schulter und schubste ihn durch die Räumlichkeiten. Alles eng und popelig, überall der Geruch von Sagrotan und Bohnerwachs. Die Schreibtische, die Büroschränke, die Stühle, die Telefonapparate, die Computer, die Schreibtischlampen, alles gediegen und in bestem Zustand, aber mehr oder weniger museumsreif – es schien, als sei die Zeit bei der Albstädter Polizei in den Achtzigerjahren stehen geblieben. Kommissar Stößel schien Brösamles erstaunte Blicke richtig zu deuten. "Na ja. Wir sind hier eben ein kleiner Polizeiposten in der Provinz. Von Stuttgart sind sie sicher Besseres gewohnt."

Stößel schubste seinen Kollegen in eine Ecke des größten Dienstzimmers. "Personell ist es auch nicht gerade toll hier bei uns. Aber Raum ist in der kleinsten Hütte! Schauen sie, hier, wir haben für sie einen Schreibtisch freigemacht. Alles für sie hergerichtet, was man so zum Arbeiten braucht – Bleistift, Radiergummi, Papier, Bleistiftspitzer, Büroklammern, Computer, Telefon, Briefumschläge, Schere, Brieföffner, Adressbuch – sie werden sich wohlfühlen bei uns, da bin ich sicher. – Probieren sie mal ihren Stuhl aus, Herr Brösamle." Der Angeredete spürte Stößels schwere Hand auf seiner Schulter. Als Brösamle sich gesetzt hatte, zog Stößel einen Stuhl vom nächsten Schreibtisch herbei, nahm neben ihm Platz und holte tief Luft.

"In Albstadt ist sicherlich alles ein wenig anders, als sie es in

Stuttgart gewohnt sind." – So begann Kommissar Stößel seine Erläuterung der örtlichen Verhältnisse. "Das habe ich schon bemerkt", war Brösamle versucht zu antworten, aber er konnte diesen Satz gerade noch unterdrücken, denn er wollte nicht mit einer Unhöflichkeit hier in Albstadt anfangen. "Also", fuhr Helmut Stößel fort und kratzte sich an seinem breiten, kräftigen Kinn, "wir sind hier alle per du. Also, ich bin der Helmut." - "Ich bin der Theo", erwiderte Brösamle, hielt dem Albstädter Kollegen die Hand entgegen und war darauf bedacht, nun selbst als erster kräftig zu drücken, bevor Stößel dieses wieder schraubstockmäßig tun konnte. "Und wie viele Mitarbeiter hast du hier in deiner Dienststelle, Helmut?" wollte Brösamle wissen. "Eigentlich sind wir vier. Aber der Kollege Wissmann ist meistens krank geschrieben. Die andern beiden wirst du noch die nächsten Tage kennenlernen. Bonzelmann und Kitzer, so heißen die zwei. Aber nun zu deiner Arbeit, Theo."

Stößel versuchte, seinem gutmütigen Bauerngesicht einen geschäftsmäßigen Ausdruck zu geben. Was Brösamle veranlasste, nach Papier und Bleistift zu greifen, um sich gegebenenfalls Notizen zu machen. "Wir werden wohl eine Sonderkommission gründen müssen, Theo. Nichts dagegen. Aber ich habe einfach nicht genug Leute dazu. Wir ersaufen hier in der Arbeit. Hier ein Ehekrach, da eine Wirtshausschlägerei, hier eine Nachtruhestörung, da ein Betrunkener, hier ein Ladendiebstahl, dort eine Beleidigungsklage. Wir sehen kaum darüber hinaus. Vor allem, weil Wissmann immer krank ist. Und jetzt auch noch dieser Mordfall. Also, mit dieser Soko – das bist letzten Endes du allein. Aber wir tun, was wir können, ist doch klar. – Übrigens – dein Bericht. Habe ihn gleich gelesen. Donnerwetter, ganz große Klasse, das muss ich sagen!" Brösamle schaute verlegen auf die leere Schreibtischplatte. "Na ja, man tut, was man kann." - "Der Sache mit den Reifen-Abdrücken in der Nähe des Fundorts der Leiche bin ich gleich nachgegangen," fuhr Stößel fort, "kam aber nichts dabei raus. Dreizehn Fahrzeuge dieses Typs sind hier gemeldet. Habe alle kontrolliert. Keiner dabei mit diesen abgefahrenen

Reifen und dem seltenen, markanten Profil. Warte mal" – Stößel erhob seinen massigen Körper vom Stuhl und wühlte minutenlang in einem Papierberg auf dem übernächsten Schreibtisch – offenbar sein eigener. Schließlich hatte er gefunden, was er suchte. "Hier ist ein Foto von dem Reifenabdruck. Und hier die Liste."

Brösamle überflog die dreizehn Namen und wunderte sich. "Sag mal, Helmut – mehr als die Hälfte dieser Fahrzeuge hast du gar nicht überprüft. Hier: Holstenbach, Werner, und da: Rominger, Eberhard, und da: bei der Firma Ruckstuhl und Röschle gleich fünf! Warum alle anderen und gerade diese nicht?" Stößels Augen weiteten sich. "Wo denkst du hin, Theo! Wie könnte ich! Holstenbach und Rominger! Wichtige Leute in Albstadt! Und Ruckstuhl und Röschle, das ist eine angesehene Firma! Das kann ich mir nicht leisten – nein, nein, da krieg ich Ärger. Das musst du schon selber machen." Der Stuttgarter zierte sich und schob die Liste wieder zurück: Dieses Spiel kannte er seit seinen ersten Dienstjahren – "Unangenehmes einem nichts ahnenden Kollegen anhängen", so hieß dieses Spiel. Aber nicht mit mir, dachte er, leicht ungehalten, nicht mit mir. "Also Helmut, entschuldige, aber das musst du schon selber machen."

- Kapitel 14 -

Brösamle hatte allen Grund, guter Laune zu sein: Die vergangenen zwei Tage war er mit seinen Ermittlungen ein großes Stück weiter gekommen. Die jungen Damen auf dem Rathaus hatten sich alle Mühe mit ihm gegeben; die unverheirateten, kinderlosen, alleinstehenden Frauen zwischen dreißig und fünfunddreißig waren bald schon herausgefunden; unter den punktgenau 211 Damen befanden sich freilich 85 Fabrikarbeiterinnen und vierzehn Putzfrauen, die ebenfalls auszuscheiden waren, denn die Hände des kopflosen Körpers waren viel zu fein und gepflegt, als dass einer dieser Berufe in Frage gekommen wäre. So blieben denn noch 112 Personen. Von diesen, so stellte er mit großer Befriedigung fest, trugen immerhin fünf den Namen Bettina und drei den Namen Barbara.

An diesem Punkt hatte er den aufwendigsten und mühsamsten Teil seiner Nachforschungen erreicht: Mittels Telefon und Hausbesuch hatte er jeder einzelnen Adresse nachgespürt, um herauszufinden, ob die betreffende Dame nun quicklebendig vorhanden war oder ob sie, durch Abwesenheit glänzend, dem Kreis der möglichen Mordopfer zuzuzählen sei. Treppauf und treppab war es gegangen, durch Albstadts Außenbezirke und wieder zurück ins Zentrum. 95 quicklebendige Frauenzimmer hatte er diesermaßen angetroffen; es blieben demnach noch ganze siebzehn übrig – darunter keine einzige Bettina, auch keine einzige Barbara. Siebzehn Adressen also, siebzehn Berufe, siebzehn Namen, siebzehn knackige Vollweiber im allerbesten Alter, und eine davon – ja, eine davon, die - - - nun ja, die musste er herausfinden.

Zwei Drogerien hatte er bereits abgeklappert, und nun befand er sich, ein munteres Liedlein auf den Lippen, auf dem Weg zu Gisèle‘s Kosmetik-Studio. Schon allein der Name hörte sich besser an als dieses stinknormale Wort "Drogerie". Eine aktive, lebenszugewandte und junge Frau wie die Ermordete wird einem Kosmetik-Studio allemal den Vorzug gegeben haben, dachte Brösamle, bog um die Ecke, und – da stand er auch schon vor der Ladentür.

"Ja, bitte?" Vor Brösamle stand eine jener Frauen, deren Alter bei so ungefähr 30 nicht weiter vorgerückt zu sein schien. Sie hätte 30 oder auch 40, vielleicht sogar auch noch 45 Jahre alt sein können. Blond, gepflegt, mittelgroß, grazil. Aus ihren blaugrauen Augen strahlten Wärme und Lebenserfahrung. Brösamle fühlte sich etwas unwohl. "Ich fürchte, äh, ich bin wohl nicht der Durchschnittskunde hier", begann er, was die Dame mit einem silberhellen und äußerst sympathischen Lachen quittierte. Schon etwas mutiger, nestelte er nach seiner Polizeikarte. "Brösamle mein Name, Kommissar Theodor Brösamle. Polizeidirektion Stuttgart." In den warmen, lebenserfahrenen Blick der alterslosen Blonden mischte sich ein größeres Quantum Respekt - "kommen sie bitte mit. Wir gehen nach hinten."

Wie sie die paar Schritte vor ihm herging, fiel ihm auf, dass sie nicht nur gut gekleidet war, sondern dass sie es ausgezeichnet verstand, ihre weiblichen Rundungen durch die Kleidung äußerst vorteilhaft wirken zu lassen. Was er mit großem Wohlgefallen zur Kenntnis nahm. "Sie trinken doch eine Tasse Kaffee", fragte sie ihn, kaum, dass er sich an ein recht nobles, postmodernes Tischchen gesetzt hatte. Als sie sich vornüber beugte, um ihm einzuschenken, gab ihre Bluse sekundenlang den Blick frei auf einige Quadratzentimeter blanker, wohlgerundeter Weiblichkeit. Was Brösamle ebenfalls mit großem Wohlgefallen registrierte.

Der warme, lebenserfahrene, aber gleichzeitig auch respektvolle Blick, der Kaffee, die Rundungen – all das ließ Brösamles anfängliche Unbeholfenheit dahinschmelzen, und locker plauderte er von Alter, Körpergröße und Gewicht, von teuren Parfums und Straffungs-Cremes, von durchtrainiertem Körper, sonnengebräunter Haut und rötlichblondem Haar. Frau Gisèle hörte ihm aufmerksam zu. Als er das rötlichblonde Haar erwähnte, da stand sie ruckartig auf. "Oh, ich habe den Süßstoff vergessen. Augenblick. Ich bin gleich wieder da." Indem sie sich von Brösamle abwandte, war es ihr gelungen, ihren abgrundtiefen Schreck vor ihm zu verbergen. Der Schreck über die Leiche. Sie glaubte nämlich, hier die Agentin der Israelis wieder zu erkennen, die Bibliothekarin, die es geschafft hatte, sich in das Herz des Juniorpartners Wolfgang Ruckstuhl einzuschmuggeln. Während sie so tat, als würde sie in einem Regal nach einem Fläschchen Süßstoff kramen, arbeitete ihr Hirn mit fieberhafter Hitze: Als Täter kam zunächst nur dieser Schuschwanow in Frage. Aber weshalb ermordet? Dies war in der Branche fast gänzlich unüblich, brachte es doch die Polizisten auf den Plan, die von den Geheimdienstlern zwar kaum einmal richtig ernst genommen wurden, die aber trotzdem reichlich Unruhe stiften konnten.

Möglichkeit eins, dachte Mrs. Webster alias Gisèle, und wühlte aufgeregt und deutlich hörbar in einer Schublade: Die Bibliothekarin war dem Geheimnis der Firma so nahe gekommen, dass Schuschwanow ins Hintertreffen zu geraten drohte und deshalb keine andere Wahl sah, als sie zu beseitigen. Möglichkeit zwei: Die Bibliothekarin hatte es geschafft, die ersehnten, geheimen Unterlagen an sich zu bringen. Schuschwanow hat sie erwischt und beseitigt, noch bevor sie das Weite suchen konnte. Er würde in diesem Fall alles daran setzen, die Unterlagen zu finden, um dann seinerseits schleunigst das Weite zu suchen. Möglichkeit drei... Möglichkeit drei... Sie gab auf und kehrte, tief Luft holend, zu ihrem Gast zurück. Den Süßstoff hatte sie gleich zu Beginn ihrer Suche gefunden.

"Meistens sind es ja reifere Damen, die sich aus meinem Sortiment bedienen", begann sie und stellte den Süßstoff auf den Tisch, "aber gerade deshalb kann ich mich an meine jüngeren Kundinnen um so besser erinnern. Eine mit rötlichgoldener Tönung ist in der Tat dabei. Sie wollte immer eine mehr ins Kupferne reichende Schattierung erreichen, war mit dem Ergebnis aber nie so hundertprozentig zufrieden. Auch alles andere passt ganz gut zu ihr." Brösamles Herz schlug höher – er hatte es geschafft. Wieder einmal der Beweis, dass Beharrlichkeit zum Ziel führt, dachte er triumphierend. Schon streckte er beide Arme aus, um Frau Gisèle in schwäbischem Überschwang herzlich die Hände zu drücken.

Doch hatte sie noch nicht ganz ausgeredet. "Aber wie sie heißt, diese Kundin – das hat sie mir nie gesagt." Einen feuchten Dreck werde ich, dachte sie sich. Diesem Polizisten sagen, was Sache ist. Zuerst noch einmal gründlich überlegen. Enttäuscht zog Brösamle seine Arme wieder zurück. Er konnte es kaum glauben. "Nein? Wirklich nicht?" Frau Gisèle schüttelte bedauernd den Kopf. "Vielleicht doch? Irgendwann einmal?" insistierte er. Frau Gisèle schüttelte abermals den Kopf. So nahe war er an seinem Ziel gewesen, der Kriminalkommissar, da wollte er noch nicht aufgeben. "Vielleicht fällt ihnen noch irgend etwas ein – irgend eine Einzelheit. Vielleicht hat sie ihren Beruf erwähnt? Vielleicht von gemeinsamen Bekannten gesprochen? Irgendwas – bitte, bitte!"

Frau Gisèle schaute ihn mit großen traurigen Augen an und schüttelte erneut ihren hübschen Kopf. "Vielleicht noch ein Tässchen Kaffee? Zum Trost, gewissermaßen?" Den Kaffee trank er gerne. Und während er langsam und bedächtig schluckte, dachte er verzweifelt darüber nach, was er noch fragen könnte. "Da war sicherlich noch mehr. Ihre Kundin hat ihnen doch gewiss das eine oder andere erzählt. Frauen sind doch beim Einkaufen nicht so einsilbig wie Männer. Da hat es doch bestimmt den einen oder anderen kleinen Plausch gegeben. Bitte, bitte denken sie nach!" Stumm und schuldbewusst blickte Frau Gisèle vor sich hin. Die Freude eines Erfolgs hätte sie ihm ganz offensichtlich gegönnt. So meinte es der Kommissar jedenfalls.

Brösamle wartete. Saß da und wartete noch eine Weile geduldig. Schaute einige Augenblicke an die Wände, an die Decke, dann wieder auf Frau Gisèle, die noch immer schuldbewusst vor sich hinsah. "Wissen sie was", kam es schließlich aus ihm heraus, "hier, rufen sie mich an, wenn ihnen noch etwas einfallen sollte." Nun schaute sie ihn an. Mit ihren großen, blaugrauen Augen. Mit diesem jetzt ganz besonders warmen Blick. Der ihn urplötzlich über sich selbst hinauswachsen ließ. Brösamle kannte sich selbst nicht mehr, als er sich sagen hörte: "Oder wissen sie was – heute abend gehen wir zusammen essen."

Sobald der Kommissar den Schönheits-Salon verlassen hatte und um die nächste Ecke gebogen war, verließ Mrs. Webster (alias Frau Gisèle) nun ihrerseits das Ladenlokal und legte dabei hektische Eile an den Tag. Ein Blick ins Telefonbuch. Zur nächsten Telefonzelle. Schuschwanow anzurufen, das war ihre Absicht. Herauszufinden, ob er überhaupt noch in Albstadt war. Von ihrem eigenen Telefon aus wollte sie das nicht tun – wer weiß, vielleicht verfügte er über eine Vorrichtung, mit der man den Anrufenden identifizieren konnte.

Die Tür der Zelle aufgerissen und die Telefonkarte eingesteckt – das war eins. Nervös tippte sie die Tasten. Dann der gleichmäßig blökende Ton am anderen Ende der Leitung. Und schließlich die bekannte, leicht schnarrende Stimme, leicht verschlafen und missgestimmt: "Ja?" – "Bist du's, Albert", begann Mrs. Webster zu schwadronieren, "du, ich muss dir unbedingt - -" "Ich bin nicht Albert", tönte die Stimme am anderen Ende der Leitung verärgert. Knacks, Hörer aufgelegt.

Erleichtert legte nun Mrs. Webster ihrerseits den Hörer auf. Schuschwanow war also noch im Lande! Das bedeutete: Er hatte die Unterlagen nicht an sich bringen können. Sonst wäre er längst über alle Berge. Auf dem Weg zurück zu ihrem Schönheits-Salon kam sie ins Grübeln: Zweierlei schien ihr nun möglich – entweder war die Bibliothekarin noch gar nicht an die Unterlagen herangekommen. Dann hatte Schuschwanow zu früh zugeschlagen. Oder aber sie hatte die Unterlagen versteckt. So gut versteckt, dass Schuschwanow suchen musste. In diesem Fall musste sie dafür sorgen, dass er nichts fand.

Und dieser Kommissar, der kam ihr jetzt wie gelegen. Vielleicht würde sie ihn noch gut gebrauchen können. Abgesehen davon, dass sie ihn ganz passabel fand. Vielleicht sollte sie ihm bei seiner weiblichen Leiche ein wenig auf die Sprünge helfen. Aber das musste sie sich noch reiflich überlegen.

- Kapitel 15 -

Beim Italiener "L'Imperatore" herrschte, wie immer, Hochbetrieb. Dieses Lokal hatte Brösamle nach Rücksprache mit seinem Freund Degenhardt ausgewählt, weil er sich vorstellen konnte, dass das

Mordopfer am Abend der grausigen Bluttat hier getafelt hatte. Ein italienisches Speiselokal der gehobenen Sorte musste es gewesen sein, genau so eines wie dieses, so reimte er es sich aus allen Spuren zusammen, die er hatte ausfindig machen können. Was für Leute hierher kommen, das interessierte ihn, wes Geistes Kind sie sind, wie sie sich benehmen. Deshalb hatte er einen Tisch gewählt, der ihm eine vorteilhafte Rundumsicht gewährte, und aufmerksam äugte er beim Speisen immer wieder in die Runde. Die besseren Leute von Albstadt pflegten hier offensichtlich zu verkehren, vor allem die jüngeren. Ingenieure und Computer-Fachleute, so schätzte er, und außerdem Zahntechniker und Architekten. Zumeist in Zweiergrüppchen. Die zugehörenden Damen gehörten sicherlich nicht zu den Gewöhnlichen; er taxierte sie auf Verwaltungsangestellte der besseren Art, auf Kauffrauen, auf Directricen – selbstbewusste, erfolgreiche junge Frauenspersonen: Kleidung der gehobenen Klasse; braun und sportlich, sorgfältiges, anspruchsvolles Make-up. Ganz von der Art seiner ermordeten, kopflosen Barbara. Hier wird sie wohl ihre letzte Mahlzeit eingenommen haben. Ihre Henkersmahlzeit.

Nur ein einziger Gast passte nicht so ganz in das allgemeine Bild. Er saß am übernächsten Tisch, ganz alleine, und Brösamle erwischte ihn immer wieder dabei, wie er forschend zu ihm herüberschaute. Sonst hatte er nichts Auffälliges an sich. Ausgenommen vielleicht seine rechte Ohrmuschel, die ihn irgendwie an ein großes breites Salatblatt erinnerte.

Es war nicht einfach gewesen, mit Frau Gisèle Ort und Zeit für den Abend zu vereinbaren. Er hatte versucht, sie von seiner Pension aus anzurufen, aber die Leitung war ununterbrochen belegt gewesen. So machte er sich schließlich auf den Weg und besuchte sie in ihrem Salon. Frau Gisèle zeigte sich ob seines Erscheinens sowohl erfreut wie auch erstaunt. Die Sache mit dem Telefon konnte sie sich nämlich absolut nicht erklären: "Ich kann doch nicht ununterbrochen am Telefon hängen – da würde mir doch meine Kundschaft davonlaufen!" – Ein kleines Missgeschick – Brösamle dachte nicht weiter darüber nach. Es hatte ja doch noch geklappt.

Frau Gisèle hatte für diesen Anlass ihre Garderobe so gewählt, dass die Rundungen ihres Körpers noch vorteilhafter zur Geltung kamen als am Morgen in ihrem Kosmetik-Salon. Bei der Begrüßung hatte sie sich kurz und sachte an ihn gedrückt, was ihm den Mut gab, sie auf die Wange zu küssen. Dabei stieg es ihm angenehm betörend in die Nase: Dieses Parfüm! Der Duft blieb aber nicht auf seinen Nasenschleimhäuten hängen, nein, er stieg ihm ins Hirn, er fuhr ihm in die Glieder, er bewirkte einen leicht rauschartigen Zustand. Gerne hätte er sie, um noch mehr davon inhalieren zu können, auch auf die andere Wange geküsst. Aber er traute sich nun dann doch nicht.

Frau Gisèle und Brösamle hatten trotz der Späh-Manöver des Kriminalkommissars angenehm miteinander geplaudert und dabei festgestellt, dass sie beide schon über langjährige Eheerfahrung verfügten. Freilich war Frau Gisèles Ehe nicht durch eine Scheidung beendet worden, wie bei ihm, sondern durch einen Verkehrsunfall. Darüber sprach sie freilich nur ganz kurz – wesentlich mehr Zeit ließ sie sich bei den Sorgen um ihre alte, pflegebedürftige Mutter, die in einem Heim irgendwo im hohen Norden untergebracht war. Einen großen Teil ihrer Freizeit verbrachte sie damit, dorthin zu reisen und dort die alte Frau im Rollstuhl vor sich her zu schieben. Brösamle hörte geduldig zu und schwieg. Über das Mordopfer wollte er nicht reden. Jetzt gerade jedenfalls nicht. Frühestens beim Nachtisch wollte er vielleicht damit anfangen.

Dergestalt hatten sich die beiden einer opulenten Vorspeisenplatte gewidmet, hatten ein höchst delikates Hauptgericht mit Meeresfrüchten und verschiedenen Gemüsesorten genossen und waren nun beim Nachtisch angelangt, als einer dieser unvermeidlichen, dunkelhäutigen Menschen mit einem großen Rosenstrauß an ihrem Tisch auftauchte. Einem plötzlichen Impuls folgend zückte Brösamle den

Geldbeutel und überreichte seiner Begleiterin einen ganzen Arm voll roter Rosen. Frau Gisèle zeigte sich ob solch großzügiger Kavalierstat höchst entzückt. "Aber Herr Brösamle! Sind die schön! Das wäre doch nicht nötig gewesen! Wie kann ich mich bei ihnen da nur bedanken!" Sprach's, fasste ihn am Kopf und drückte ihm einen langen, feuchten Kuss auf den Mund.

Natürlich begleitete Brösamle Frau Gisèle nach Hause. Natürlich lud sie ihn auf einen kleinen Schluck in ihre Wohnung. Natürlich tranken sie Bruderschaft. Und über dem Bruderschaftskuss verging die ganze Nacht.

Bevor Brösamle am nächsten Morgen richtig wach geworden war, spürte er wieder diesen betörenden Duft in der Nase, der von Giselas Ohrläppchen auszugehen schien (ja, Gisela: wer hätte es auch gedacht – so hieß sie nämlich richtig!). Diesen Duft – er sog ihn tief, tief in sich ein, und nun erhöhte sich das wonnevolle Glücksgefühl noch weiter, als er ihren weichen, warmen, wohlgeformten Körper neben sich fühlte. Wie er sich dann eng an sie kuschelte, da schnurrte sie wie ein Kätzchen, knabberte sachte an seinem Ohrläppchen und flüsterte: "Du, Theo, Liebster, jetzt fällt es mir wieder ein: Sie hat mal von ihren Büchern gesprochen, diese Frau, wegen der du hierher nach Albstadt gekommen bist. Ob das wohl etwas zu bedeuten hat?"

- Kapitel 16 -

Kommissar Brösamle hatte das Gefühl, ein vollkommen anderer Mensch zu sein, seit er Gisela Brodbecks Wohnung verlassen hatte. Die Welt, so philosophierte er, sieht doch völlig anders aus, wenn man sich einem weiblichen Wesen zuordnen kann. Dazu noch einem solchen, wie es Gisela Brodbeck war! Er überlegte sich, welches Eigenschaftswort wohl am besten zu ihr passen würde: Außergewöhnlich? Hm, nein, zu schwach. Traumhaft? Hm, nicht so ganz.

Zu viel Traum, zu wenig Realität. Atemberaubend? Göttlich? Himmlisch? Phantastisch? Am besten: Alle diese Wörter zusammen!

Merkwürdig schon, wie so ein Erlebnis die menschliche – oder war es nur die männliche? – Psyche verändern kann! Vergnügt trällerte er einen kitschigen Schlager aus den Vierzigerjahren: "... why is the sky so blue since the hour I met you ..." In der Tat. Ganz Albstadt schien heute so viel schöner und angenehmer als gestern, ja, selbst der Straßenbelag schien glatter, und sogar der Verputz der Hauswände schien sauberer und strahlender zu sein. Dabei hatte während des Frühstücks bei Gisela ein zwar leichter, aber dennoch mit steter Hartnäckigkeit rieselnder Dauerregen eingesetzt. Ganz objektiv gesehen war der Himmel keineswegs blau, sondern grau und wolkenverhangen, Straßen und Gehsteige menschenleer und voller Pfützen. Er selbst wäre plitschnass geworden, hätte Gisela ihm nicht einen Regenschirm geborgt.

Das feuchtkühle Wetter ignorierte er vollkommen – seine Gedanken kreisten ausschließlich um diese faszinierende Frau mit dem warmen, lebenserfahrenen Blick, mit der geschmackvollen Kleidung, die weibliche Rundungen erkennen ließ. Und überhaupt: Was Gisela so alles wusste. Über Albstadt und seine Einwohner. Sie hatte nämlich nicht nur diesen Kosmetiksalon. Nebenher arbeitete sie noch als Visagistin und besuchte die feinen Damen, die es sich leisten konnten, zu Hause. Make-Up, Pediküre, Maniküre, Gesichtsmasken und solche Sachen. Dabei, so hatte sie ihm beim Frühstück erzählt, kam sie ganz schön rum und erfuhr so allerhand von dem, was in Albstadt so vor sich ging – im Allgemeinen, und von dem, was die reiferen Damen in Albstadts besseren Kreisen bewegte – im Besonderen. Zum Beispiel, welche Hemden der Chef von Ruckstuhl & Röschle bevorzugt trug. Oder, dass der Enkel des Unternehmers Eberhard Rominger schon des öfteren spät nachts sturzbetrunken nach Hause gekommen war. Oder, dass es da eine im Kulturbereich tätige, junge Dame gebe, die den Albstädter Männern reihenweise den Kopf verdrehte. Alles Informationen, die ihm, dem Kriminalkommissar, vielleicht irgendwann ganz nützlich sein könnten.

Nur eines stimmte ihn etwas verwunderlich. Nicht nur, dass sie die Kaffeetassen im Schrank an Haken aufgehängt hatte, was ihn an seine Zeit als Austauschschüler in England erinnerte. Nicht nur, dass es in ihrer Wohnung nach einer bestimmten Art von Sauberkeit roch, wie sie ihm ebenfalls aus seiner kurzen Zeit bei einer englischen Familie geläufig war. Da war noch etwas, das er eher ganz zufällig ihn ihrem Küchenschrank entdeckte: Dieser seltsame Brotaufstrich, auf Hefe-Basis hergestellt, mit Namen "Marmite". Für einen Engländer die Krone aller Brotaufstriche, für einen Kontinentaleuropäer hingegen absolut ungenießbar.

"Sag mal, Gisela, wie kommst du auf Marmite? Hast du Verwandte in England?" Ihre Augen hatten sich bei dieser Frage für einen Sekundenbruchteil angstvoll geweitet, doch sie hatte sofort wieder die Kontrolle über ihre Gefühle gewonnen und damit begonnen, laut und überaus gekünstelt zu lachen. "Was du nicht alles merkst, du Oberkommissar! Mein verstorbener Mann, ja, der ..."

Das alles leuchtete ja ein. Aber warum zuerst einmal dieser angstvolle Blick? Und dann war da noch etwas, das ihn stutzen ließ - Wie sie ihn so beiläufig gefragt hatte, ob er bei seinen Ermittlungen vielleicht schon mal auf die Firma Ruckstuhl und Röschle gestoßen sei? Ruckstuhl und Röschle – natürlich konnte er sich erinnern: Das war die Firma mit einigen der noch nicht überprüften Kleintransporter. Aber er tat so, als höre er den Namen zum ersten Mal. "Ruckstuhl und Röschle?" hatte er den völlig Unbedarften gemimt. "Warum sollte ich auf diese Firma kommen?" "Ach, nur so", hatte Frau Gisèle geflötet. "Ich kenne einige Leute von denen. Könnte dir einiges erzählen, wenn du willst." Was das nun zu bedeuten hatte? Steckte hinter Frau Gisèle vielleicht noch irgend etwas? Er nahm sich jedenfalls vor, über Ruckstuhl und Röschle weitere Erkundigungen einzuziehen.

Mit solchen Gedanken im Kopf tänzelte Brösamle um die größeren und kleineren Pfützen herum und bewegte sich dabei auf das Albstädter Rathaus zu. Das Amt für öffentliche Ordnung war sein Ziel: Dort war zu erfahren, wer in Albstadt mit Büchern zu tun hatte. So viel Glück hatte er schon lange nicht mehr in so kurzer Zeit gehabt: Erst die Nacht mit Gisela, und jetzt auch noch ein dermaßen großer Fortschritt in dieser Mord-Sache! Er sah sich schon, mit Gisela im Arm, von einer neugierigen Reporterschar umringt, im Blitzlichtgewitter, Mikrophone dutzendweise vor sein Gesicht hingehalten – eben tippelte er an einem Baugerüst vorbei, das nur einen ausnehmend schmalen Rest des Gehsteigs übrig ließ, und dieser schmale Rest war teils mit zerbrochenen, teils auch mit schief liegenden und wackligen Bodenplatten belegt. In seinen lebhaften und – zugegeben – auch berückenden Tagträumen hatte er wohl zu wenig auf die Beschaffenheit des Bodens geachtet, war gestolpert und - patsch, lag er längelang auf dem feuchten Bodenbelag. Ellbogen und Knie schmerzten, der Schirm war ihm abhanden gekommen. Der Schreck machte ihn ganz benommen – weißer Mull im Kopf, Sternchen kreisten vor seinen Augen. Mein lieber Theodor, du bist anscheinend doch nicht mehr ganz der Jüngste. So eine Liebesnacht, die hinterlässt doch ihre Spuren, dachte er und holte erst mal tief Luft.

Eben war er dabei, sich aufzurichten und die eher minimalen Schäden an seiner Kleidung zu begutachten, da: Dicht neben seinem Kopf ein ohrenbetäubender Schlag; der Boden zitterte von der Erschütterung; ein Schwall Dreckwasser spritzte ihm ins Gesicht. Und wie er sich nun vollends ganz aufrichtete und sich das Wasser aus den Augen rieb, da sah er einen wuchtigen Betonklotz vor sich, der vom Baugerüst in die Tiefe gesaust war und nur wenige Zentimeter vor seinem Schädel entfernt die Bodenplatten zentimetertief ins Erdreich gepresst hatte. Er blickte nach oben: Kein Mensch zu sehen. Aber irgendjemand musste doch für diesen Unfall verantwortlich sein! Irgendjemand, der oben auf dem Gerüst eben noch zugange gewesen war! Den werde ich finden, entschloss sich

Brösamle, und hastete die Leiter an dem Baugerüst hoch, von einer Ebene zu nächst höheren, bis er schwer atmend ganz oben angekommen war, ganz oben, wo sich das flache Dach des Gebäudes kaum kniehoch über der obersten Ebene des Gerüsts erhob, so dass man ohne Mühe mit einem großen Schritt dorthin gelangen konnte.

Der Kommissar eilte zu jener Stelle, wo senkrecht in der Tiefe der Betonklotz lag. Eine Rutsche aus mehreren dicken Balken führte von der Dachkante über die oberste Ebene des Gerüsts nach unten; dort, wo die Rutsche begann, zeichnete sich auf der Dachfläche ein noch nicht ganz vom Regen benetztes Viereck ab – dort hatte noch bis vor wenigen Minuten der Betonklotz gelegen. Einige Meter daneben eine lange Eisenstange, die offensichtlich als Stemmeisen benutzt worden war.

Damit war für Brösamle alles klar: Ein Anschlag! Träumerisch tändeln – das war jetzt nicht mehr. In hektischem Dauerlauf hastete er zum Polizeiposten: ans Telefon, Revier Albstadt anrufen, Meldung machen. Am anderen Ende der Leitung Bestürztheit – "Wir sind in fünf Minuten da."

Und in fünf Minuten waren sie da. Mit Blaulicht, drei grünweiße Personenwagen. Gelände absperren. Spurensuchmannschaft die Leiter des Gerüsts hoch. Ein weiterer Trupp in das Gebäude. Der Chef selbst zu Brösamle, der den Betonklotz zeigte. Und die Stelle, wo er gestolpert war. "Nun schreiben sie erst mal ihren Bericht", meinte der Albstädter Polizeichef, nachdem er dem Stuttgarter Kollegen aufmerksam zugehört hatte, "und vor allem: Ziehen sie sich um!" Theodor Brösamle sah an seiner Vorderseite herunter: Überwiegend feucht und mit Straßendreck bekleckert. Mittlerweile hatten sich die ersten Gaffer eingefunden; auch die örtliche Presse hatte von der Polizei-Aktion bereits Wind bekommen und einen jungen Menschen von der schreibenden Zunft vorbeigeschickt. Aber das alles kümmerte den Stuttgarter Kommissar im Augenblick wenig:

Zurück in seine Pension. Umziehen. Bericht schreiben. Und dann nachfragen, ob sich Spuren gefunden hatten – das war es, was er jetzt zu tun hatte.

"Haben sie mittlerweile Spuren gefunden?" Der Chef persönlich war am Apparat. "Leider nein", war die Antwort, "der Regen hat alles weggewaschen. Aber wir sind ja noch lange nicht fertig – in dem Gebäude gibt es noch viel zu tun. Ist recht groß: Ehemalige Textilfabrik, Landenberger und Söhne, gebaut 1880, 1985 Konkurs, seitdem leer stehend. Die jetzige Eigentümer-Gemeinschaft ließ das Gerüst vor einem Jahr anbringen, wegen Schäden an der Fassade. Haben sich seitdem heillos zerstritten. Drum passiert dort jetzt nichts mehr." "Wie konnten sie das alles in so kurzer Zeit herausfinden?" Am anderen Ende der Leitung ertönte ein amüsiertes Feixen. "Wir haben ein leistungsfähiges Stadtarchiv hier in Albstadt!" – "Aber die Spuren" – der Stuttgarter ließ nicht locker – "glauben sie, dass man in dem Gebäude noch welche finden könnte?" – "Nicht wahrscheinlich, aber auch nicht auszuschließen", ließ sich der Albstädter Polizeichef hören. Doch Brösamle wollte sich mit dieser vagen Auskunft nicht zufrieden geben. "Was meinen sie – sie haben doch Erfahrung auf diesem Gebiet!"

"Also, mmmh. Ganz unter uns. Wäre fast ein Wunde, wenn da noch was zum Vorschein käme. Tappen da voll im Dunkeln. Auch mit dem Motiv. Ein paar Kollegen haben da die Unfug-Theorie entwickelt." – "Unfug-Theorie?" – "Ja, Unfug-Theorie. Sie kennen doch die Leute, die Steine von Autobahnbrücken werfen. Einer von dieser Sorte. Hat einen Betonklotz vom Dach gekippt. Nur so, zum Spaß."

- Kapitel 17 -

In Albstadt waren mehrere Frauenspersonen mit Büchern befasst, und in leitender Stellung deren zwei – dies fand er mehrere Stunden später heraus, nachdem er sich umgezogen und anschließend seinen

Bericht über die Sache mit dem Betonklotz geschrieben hatte. Die eine mit Namen Annagret Pfeifle betrieb eine Buchhandlung im Stadtzentrum, die andere hörte auf den Namen Monika Wendland und leitete Albstadts städtische Bücherei, die sich jedoch in einem etwas entlegenen Außenbezirk befand. Auf seiner Liste mit den Namen der siebzehn möglichen Mordopfer befand sich zwar nur die Bücherei-Frau; zur Sicherheit wollte er aber erst mal in der Buchhandlung nachfragen, zumal diese an seinem Weg zur Bücherei lag.

Ganz altmodisch klingelte ein Glöckchen, als er die Ladentür öffnete, und er hatte sich noch keine drei Schritte in dem schlecht beleuchteten, niedrigen Innenraum bewegt, als ihm auch schon eine ältere, reichlich angehutzelte Frau mit extrem starken Brillengläsern entgegen kam. "Sind sie die Chefin hier?" beeilte er sich, etwas konsterniert, zu fragen. "Ja, warum?", erhielt er stracks zur Antwort. "Und außer ihnen arbeitet hier niemand?" fragte er, ebenso stracks, zurück. Das "Nein, warum?" hörte er nur von Ferne, kurz bevor die Ladentür hinter ihm ins Schloss fiel.

Die allesamt jungen Mitarbeiterinnen der städtischen Bücherei zeigten sich keineswegs erstaunt, als er nach ihrer Vorgesetzten fragte. Ja, er hatte geradezu den Eindruck, als käme es fast tagtäglich vor, dass fremde Männer sich nach ihr erkundigten. Ja, sie sei nun schon einige Wochen in Urlaub, hieß es, und demnächst müsse sie wohl wiederkommen. Bis zu diesem Punkt hatte sich das Gespräch in locker plauderndem Ton gehalten, was sich jedoch abrupt änderte, als Brösamle seinen Dienstausweis zückte. Körpergröße? Gewicht? Teint? Haarfarbe? Schmuck? Fitness? Sauna? Die Gesichter der jungen Damen wurden ernst, ihre Augen weiteten sich sorgenvoll. "Ja, das ist sie. Ist etwas passiert?"

Eine Antwort blieb er schuldig. Er rannte hinaus. Zu seiner Pension, Handschuhe holen, wegen der Spuren. Zum Schlüsseldienst. Und dann zu ihrer Wohnung. Die Adresse hatte er ja schon. Endlich, endlich war er so weit! Eine postmoderne Terrassenwohnung am Rande der Stadt, dort, wo Albstadts Häuser die Talsole verlassen und allmählich den Hang erklimmen. Bevor er an die Wohnungstür herantrat, zog er sich die Handschuhe an, um auch dort keine Spuren zu verwischen. Und als sich die Tür öffnete, war er stolz auf seine Menschenkenntnis – genau so hatte er sich das Interieur vorgestellt, das Interieur der Wohnung von Monika Wendland. Schade, durchfuhr es ihn, dass sie Monika hieß. Barbara oder Bettina, das hätte ihm besser gefallen.

Nur wenig Möbel, diese aber konsequent postmodern. Gehobene Preisklasse. Einfache, sanft geschwungene Linien. Kräftige Farben. Viel Stahl. Keine Teppiche. An den Wänden ab und zu ein Bild. Und ab und zu eine Zimmerpflanze, die jetzt einen geradezu wüstenmäßig vertrockneten Eindruck machte. Wie er die Pflanzen etwas näher beäugte, da musste er feststellen, dass die eine oder andere in letzter Zeit mehrfach hin und hergerückt worden war. Er sah es ganz deutlich daran, dass die leichte Staubdecke, die alle Möbel überzog, am Sockel der Pflanzengefäße etwas dünner war, und dass diese kaum merklich dünnere Staubschicht die Form eines Sichelmonds hatte, der sich an den unteren Rand des Pflanzengefäßes anschmiegte. Jemand hat die Pflanzenpötte angehoben, um nachzusehen, ob irgend etwas darunter lag. Im Dunkeln wohl. Und dann nicht mehr ganz exakt die vorige Stelle beim Zurückstellen erwischt. Nur so konnte man sich das erklären. Nach dieser Beobachtung wandte er sich wieder den Bildern zu – deren oberer Rand war es, den er jetzt einer skrupulösen Untersuchung unterzog. Große Staubflocken lagen dort, eine neben der anderen – weder Monika Wendland noch die von ihr möglicherweise engagierte Putzfrau hatte übermäßig großen Wert auf staubfreie Bilderrahmen gelegt. Wenn aber jemand ein Bild beiseite geschoben hatte, um nachzusehen, was dahinter an der Wand war, dann war das Bild in eine mehr oder weniger steile Schräglage gekommen. Und die Staubflocken waren, dem Gesetz der Schwerkraft folgend, nach unten gerutscht oder gekollert. Sie hatten sich dann also mehrheitlich auf der einen Hälfte der Rahmen-Oberkante versammelt. Und genau dieses war hier der Fall.

Theo, sagte er sich, jetzt aber noch keine voreiligen Schlüsse ziehen. Erst mal weiter suchen.

Im Wohnzimmer niedrige, breite Sitzecke. Graziler Esstisch. Überbordende Bücherregale. Durch die dünne, sichelmondförmige Staubschicht an den Pflanzenkübeln aufmerksam geworden, sah er sich die vorderen Ränder der Regalbretter sehr genau an, jene schmalen Ränder nämlich, die entstehen, wenn man die Bücher im Regal etwas weiter nach hinten schiebt, so dass die Buchrücken nicht bündig mit der Vorderkante des Regalbretts abschließen. Sorgfältig verglich er die Staubschicht hier mit derjenigen an jenen Stellen, wo im Regal etwa ein Glas, eine Vase oder sonst ein dekorativer Gegenstand platziert war. Auch hier wieder dieser feine, kaum sichtbare Unterschied.

Zwischen den Regalen ein Schreibtisch, darauf stapelweise Bücher. Seine behandschuhten Hände zogen die Schubladen heraus, durchwühlten sie – was er suchte, das war ein Notizbuch mit Adressen oder Telefonnummern. Und außerdem einen Ring. Diesen Ring mit der schmalen, oval geformten Fassung, den Monika Wendland am Zeigefinger der linken Hand getragen hatte. Aber nichts dergleichen: Rechnungen, Garantiescheine von Küchengeräten, Zeugnisse, Versicherungspolicen, Kontoauszüge. Und endlich, in der untersten Schublade, ein Fotoalbum. Gierig blätterte er – der Säugling, das Kindergartenkind, das Schulmädchen, die junge Dame – und wieder eine Enttäuschung. Er hatte sie sich doch so anders vorgestellt. Mehr ein rundes Gesicht mit Pausbacken. Etwas derber, kumpelhafter. Nun war das Gesicht eher länglich, grüne Augen, kräftige Augenbrauen, hochstehende Wangenknochen, eine fast zu breite Stupsnase, ein großer Mund mit leicht aufgeworfenen Lippen, die Haare kupfern glänzend, schulterlang, glatt und in der Mitte gescheitelt. Eine Fee, dachte Brösamle ergriffen und kam, was sonst nicht so schnell seine Art war, ganz kräftig ins Schwärmen: ein ätherisches, ein himmlisches Wesen, ein Engel, eine Gottheit. Sorgfältig trennte er eines der Fotos heraus und steckte es ein.

Das Notizbuch, das Notizbuch, das Notizbuch. Im Schreibtisch war es nicht. Aber dafür eine Schatulle mit Schmuck: Ohrringe, Armreife, Halsketten und auch einige Fingerringe, das meiste davon in der Art, wie es in der Kaiserzeit Mode war. Sorgsam legte der Kommissar alles fein säuberlich auf den Tisch, Halskette zu Halskette und Ohrring zu Ohrring, Armreif zu Armreif und Fingerring zu Fingerring. Aber der gesuchte Ring, der mit der schmalen, oval geformten Fassung, der war nicht dabei. Ob ihn der Mörder abgezogen hatte? Als Trophäe, gewissermaßen? Er würde darauf zu achten haben, wenn der Kreis der Verdächtigen enger ist, suchte der Kriminaler sich einzuprägen.

Nun aber zurück zu dem Notizbuch. Brösamle sah sich um: Vom Wohnzimmer führten zwei Türen in andere Räume, eine in die Küche, eine in das Schlafzimmer. Dort, in das breite und luxuriös ausgestattete Bett links und rechts auf der Seite in Kopfhöhe jeweils mehrere Schubladen integriert. Er öffnete sie der Reihe nach: Nasentropfen, Creme-Tiegel, Nagelschere, Pinzetten, Lockenwickler, Fingerringe, Armreife, Ohrgehänge, Papiertaschentücher, Präservative, Einschlafbücher, Frauenzeitschriften. Aber kein Notizbuch. Nur Geduld, dachte Brösamle, es stehen da noch mehr Möbel rum. Vom Schlafzimmer zum Flur. Dort eine Garderobe mit Spiegel und einem kleinen Schränkchen – wieder öffnete er Schublade für Schublade, und wieder keine Spur eines Notizbuchs. Ein rascher Blick ins Bad: Wanne, Dusche, Bidet, Klo. Und natürlich das Klopapier – ganz genau die richtige Sorte, genau wie das Fitzelchen, das er gefunden hatte! Und auf der Ablage unter dem Spiegel: Eine Straffungs-Creme, eine ganze Batterie teurer Parfums, einige erlesene Deodorant-Flacons, dazu noch diverse Tiegelchen,

Töpfchen und Pinselchen, eben alles, was die anspruchsvolle Evastochter so braucht, um ihre Schönheit zur Wirkung zu bringen. In einem allgewaltigen, übermächtigen Gefühl des Triumphes drohte er zu ertrinken – ein Luftsprung, ein Indianertanz folgten, begleitet mit wildem, ausgelassenem Geheul: "Ich hab's ja gewusst! Ich hab das alles ja schon vorher gewusst!"

Nach etlichen Bocksprüngen kam er wieder zur Besinnung. So geht das nicht weiter, Theodor, sagte er zu sich selbst. Nun mal systematisch vorgehen, besann er sich, nicht einfach wild draufloswühlen. Systematisch, das heißt: logisch. Logisch heißt: nach dem Grund fragen. Warum? Wozu? Also: Wozu braucht man ein Adressbuch? Wenn man Geburtstagskarten schreiben will, oder Weihnachtskarten. Oder wenn man telefonieren will. Brösamle war mit seiner Denkarbeit zufrieden: So, und da wären wir, sagte er zu sich selbst, das Telefon, wo steht es. Er schaute sich um: Im Wohnzimmer nicht. Im Schlafzimmer nicht. Im Flur nicht. In der Küche – ja, auf dem Küchentisch. Nun alle Küchenschränke durchgesucht: Töpfe, Pfannen, Schüsseln, Löffel, Schöpfer, Messer, Flaschenöffner, Korkenzieher, Wellholz, Messbecher, Kochbücher. Bei den Kochbüchern obenauf, kleinformatig, schmal, in Seide gebunden: endlich, das Adressbuch!

Dass da schon vor ihm einer auf der Suche gewesen war, das verursachte ihm trotzdem gewaltige Kopfschmerzen.

- Kapitel 18 -

Die rothaarige Bibliothekarin hatte es Mrs. Webster vorgemacht – während sie selbst sich mit dem Seniorchef auf ewiglangen Wanderungen in Engelsgeduld geübt hatte, war Monika Wendland den kürzeren und erfolgreicheren Weg gegangen, hatte sich an den Juniorchef rangeschmissen, war auf diese Weise in die Firma gekommen und hatte sich wohl ganz nah bei den heiß begehrten Unterlagen befunden. Aber nun war der Platz an der Seite des Juniorchefs wieder frei. Nun war die Gelegenheit, Monika Wendlands Nachfolgerin zu werden. Nach einer klitzekleinen Trauerpause, natürlich.

Die textile Vorgehensweise lag ihr freilich nicht – der tiefe Ausschnitt, der kurze Rock, die knallenge Bluse, das war nicht so ihr Ding. Sie wählte, britisch-solide, wie sie war, den offiziellen Weg, den langen Marsch durch die Institutionen gewissermaßen. Und wie Mrs. Webster von Nadja Eppler, der Schwester des Lieblings-Patenkinds ihrer Freundin erfuhr, war es gar nicht so einfach, solchermaßen an Wolfgang Ruckstuhl heranzukommen, denn seine Verbundenheit mit dem Tennisclub erwies sich als wenig tragfähig, um sich auf diesem Pfad an ihn heranzuschleichen: Sicher, er spielte Tennis. Er tat dies auch mit einer gewissen Regelmäßigkeit. Aber immer nur mit denselben Leuten. Abgesehen davon fand sie jetzt zu ihrer großen Bestürzung heraus, dass der Tennisclub gar nicht so viele Feste veranstaltete, wie sie sich erhofft hatte.

Nadja Eppler hatte damals gerade wieder einmal Liebeskummer und freute sich, dass nicht nur die Patentante ihrer Schwester sich ihrer tröstend annahm, sondern außerdem noch deren beste Freundin, nämlich die Dame vom Schönheits-Salon, Gisela Brodbeck. Da Nadja Eppler überdies ein ausnehmend gesprächiges Menschenkind war, hatte Mrs. Webster (alias Gisela Brodbeck) keine Mühe, all das zu erfahren, was ihr auf dem Weg zu Wolfgang Ruckstuhl nützlich sein konnte.

Einer der besten Freunde von Wolfgang Ruckstuhl nämlich war Werner Holstenbach, seines Zeichens ein Ästhet, der seine Tätigkeit als Immobilienmakler gewissermaßen nur im Nebenberuf ausübte. Sein ganzes Sinnen und Trachten nämlich war auf das Besuchen und Organisieren möglichst aufwändiger, kultureller Veranstaltungen gerichtet, als da sind Liederabende, Autorenlesungen, Klavierkonzerte, philosophische Vorträge oder kleinere Ausstellungen von weniger bekannten Künstlern, durchgeführt in einer der kleinen privaten Galerien Albstadts. Nadja Eppler beschrieb ihn als einen Menschen, der es verstand, durch gewinnendes Wesen, durch seine angenehmen Manieren und durch geistreiche, unterhaltsame Konversation überall bestens anzukommen. Dazu verfügte er noch über das gewisse Etwas, das ihn zum Schwarm aller Damen zwischen fünfzehn und fünfundachtzig werden ließ. Dieser seiner Talente war er sich durchaus bewusst, und er verstand es, diese ständig und gezielt einzusetzen, denn einer weiblichen Versuchung hatte er noch nie widerstehen können. Sehr zum Verdruss seiner schwedischen Ehefrau, die – wie man sich erzählte – ein üppiges Vermögen mit in die Ehe gebracht hatte, mit welchem sich die zahlreichen, kulturellen Veranstaltungen unschwer finanzieren ließen.

Mrs. Webster lag sicherlich nicht falsch, wenn sie vermutete, dass die Bibliothekarin sich also ganz einfach zu einer dieser kulturellen Veranstaltungen begeben hatte, wo sie Werner Holstenbach sichtete und sofort als Opfer auserkor. Von Holstenbach war es dann ein Leichtes, zu dessen Busenfreund Ruckstuhl überzuwechseln.

Also, dachte Mrs. Webster (alias Gisela Brodbeck) entschlossen, auf in den Kampf!

- Kapitel 19 -

Monika Wendland war ein überaus geselliger Mensch gewesen, wie aus ihrem Adressbuch hervorging. Wurden ansonsten im Durchschnitt so an die zwanzig bis dreißig Namen dort festgehalten, wie Brösamle es auf der Polizeischule gelernt hatte, so übertraf Monika dieses Maß um das Doppelte. Wie ihm die Albstädter Kollegen erklärten, befanden sich darunter einige der wichtigsten Leute in der Stadt, dazu noch verschiedene Lehrer, vornehmlich solche des Gymnasiums, dann sämtliche in der Stadt tätigen Buchhändlerinnen und Buchhändler, drei Rechtsanwälte, zwei Ärzte, ein Notar und der

Betreiber eines der örtlichen Fitness-Studios. Dazu kamen mehrere Dutzend auswärtige Adressen – überwiegend, wie sich bald herausstellen sollte, Berufskollegen beiderlei Geschlechts. Und außerdem – sieh da, sieh da - der Name eines katholischen Pfarrers von außerhalb. Auf der Innenseite des Einbanddeckels verschiedene Krakeleien, denen er keine weitere Bedeutung bemaß. Darunter auch eine Kombination von mehreren Buchstaben und Zahlen: UFL 32 DAR stand da. Wahrscheinlich eine tschechische Autonummer, vermutete der Kommissar.

Die Leiche ohne Kopf – das war schon damals ganz groß in der Albstädter Lokalzeitung herausgebracht worden. Dass es sich dabei aber um die Leiterin der hiesigen Bibliothek handelte, das schlug ein wie eine Bombe. Der Beamte aus Stuttgart mochte sich drehen und wenden wie er wollte, wiederholt fand er sein Konterfei auf den Seiten des Lokalteils abgelichtet. Und auch SWR4, Radio Tübingen berichtete über ihn, der meistgehörte Sender der Region. Einen ganzen Tag lang war in halbstündlichen Abständen zu hören, was für ein toller Hecht er war. So fühlte er sich denn bekannt wie der sprichwörtliche bunte Hund, was er außerordentlich bedauerte, da er es für seine Ermittlungen kaum förderlich hielt. Dass er insgeheim natürlich mächtig stolz war, wenn er sich bildlich in der Zeitung entdeckte und seinen Namen im Radio hörte, das wollte er sich nicht eingestehen. Und unversehens hatte er sich daran gewöhnt, dass er seinen Dienstausweis nicht zu zücken brauchte, weil ihn die Albstädter als "den Kommissar aus der Zeitung" erkannten. Nach mehreren Tagen sank sein Bekanntheitsgrad allerdings wieder auf das zuvor gewohnte Maß.

Brösamle beschloss, mit den Lehrern anzufangen. Eines hatten alle diese Gespräche gemeinsam: Sobald er den Namen der Ermordeten genannt hatte, begannen die Augen der Befragten jenen intensiven Glanz anzunehmen, der Männern nur eigen ist, wenn sie von der Frau ihrer Träume schwärmen. Das Verhältnis der befragten Lehrer zu der Ermordeten hatte immer wieder ein und denselben, örtlichen

Ausgangspunkt – die städtische Bücherei. Dort war man miteinander ins Gespräch gekommen, man hatte Interesse aneinander gefunden, man war miteinander ausgegangen. Manchmal war man auch anschließend in irgendeinem Bett gelandet, wobei der Ort, an welchem sich dieses Bett befand, davon abhing, ob der betreffende Lehrer bereits anderweitig liiert war oder nicht. Oder mit anderen Worten: Ein ansonsten unbeweibter Lehrer verbrachte die Nacht (oder auch manchmal: Nächte) mit Monika eher in seinem eigenen Bett, wohingegen ein ansonsten beweibter Pädagoge nächtens eher bei Monika weilte.

Ein Termin außerhalb Albstadts war fällig – aber dazu brauchte er notgedrungen einen Wagen. Ein Blick ins örtliche Telefonbuch versprach Abhilfe: "Buttler Autovermietung" – Unter dem Malesfelsen. Der Weg dorthin führte ihn an der Mittleren Apotheke vorbei. Dabei beschlichen ihn seltsame, schuldbewusste und extrem schmerzliche Erinnerungen aus seiner Grundschulzeit. Es war die Sache mit den Stinkbomben. Degenhardt hatte damals irgendwelche besorgt. Und er war auf die Idee gekommen, eine davon in die Apotheke zu werfen. Degenhardt hatte gezögert, aber er selbst hatte nicht lange nachgedacht: Die Ladentür geöffnet, das kleine runde Ding in den Raum geworfen, und dann nichts wie ab! Von Ferne konnten sie noch den Apotheker schimpfen hören – und sie kicherten schadenfroh vor sich hin.

Freilich hatte er nicht bedacht, dass der Apotheker über ein Gedächtnis verfügte. Und wie er damals ein paar Tage später wieder an der Apotheke vorbei gekommmen war, da saß ihm plötzlich eine Hand im Nacken, mit eisenhartem Griff: der Apotheker hatte ihn vorbeikommen sehen und nun folgte, mit leichter Verspätung, die schmerzvolle Strafe: rechts und links spürte er kräftige Ohrfeigen, rechts und links, immer wieder. Unwillkürlich bewegte er seine Schritte in einem großen Bogen um das Schaufenster, in dem gerade eine junge Dame damit beschäftigt war, Vitamin-C-Tabletten und Hustentropfen durch Sonnencremes mit verschiedenen Bräunungs-Faktoren zu ersetzen.

Das Kreuz an der Wand mit dem blutüberströmten Körper störte ihn nicht. Genau so wenig das überlebensgroße, in Gold gerahmte Farbfoto des Karol Woityla, unter Katholiken als Papst Johannes Paul II. bekannt. – Brösamle saß auf einem bequemen, altmodischen Sessel im Pfarrbüro einer Gemeinde weit außerhalb von Albstadt; ein Ort, der nur mit dem Wagen und nur sehr umständlich zu erreichen gewesen war, weshalb er jetzt zum Ausgleich um so genüsslicher an der angebotenen Tasse Kaffee schlürfte.

Auf der anderen Seite des niederen Tischchens hatte sich der Pfarrer niedergelassen, ein nicht mehr ganz junger Mann mit angegrauten Schläfen und Krähenfüßen um die Augen. Von ihm würde man ansonsten sagen, er befände sich in den besten Jahren. So also sah er aus, dachte Brösamle, der Pfarrer im Notizbuch. "Sagen sie mal, wie kommen sie überhaupt auf Albstadt?" Nicht gerade die übliche Art, ein Gespräch dieser Art zu beginnen, dachte Brösamle, aber es war nun schon mal gesagt. So huschte denn auch sofort ein leichtes, nervöses Zittern über das Gesicht des Angesprochenen. Er schien hinter Brösamles Eröffnung eine Fangfrage zu vermuten.

Der Kommissar beeilte sich, mit begütigender Stimme diese Nervosität rasch wieder abzubauen. "Liegt ja nicht gerade vor der Haustür hier, oder?" "Na ja", begann der Geistliche leicht verlegen, aber sichtlich erleichtert, "das kulturelle Angebot, die Bücherei, die interessanten Gespräche mit dem Stadtarchivar ...".

Nach einer kleinen Pause schaute er mit seinen großen, klaren Augen dem Kommissar direkt ins Gesicht. Seine Verlegenheit war nun vollkommen verschwunden. "Sie kommen sicherlich, um mich wegen Monika Wendland auszufragen," sagte er unvermittelt und gerade heraus, "aber sagen Sie, wie kommen sie gerade auf mich, so weit weg von Albstadt?" Donnerwetter, dachte Brösamle verblüfft, der hat

Schneid! Als Antwort fiel ihm nichts anderes ein als ein kurzes, präzises "Wegen Monika Wendland, ja". Die zweite Frage zu beantworten fiel ihm leichter – der Hinweis auf das Notizbuch genügte. Kaum hatte der Pfarrer den Namen der Bibliothekarin ausgesprochen, da schweiften seine Augen hin zum Fenster und nahmen einen träumerischen Glanz an. "Ich bin Gott dankbar, dass er Monika Wendland geschaffen hat. Ihr verdanke ich die schönsten Stunden meines Lebens."

Alles hatte Brösamle erwartet, nur dieses nicht. Bevor er zu einer Frage ansetzen konnte, fuhr der Geistliche fort. "Ein solches Geschöpf. Dieser Verstand. Diese Anmut. Diese engelgleiche Zartheit. Die Existenz dieses Wesens ist Beweis genug für die Existenz Gottes. Ein so vollkommenes Geschöpf kann nur von einem allmächtigen Schöpfer erzeugt worden sein. Und jetzt dieser Mord. Dieser entsetzliche Mord. Gott wollte mich wohl damit strafen. Strafe – habe ich sie verdient? Ich weiß es nicht. Vielleicht, weil ich mein Zölibatsgelübde brach. Aber diese Erfahrung, die ich dadurch machen durfte, diese grandiose Erfahrung.

Dieses erhabene Glücksgefühl, diese Wonne, diese Seligkeit, dieses Entrücktsein in der Ekstase – das kann nur eine Vorahnung der himmlischen Glückseligkeit sein, da bin ich mir sicher, so wie der Schlaf eine Vorahnung des Todes ist. Nein, diese Erfahrung will ich auf keinen Fall missen, diese einmalig schöne Erfahrung."

Gedankenverloren schaute der Pfarrer zum Fenster hinaus. In weiter Ferne schien er etwas ausnehmend Schönes zu sehen. Brösamle fühlte sich unwohl. Rutschte unruhig in dem tiefen Polster hin und her. Schlug die Beine übereinander. Noch nie hatte er einen katholischen Priester in dieser Art reden hören. Verwirrt und unsicher suchte er nach einer Erklärung für dieses ungewohnte Gerede. Und plötzlich erkannte er, was dieses Unwohlsein in seinem Innern eigentlich war: Es war Neid. Blanker Neid auf den Mann, der ihm gegenüber saß und so verklärten Blicks zum Fenster hinaus schaute. Neid auf dessen große, reine Gefühle. Auf dessen Fähigkeit, seine Gefühle in passende Worte zu fassen.

Der Kommissar räusperte sich. "Wo waren sie in der Mordnacht, an jenem Tag im Mai?" Der Pfarrer reagierte nicht. Brösamle musste seine Frage mehrfach wiederholen, bevor der entrückte Blick aus den Augen des Geistlichen verschwand und der nüchterne Alltag wieder zurückkehrte. "An jenem Tag. Ja, sicher. Das müssen sie fragen." Der Priester stand auf, ging hinüber zu seinem Schreibtisch, öffnete eine Schublade und kramte darin herum. "Hier, jetzt hab ich‘s: 18.30 bis 19.30 Uhr: Bibelabend. 19.30 bis 20.00 Uhr: Abendmesse. 20.00 bis 22.00 Uhr: Ökumenischer Arbeitskreis. Danach bis Mitternacht gemütliches Beisammensein im Nebenzimmer des Gemeindesaals. Jaja, ich weiß noch: Bin viel zu spät ins Bett gekommen in dieser Nacht. Aus Albstadt waren auch welche da. Ein Herr Kantzelmann mit einem Freund, wenn ich mich recht erinnere."

- Kapitel 21 -

Diese drögen Verhöre. Immer wieder dasselbe, diese Lehrer mit ihren glänzenden Monika-Wendland-Liebes-Augen. Kaum noch auszuhalten. Und dann noch von allem und jedem ein Protokoll. Es mag ja Leute geben, die gerne am Schreibtisch sitzen und jeden Morgen froh sind, wenn sie genau wissen, wie ihr Tag verlaufen wird. Aber Kommissar Brösamle gehörte nicht zu ihnen – er brauchte den Reiz der Abwechslung, er brauchte den Kick der Überraschung. Abwechselung vom eintönigen Alltag war also angesagt, und die wollte er sich im Albstädter Spaßbad verschaffen. Von diesem hatte er mittlerweile viel gehört, dem so genannten "Badkap", ein Name, dessen Bedeutung ihm allerdings kein Mensch erklären konnte. Wellenbad, Saunalandschaft, Rutsche, Wasserpilz, Warmwasserkanal, Außenbecken: Die jungen Damen auf dem Rathaus hatten enthusiastisch davon geschwärmt, Kollege Stößel hatte lobende

Worte gefunden, und auch sein alter Schulfreund Hans Degenhardt war der Ansicht, es handele sich durchaus um keine üble Einrichtung – also, kurzum: Er musste hin!

Fast hätte er diesen an sich harmlosen Entschluss mit dem Leben bezahlen müssen, wenn ihn seine polizeimäßig antrainierte Geistesgegenwart nicht vor Schlimmem bewahrt hätte. Es begann in der Umkleidekabine. Er hatte gerade Hemd und Hose ausgezogen, als er entdeckte, dass von der Nachbarkabine her durch den schmalen Spalt am Boden ein dünner Gummischlauch in seine Kabine geschoben wurde, der ein leise zischelndes Geräusch von sich gab. Ein dünnes Dampfwölkchen, ein stechender Geruch, ein leichter Niesreiz, ein schwaches Schwindelgefühl – Gas! Ohne weiter darüber nachzudenken, packte er den Schlauch blitzschnell und riss ihn mit aller Kraft nach oben. Der Schlauch saß offensichtlich irgendwo fest; durch die Gewalt des Rucks löste er sich aber augenblicklich, was in der Nachbarkabine ein kurzes, heftiges Zischen verursachte, begleitet von einem gedämpften Fluchen einer männlichen Stimme. Nur einen Sekundenbruchteil später hörte Brösamle, wie sich die Kabinentür nebenan öffnete, und zwar die rechte, die nach außen hin zur Kasse führte. Der Mensch nebenan wollte also offensichtlich fliehen - der Kommissar tat deshalb auf der Stelle das gleiche, um jene Person an der Flucht zu hindern, und stracks schloss sich die benachbarte Kabinentür wieder, denn dieses Individuum wollte sich ja nicht ergreifen lassen.

Es folgte eine Pause, eine kurze Zeit höchster Aufmerksamkeit. Der Mensch nebenan – geht er jetzt an die rechte Tür, die zum Ausgang führt, oder an die linke, die zu den Kleider-Spinden und letztlich in das Bad führt? Breitbeinig stand Brösamle in dem engen Verschlag, die eine Hand an der linken, die andere Hand an der rechten Tür, für jede der beiden Optionen bereit.

Er wartete. Und wartete lauernd. Wie eine Katze vor dem Mausloch.

Eigentlich, kam es ihm da in den Sinn, eigentlich ist das wie in frühen Kindertagen, beim Fangerles-Spiel. Dein Spielkamerad steht hinter einem dicken Baum, und du davor; du machst einen ruckartigen Schritt rechtsherum, worauf er linksherum zuckt; dann drehst du dich nach links und er zuckt nach rechts. Brösamle musste grinsen. Eine Patt-Situation. Aber ein kleines bisschen ärgern wollte er diesen Menschen nebenan schon: Er klopfte an die rechte Kabinentür, worauf sein unbekannter Partner panisch nach links hin zuckte, und sofort pochte der Kommissar an die linke Tür, was nebenan die erwartete Reaktion erzeugte. Solchen Spaß gönnte sich der Kommissar mindestens fünf bis zehn Mal, dann verlor er Lust an der stets gleichförmigen Reaktion.

Irgendwann musste etwas entscheidendes, etwas ganz anderes passieren. Möglichst verbunden mit einer Überraschung. Nur was – Brösamle überlegte angestrengt. Rechts oder links – gab es denn keine anderen Möglichkeiten? Rein theoretisch gesehen konnte er auch über die Kabinenwand klettern, hinein zu seinem anonymen Kabinennachbarn. Sorgfältig suchte er die Höhe der Kabinenwand abzuschätzen. Auf Kniehöhe befand sich an der Wand eine schmale Sitzbank. Mit einem Fuß auf diese Sitzbank, sich von dieser mit kräftigem Ruck abgestoßen, blitzartig nach oben geschnellt, den oberen Rand mit beiden Händen ergriffen und –wupps! – saß er oben auf der Kante.

Unter sich sah er nun eine mittelgroße und eher schmächtige Männergestalt - der Mann mit dem Salatblatt-Ohr! Wie ein verängstigtes Tier drückte dieser nun kräftig gegen die Außentür der Kabine, um sie zu öffnen. Aber Brösamle zog diese Tür von oben her ebenso kräftig zu, woraufhin der Salatblatt-Mann sich plötzlich zur gegenüber liegenden Seite warf, diesmal schneller als Brösamle, die Innentür aufriss, und weg war er.

Der Kommissar ließ sich ins Innere der Nachbarkabine fallen und rannte durch die geöffnete Innentür hinter dem Salatblattmann her, wie dieser an der langen Reihe der Umkleidekabinen entlang. Der Schmächtige hatte Pech – alle Kabinen waren ausnahmslos besetzt; er hatte keine Möglichkeit, durch eine leere Kabine nach außen zu kommen. Bei der hintersten Kabine angekommen, zauderte er nicht lange und sprang in höchster Verzweiflung katzengleich an dieser hoch, kam auf den oberen Türrand zu sitzen und kletterte über die Kabine hinweg nach außen, während aus dem Innern der Kabine ein junges Mädchen lauthals zu kreischen anfing. Brösamle hatte rechtzeitig die Absicht des Flüchtenden erkannt und tat nun fast zeitgleich dasselbe, nur eben nicht an der letzten Kabine, sondern einige Kabinen davon entfernt. Unter ihm in der Kabine erhob sich fluchend eine Männerstimme. Fast zeitgleich sprangen beide an der Außenseite ihrer jeweiligen Kabinen mit federnden Knien auf den Boden; der schmächtige Mann rannte nun auf die Kasse zu, die er auch passieren konnte, ohne von irgend jemand daran gehindert zu werden. Brösamle natürlich mit derselben Geschwindigkeit hinterher.

Er glaubte schon, jenseits der Kasse aufzuholen und die Entfernung zu seinem Opfer zu verringern, als sich ihm unversehens ein vierschrötiges Frauenzimmer in der Dienstkleidung des Badkap-Personals in den Weg stellte. "So nicht, junger Mann, so nicht!" herrschte sie ihn mit barscher Stimme an und fasste ihn resolut mit Schraubstock-Griff am Arm, als er an ihr vorbeizuhuschen suchte. Er schaute an seinem Körper hinunter und wusste, was der muskelstarken Frauensperson an ihm nicht gefiel: Bekleidet war er ausschließlich mit einem reichlich antiquierten Wäschestück, das seine Lenden zwar im Übermaß bedeckte, aber ob seiner höchst unmodischen und äußerst schlabbrigen Art entweder Heiterkeit (bei Jüngeren) oder Ärgernis (bei Älteren) erzeugte: weiß, Doppelripp, mit Eingriff und Beinansatz, Modell Uropa, eigentlich ein Museumsstück, das unter anderen Umständen (nämlich säuberlich gewaschen und gefaltet) im Albstädter Maschenmuseum auf allerhöchstes Interesse gestoßen wäre.

"Polizei!" hechelte der Kommissar, völlig außer Atem, "lassen sie mich! Der Mann dort – er hat - -" Verzweifelt versuchte er, sich von dem festen Griff der Matrone loszureißen. "Polizei? Sie? Dass ich nicht lache! Dann bin ich der Bundeskanzler!" Der Griff blieb eisern fest. Und der Mann mit dem Salatblatt-Ohr entschwand in der Ferne.

Brösamle fügte sich notgedrungen in sein Schicksal. In besagter Aufmachung machte er in der Tat keine sonderlich gute Figur. Wieder mal am falschen Platz gespart, dachte er zerknirscht und nahm sich vor, von Stund an sich nicht mehr auf ein oder zwei pfiffige Modelle für traute Zweisamkeit zu beschränken, sondern ganz radikal sich unterwäschenmäßig gänzlich neu einzukleiden. Immerhin, so tröstete er sich, hatte der Salatblattohrmensch seine ganze Ausrüstung zurückgelassen. Reiche und viel versprechende Arbeit für die Spurensicherung.

- Kapitel 22 -

Kriminalkommissar Brösamle hatte die feinsten Kleider angezogen, die er nach Albstadt mitgenommen hatte, dazu Schlips und weißes Hemd. Und untendrunter auch ganz fesch – mit Wäsche von ESGE-Maag, den traditionsreichen »Wäsche-Machern« in Albstadt. Aber das konnte ja niemand sehen. So stand er an Pforte eins (von den zweien, die es gab) der Firma Ruckstuhl und Röschle und wartete, bis ihm der Pförtner hinter seiner Glasscheibe umständlich eine Besucherkarte ausgestellt hatte, die er ihm durch einen schmalen Schlitz hindurchreichte, damit Brösamle sich dieses schrill gelbe Papier mittels einer Sicherheitsnadel ans Revers heften konnte. Viel Aufwand für einen kurzen Informationsbesuch, ärgerte sich der Kriminaler. Er war ja nur wegen der Lastwagen-Reifen hierher gekommen, und auch deshalb, weil Gisela diese Firma erwähnt hatte. Sobald das gelbe Papier am Jackett festsaß, deutete der Pförtner auf eine Tür aus Stahlgestänge, die sich nun langsam öffnete. "Hier links in die Halle", hörte Brösamle noch den Pförtner sagen, dann hatte sich bereits die nächste Tür für ihn geöffnet.

Auf einer gut gepolsterten Bank kam er schließlich zu sitzen, die in einer Art Besprechungszimmer stand. Mit dunklem Leder bezogene Sitzmöbel, ein dazu passender Tisch, auf diesem Kaffeetassen, Gläser, Flaschen mit kalten Erfrischungsgetränken, Blumengestecke, alles gediegen und grundsolide. So viel Sicherheitsaufwand an der Pforte, wunderte sich Brösamle. Er hatte ja während seines Studiums oft als Werkstudent gearbeitet, bei wechselnden Firmen, aber solches kannte er nur von Großkonzernen wie Daimler oder Bosch. Für einen vergleichsweise kleinen Betrieb wie hier – der Kommissar schätzte die Belegschaft von Ruckstuhl und Röschle auf vielleicht fünfzig bis sechzig – schien ihm das alles doch reichlich übertrieben. Es sei denn, so grübelte er, es sei denn, die Firma muss sich vor Industriespionage fürchten.

Die Tür öffnete sich; herein trat ein gut aussehender, großer Mann jüngeren Alters, leger gekleidet, mit teurem Kaschmir-Pullover, extravagante Nickelbrille, volles, dunkelbraunes Haar, das locker und wellig in die Stirn hing, so dass diese teilweise verdeckt war. Brösamle erhob sich, reichte dem Eintretenden die Hand. "Wolfgang Ruckstuhl mein Name - sie sind Kommissar Brösamle? Freut mich! Darf ich ihnen etwas anbieten?" Brösamle fand, dass er jetzt eine gute Tasse Kaffee verdient hatte, und dazu noch eine Handvoll Kekse. Während er schluckte und mampfte, begann Wolfgang Ruckstuhl über Stuttgart zu plaudern ("Nicht wahr, sie kommen doch aus Stuttgart?"). Ruckstuhl gab sich Mühe, entspannt zu wirken, was ihm jedoch auf ganzer Linie misslang, denn er schien ein durch und durch nervöser Mensch zu sein. Ständig griff er sich mit fahrigen Bewegungen ans Ohrläppchen, an die Nase, ans Kinn; dazwischen nestelte er immer wieder an seiner Krawatte und an seinen Manschetten herum; dazu irrte sein Blick andauernd unruhig im Raume umher. Bei dem einmal gewählten Gesprächsthema verweilte er mit größter Beharrlichkeit, was zwangsläufig dazu führte, dass er auf Abgelegenes, Nebensächliches und Unerhebliches zu sprechen kam. Wie zum Beispiel auf den Stuttgarter Gaskessel, die Geschichte des

Alten Schlosses, die Tiere in der Wilhelma, den längst verstorbenen Oberbürgermeister Arnulf Klett - - Brösamle hörte zunächst geduldig, dann jedoch mit wachsender Ungeduld zu, bis ihm schließlich der Geduldsfaden riss, als Ruckstuhl sich über die Seiteneingänge des Stuttgarter Hauptbahnhofs ausließ.

"Entschuldigen sie vielmals, wenn ich ihnen ins Wort falle", unterbrach er den Jungunternehmer, "aber ich bin eigentlich nicht hierher gekommen, um mich mit ihnen über unsere Landeshauptstadt zu unterhalten." Ruckstuhl machte große Augen, als sei Brösamle tatsächlich nur hergekommen, um über Stuttgart zu plaudern. "Wirklich nicht?" - "Nein. Ich wollte eigentlich mehr über Albstadt mit ihnen reden. Oder noch präziser: Über eine bestimmte Einwohnerin von Albstadt. Über Monika Wendland." Wolfgang Ruckstuhl ließ seine Finger noch rascher und fahriger über Gesicht und Kleidung fummeln; seine Augen begannen, mit einem leicht irren Ausdruck zu flackern. "Monika Wendland. Ja, natürlich. Monika Wendland. Was denn sonst?" Kriminalkommissar Brösamle war nun endlich zur Sache gekommen und wollte auch dabei bleiben. "Sie haben Monika Wendland gekannt?" fuhr er zielstrebig fort. Wolfgang Ruckstuhls Stimme war fiebrig und hektisch geworden, die einzelnen Wörter klangen abgehackt und schienen übereinander zu purzeln. "Monika Wendland, natürlich. Ja, natürlich habe ich Monika Wendland gekannt."

Kein Wunder, dachte Theodor Brösamle, dass dieser Mensch hier nicht seinem Seniorpartner das Wasser reichen kann. Belastbarkeit gleich null. Und was Frauen an diesem fahrigen Kerl finden konnten, das war ihm vollkommen schleierhaft. Frauen, das hatte er in seinem Leben mittlerweile lernen müssen, sehen Männer eben anders. Vollkommen anders.

"Wie eng war ihre Beziehung?" fuhr er fort zu fragen. "Unsere Beziehung, äh. Wie eng, äh. Ja, wie eng. Äh." Mehr brachte der mittlerweile dem Nervenzusammenbruch nahe Ruckstuhl nicht heraus; Brösamle wollte ihm behutsam auf die Sprünge helfen. "Ich meine, wie oft haben sie sich getroffen? Jeden Tag? Einmal die Woche? Einmal im Monat?" Mit solcher Unterstützung hatte Wolfgang Ruckstuhl den roten Faden wieder finden können. "Ja, ja, richtig, richtig. Einmal die Woche, richtig. Aber vielleicht auch zweimal die Woche. Oder manchmal auch dreimal die Woche. So ungefähr, richtig." Dieses Zählen von eins auf drei, es schien den guten Ruckstuhl vollkommen erschöpft zu haben. Er wischte sich den Schweiß von der Stirn und hielt inne. Brösamle wollte jedoch mehr wissen. "Und was haben sie so gemacht? Ich meine, wenn sie so zwei oder drei Mal die Woche zusammen waren?" Ruckstuhls Augen flackerten mit neuer Energie. "Äh, ja, richtig," haspelte er, "was wir gemacht haben. Äh. Ins Theater gegangen. Oder in die Oper. In Stuttgart. Das Neue Haus, in Stuttgart, wissen sie, ich schätze es - " - "Das Neue Haus in Stuttgart interessiert mich nicht," fiel ihm Brösamle unwirsch ins Wort, "was sie sonst noch so gemacht haben, das ist es. Außer Theater und Oper." Wolfgang Ruckstuhl schaute schweigend vor sich hin. Seine Augen hörten auf zu flackern. Die Hände hielt er verkrampft ineinander gelegt. Will er jetzt nichts sagen, fragte sich Brösamle, oder denkt er gerade nach? "Was sie sonst noch unternommen haben. Außer Theater und Oper", wiederholte er.

Ruckstuhl holte tief Luft. Augen und Hände gerieten wieder in hektische Bewegung. "Ins Kino sind wir auch gegangen. Gelegentlich. Und zu Vernissagen. Und manchmal auch zum Essen. Aber selten. Aber selten. Aber -" - "Und wo sind sie da miteinander Essen gegangen? In Albstadt? Oder außerhalb?" Ruckstuhl wischte sich erneut die Stirn. Diese ganze Fragerei brachte ihn offensichtlich immer näher an den Rand seiner Belastbarkeit. "Essen. In Albstadt. Ja." hauchte er erschöpft. "Und wo in Albstadt?" Brösamle blieb hart und unnachsichtig. "Wo?" - "Bei, bei, bei diesem - äh -" - "Italiener?" Brösamle wusste, dass diese Art der Suggestivfrage eigentlich nicht erlaubt war, aber dieser hektische Ruckstuhl ging ihm allmählich doch recht stark auf den Geist. Das Nervenbündel schien ihm dankbar für diese Unterstützung. "Ja, ja, richtig. Der Italiener. L'Imperatore. Richtig." – "Wann waren sie dort zum letzten Mal?" - "Zum letzten Mal", echote Ruckstuhl, "zum letzten Mal. Ja, wann."

Am liebsten hätte Brösamle den unkonzentrierten, fahrigen Ruckstuhl an den Schultern gepackt und mal so kräftig durchgeschüttelt. Aber ein Staatsbeamter des höheren Dienstes tut so etwas natürlich nicht. Er suchte seine Selbstbeherrschung wieder zu finden, indem er die Augen schloss und langsam und tief durchatmete. Als er die Augen wieder öffnete, wirkte der Juniorchef etwas ruhiger. Offenbar hatte er sich mittlerweile eine Antwort zurechtgelegt: "Irgendwann im Mai, da bin ich mit Monika Wendland essen gegangen. Äh - ja, so war es. Wenn sie es genauer wissen wollen, müssen sie meinen Sekretär fragen."

Der Kommissar wusste eigentlich schon genug, und geradezu reflexartig und aus langer Gewohnheit heraus folgte eine weitere Frage: "Wer ist ihr Sekretär?" Ruckstuhl hob erstaunt die Augenbrauen. "Das wissen sie nicht? Das ist Henning Schuschwanow." - "Kann ich ihn sprechen?" – "Ja., sicher", gab Ruckstuhl artig zurück, "sein Büro ist gleich nebenan." Und artig nestelte Wolfgang Ruckstuhl an seinem Telefonapparat. "Henning? Ja, grüß dich. Hier ist ein Kommissar aus Stuttgart, der dich sprechen will. Wie? Brösamle. Ich schick ihn rüber."

Da saßen sie sich gegenüber, der schwäbische Kommissar und der Mensch mit dem russischen Namen, den sich Brösamle ganz anders vorgestellt hatte. Nicht so normal, nicht so wie ein gewöhnlicher Sterblicher. Schuschwanow zeigte nämlich ein absolut unauffälliges Äußeres. Ja, man hätte fast sagen können, dass es ihm gelungen sei, die Unauffälligkeit zur obersten Maxime seines ganzen Gebarens zu erheben. Zwar wirkte sein Körper ganz anders als derjenige herkömmlicher Schreibtischmenschen, die, wie jeder in Verwaltungsdingen Erfahrene hinlänglich weiß, in zwei Kategorien einzuteilen sind: Da sind, zum einen, die Zartgliedrigen und klein Gewachsenen, die so aussehen, als würde sie jeder Lufthauch von ihrem Schreibtisch wehen können. Und dann sind da noch, zweitens, die aufgedunsenen Großen, denen man es ansieht, dass sie ihre Leibesmasse durch den steten Genuss kalorienreicher Speisen zu vermehren suchen.

Schuschwanow hingegen war – so weit dies seine sitzende Haltung hinter dem Schreibtisch erkennen ließ – breit gebaut und von ungewöhnlich üppigen Muskelpaketen beladen. Abgesehen davon hatte er das klassische Aussehen eines nachgeordneten Büro-Angestellten: Er trug einen leicht abgetragenen, grauen Flanellsakko, dessen Schnitt nicht mehr ganz der neuesten Mode entsprach, dazu einen schlecht geknüpften, altmodischen Schlips. Das störrige Haupthaar trug er kurz und links gescheitelt, wobei sich einzelne Haarbüschel weigerten, sich dem Diktat des Kammes zu beugen. Eine geradezu lächerlich kleine Stupsnase, ein wuchtiger Unterkiefer, braune Augen. Am meisten jedoch fiel seine Brille auf, ein mächtiges, dunkles Horngestell, durch welches er den Kommissar mit großen, fragenden Augen ansah.

Sobald Brösamle eingetreten war, hob Schuschwanow sein Gesäß zwar eilfertig, aber nur wenige Zentimeter von seinem ebenfalls unscheinbaren Sitzmöbel, beugte sich vor und streckte dem Ankömmling seine breite Hand entgegen. "Schuschwanow" hauchte er dienstbeflissen mit einer schnarrenden und verhältnismäßig dünnen Stimme, die sich nun wieder so ganz vollkommen ins Bild eines nachgeordneten, unauffälligen Verwaltungsmenschen einfügte. "Was kann ich für sie tun?" Brösamle kam ohne Umschweife zur Sache. "Ich bearbeite den Mordfall Wendland. Sie haben sicher schon davon gehört. Es geht um den Aufenthaltsort ihres Chefs am ersten Freitagabend im Mai." Während sich der Kommissar setzte, begann Schuschwanow bereits in den Akten zu kramen, so eilfertig und diensteifrig, wie er bereits zuvor sich erhoben und seine Frage formuliert hatte. "Warten sie, warten sie - - das war doch – das war doch im Mai - warten sie, warten sie - - ah, da hab ich's ja schon! Besprechung mit den Betriebsräten. Ich selbst war auch dabei. Hier, sehen sie!"

Was der Kommissar zu sehen bekam, war ein Protokoll, versehen mit Datum, Uhrzeit und einer Aufzählung der Anwesenden. Brösamle beäugte das Blatt mit sichtbarem Misstrauen. "Kann ich eine Kopie davon haben?" Schuschwanows Antwort kam rasch und mit der gewohnten Eilfertigkeit. "Aber sicher, sofort." Ein Kopiergerät stand in Schuschwanows Zimmer und war von seinem Schreibtisch aus zu bedienen. "Hier!"

Der Mann mit dem russischen Namen hatte nun erwartet, dass der Kommissar sich verabschieden würde. Dem aber war nicht so: Brösamle blieb sitzen. Schuschwanow blickte ihn fragend an. "Sonst noch eine Frage?" "Ja", antwortete der Stuttgarter. "Sie haben mehrere Kleintransporter hier in der Firma. Kann ich die Papiere sehen?" – "Aber sicher", kam es eilfertig wie aus der Pistole geschossen zurück. "Nur, da bin ich nicht zuständig. Sie müssen zur Transport-Abteilung. Ich bring sie hin. Aber sie werden wenig Erfolg haben. Die Kleintransporter wurden erst kürzlich nach Russland verkauft. Irgendwohin. Jetzt haben wir neue."

- Kapitel 23 -

Schuschwanow. Henning Schuschwanow. Der Kommissar musste alles über ihn wissen. Er begann beim städtischen Einwohnermeldeamt, wo sich die zuständige junge Beamtin zunächst zierte: Datenschutz und so. Aber Brösamle konnte hartnäckig sein. Sehr hartnäckig. Er zeigte ostentativ, dass er nicht im Entferntesten daran dachte, das Dienstzimmer ohne die gewünschten Informationen zu verlassen: Er nahm sich kurzerhand einen Stuhl und machte es sich gemütlich – so gut dies in einem Dienstzimmer des Albstädter

Rathauses überhaupt möglich war. Er redete von internationalen Verschwörungen, von nationalem Notstand, von übergeordneten Rechtszuständen und von staatsbürgerlichem Verantwortungsbewusstsein.

Als er schließlich seinen staatsethischen Ausführungen noch eine menschliche Komponente hinzufügte, indem er väterlich ihre Hand ergriff, da war das bürokratische Eis geschmolzen – ledig, keine Kinder, geboren in einem Nest bei Hamburg, zugezogen von Hamburg selbst, und zwar vor zwei Jahren, mehr war da nicht. Aber diese zwei Jahre, das machte ihn stutzig. Vor zwei Jahren war nämlich auch die ermordete Monika Wendland zugezogen. Und auch Gisela Brodbeck. Ob das etwas zu bedeuten hatte? Er fragte die junge Beamtin nach den Daten dieser beiden, und er erhielt auch das Gewünschte, nachdem er versprochen hatte, dass er sonst ganz bestimmt nichts wolle. Monika Wendland hatte Berlin als ihren vorigen Wohnort angegeben; bei Gisela Brodbeck war es Düsseldorf.

Ein euphorisches Gefühl beflügelte ihn, ein Gefühl, wie es bei reichlichem Alkoholgenuss entsteht oder auch beim Einnehmen von Drogen – fast schon eine Art von Delirium, ein geradezu schlafwandlerisches Abgehobensein: Der Jagdinstinkt der Kriminalisten, der in diesem Falle sogar Vergessen machte, dass der Jäger in eine der gejagten Personen fast unsterblich verliebt war.

Eine Fülle von Telefonaten, von Faxen, von e-Mails. Die Adressen in Düsseldorf, Hamburg und Berlin wurden bestätigt. Nun aber waren die Geburtsorte dran. Abermals fieberhaftes, intensives Herumtelefonieren, Schreiben, Faxen, bis auch diese Adressen vorlagen. Damit war der Kommissar noch keineswegs am Ende: Es folgte die dritte Stufe – wie besessen hing er am Telefon; sein Ohr begann vom langen Kontakt mit dem Hörer schon zu glühen. Die dritte Stufe, das bedeutete: Nachbarn anrufen, diese nach den Gejagten ausfragen; nach Eltern und Geschwistern fahnden. Freilich: Hier biss Brösamle auf Granit. Bei den Adressen handelte es sich durchweg um große Wohnblocks, wo keiner den andern kannte. Zudem waren die Nachbarn regelmäßig ganz neu zugezogen und hatten ohnehin nicht den blassesten Schimmer. Und was die Familienverhältnisse anging: Alle drei waren Einzelkinder und die Eltern allesamt früh verstorben. Bis auf die Brodbeck'sche Mutter. Die konnte er in einem Pflegeheim aufspüren, irgendwo in einem kleinen Nest im Hunsrück. Zumindest bestätigte die Heimleitung, dass diese alte Frau dort wohnhaft sei. Ans Telefon könne man sie allerdings nicht holen, denn sie sei doch schon viel zu viel - -. Aber Brösamle, einmal in Fahrt, ließ es dabei nicht bewenden: Er meldete sich bei dem zuständigen Polizeiposten, und dieser versprach, dort einmal vorbeizuschauen, um die alte Frau in Augenschein zu nehmen. Das könne freilich heute nicht mehr geschehen: Es sei ja schließlich schon Feierabend.

Brösamle schaute auf die Uhr: Ein Arbeitstag vorbei. Ein Blick durchs Fenster zeigte ihm, dass Albstadts Geschäfte schon längst geschlossen hatten. Die Straßen menschenleer – die Albstädter saßen wohl alle in ihren Wohnzimmern um den Esstisch; sie waren wohl samt und sonders gerade damit beschäftigt, Brotscheiben mit Butter oder mit Margarine zu bestreichen, um anschließend die tierische oder pflanzliche Fettmasse mit Käse oder mit Wurst zu bedecken. Und plötzlich fühlte der Kommissar, wie diese Kenntnis der abendlichen Albstädter Verhältnisse auf ihn ansteckend wirkte: Ein unwiderstehliches Sehnen machte sich in ihm breit, ein Sehnen nach einem kunstvoll aufgetürmten Berg von appetitlich garnierten Wurstbroten, begleitet von einem hohen Halbliterglas gefüllt mit gelbgoldener, schaumgekrönter Flüssigkeit. Die Jagd war vergessen. Für heute jedenfalls.

- Kapitel 24 -

Die Angelegenheit mit dem Beton-Klotz und die Sache im Badkap hatten den Kommissar aus der Landeshauptstadt bereits ordentlich hellhörig werden lassen. Beides hatte ja auch beim Albstädter Revier erheblichen Wirbel verursacht. Aber nun kam noch ein weiterer, ähnlich drastischer Vorfall hinzu.

Theodor Brösamle achtete seit dem Ereignis an der Baustelle sorgsam darauf, nicht immer den selben Weg von seiner Pension zum Rathaus oder zur Polizeidienststelle zu nehmen, damit keine Gelegenheit entstünde, ihm auf irgendwelche Weise aufzulauern. So stand er denn frühmorgens an einer stark befahrenen Straße und wartete dort zusammen mit vielen anderen Menschen auf das grüne Ampelsignal. Dicht gedrängt standen sie alle da, und ungeduldig, er selbst ganz vorne dicht am vorbei fließenden Verkehr, rechts und links von ihm zwei hochgewachsene und sehr kräftige junge Leute.

Im Rücken verspürte er plötzlich einen Schubs, ein leichtes Anschieben, aber stark genug, um ihn aus dem Gleichgewicht zu bringen. Er stürzte nach vorne, Bremsen quietschten, Frauen kreischten; er sah sich bereits unter den Rädern eines vorbeifahrenden Fahrzeugs. Da packte ihn eine kräftige Hand am Kragen und zog ihn wieder zurück. Es war einer der beiden jungen Leute. Dem Kommissar stand der Schrecken ins Gesicht geschrieben: die Augen geweitet, bleich die Haut, Angstschweiß auf der Stirn. "Danke", keuchte er, "vielen Dank. Sie haben mir das Leben gerettet. Danke." Er suchte die große, prankenartige Hand des jungen Mannes zu ergreifen, sie zu drücken. "Cool bleiben, Opa". Der Junge lächelte unsicher. Brösamles überbordende Emotionen waren ihm etwas peinlich. "Kein Problem, Opa. Alles klar." Der Junge schaute nach der Ampel, die mittlerweile auf Grün gewechselt hatte, und verschwand. Brösamle aber blieb mit butterweichen Knien noch mehrere Grünphasen am Straßenrand stehen, bis er sich von dem Schrecken einigermaßen erholt hatte. Der Schubser war mittlerweile schon längst unerkannt verschwunden.

Die Jagd vom Vortag – irgendwie stand sie nicht mehr so ganz im Vordergrund. Der Kommissar hatte sie unbewusst in den hinteren

Teil seines Denkgehäuses verschoben.

Diese Immobilienhändler, dachte Brösamle, als er bei Holstenbach die Klingel drückte, sie sind doch im Grunde genommen alle gleich. Investieren ihre Riesenprofite in ein naturholzmäßiges naturverbundenes Eigenheim. Ein stinknormaler Arbeitnehmer könnte so etwas nie auf die Beine bringen. Diese Immobilienhändler, diese -. Weiter kam Brösamle nicht mit seiner Erörterung spätkapitalistischer Gegebenheiten, denn die Haustür wurde ihm geöffnet.

Ein leicht angerunzeltes Frauengesicht mit freundlichen, schwedenblauen Augen und nur ganz wenig Kosmetik um die Augendeckel, umrahmt von dicken, langen, offenen Haaren, teils dunkelblond, teils silbrig, und in der Mitte gescheitelt. "Die passende Frau zum Haus", fuhr es Brösamle triumphierend durch den Kopf. "Herr Brösamle? Sie sind doch Herr Brösamle – ich kenne sie aus der Zeitung! Kommen sie herein."

"Es geht zunächst einmal um ihren Transporter", erklärte Theodor Brösamle, wie er das Haus betrat. "Ich würde ihn mir gerne mal ansehen." In diesem Augenblick hätte er sich ohrfeigen können. Eigentlich hätte er sich um diese Angelegenheit überhaupt nicht zu kümmern brauchen, denn die Kleintransporter gehörten ja ohne Zweifel in den Zuständigkeitsbereich der örtlichen Polizeidienststelle. Die dieses jedoch ganz anders sah. Die Frage war dem Stuttgarter Kommissar eben nur so herausgerutscht – aus schierem Pflichtgefühl. Pflichtgefühl – ein ethisches Grundprinzip, das bei seiner Polizei-Ausbildung in seiner Psyche fest verankert worden war.

Frau Holstenbach drehte sich bei seiner Frage erstaunt zu ihm hin. "Der Transporter? Da haben sie aber Pech. Den haben wir gerade vor drei Wochen verkauft. Er war ja auch schon ziemlich alt, wissen sie. Und ich hasse den Gedanken, beim Urlaub irgendwo im Ausland mit Motorschaden am Straßenrand liegen zu bleiben. Die Adresse des

Käufers kann ich ihnen gerne geben, wenn sie es wollen." Halb so schlimm, dachte Brösamle ungerührt. Eine Aufgabe für Kommissar Stößel und seine Kollegen!

Der feine Geruch gewachsten Holzes stieg dem Stuttgarter angenehm in die Nase. Garderobe, Flur, Wohnzimmer. Gediegenes Massivholz, nordische Schlichtheit, edles Design, alles einzeln nach dem skandinavischen Geschmack der Bewohner angefertigt. Im Wohnzimmer der Hausherr, Werner Holstenbach: Genau so leicht angerunzelt wie seine Frau, eine sich lichtende Künstlermähne, kurz geschorener, etwas stoppeliger Graubart, Designerbrille. Professionelles Lächeln, dröhnende Stimme: "Herr Kommissar Brösamle! Habe schon viel von ihnen im Radio gehört! Bei SWR4 glaube ich. Und gelesen, in der Zeitung! Freue mich, sie kennenzulernen! Nehmen sie Platz!" So reden die Kleinstadt-Lokalmatadoren, wenn sie Eindruck schinden wollen, dachte Brösamle. Nicht übel, wie der das macht, dachte Brösamle, richtiggehend gekonnt. Der Kommissar hatte die angebotene Rattan-Sitzgelegenheit noch nicht richtig mit dem Hintern berührt, da ging es schon weiter: "Herr Brösamle, sie nehmen doch eine Kleinigkeit zu sich? Kaffee? Mit Milch und Zucker? Ein Stück Kuchen? Sie müssen ihn probieren. Das Rezept haben wir aus unserem letzten Urlaub mitgebracht. In der Toskana."

An dem kleinen, runden Esstisch saß Brösamle dreieckmäßig verteilt zusammen mit dem Ehepaar Holstenbach. Beide sahen ihn erwartungsvoll an. Aber der Kommissar schwieg und rührte leicht beklommen in seiner Tasse. Nach allen bisherigen Erfahrungen mit den Männern aus Monika Wendlands Notizbuch hätte er mit dem Ehemann eigentlich lieber unter vier Augen gesprochen. Er hatte einfach nicht damit gerechnet, dass sich die Frau Gemahlin mit der allergrößten Selbstverständlichkeit zu ihnen sitzen würde. "Es ist – " fing er an, überlegte es sich dann wieder anders. "Ich möchte – ". Auch dieser Anfang behagte ihm nicht. "Also die Sache ist die – ". Frau Holstenbach hielt Brösamles Herumdrucksen für einen klassischen Fall von Schüchternheit und lächelte ihn deshalb aufmunternd-mütterlich an. "Ich habe die Polizisten schon immer bewundert", schmeichelte sie ihm und legte eine schon fast zu große Portion Mitgefühl in ihre Stimme, um seinen vermeintlichen Mangel an Selbstwert zu beheben, "es muss ein sehr schwerer und ein sehr verantwortungsvoller Beruf sein."

Brösamles Lage war dadurch nicht besser geworden. Wie sollte er diese Frau zum Verlassen des Zimmers bewegen können, wenn sie sich jetzt so nachhaltig um ihn bemühte? "Das stimmt schon. Äh. Aber das ist nicht der Punkt. Äh." Verlegen begann er zu hüsteln. "Ich wollte sagen, dass – äh. Das Thema, über das ich mit ihnen reden möchte, also, ich meine – ". Und wieder war Brösamle mit seiner Redekunst am Ende. "Es geht doch bestimmt um Frau Wendland, Herr Brösamle", wollte Frau Holstenbach ihm auf die Sprünge helfen. Nun fasste er sich ein Herz und setzte alles auf eine Karte: "Eben. Gerade das ist der Punkt. Bitte halten sie mich nicht für unverschämt, aber ich halte es für besser, wenn ich ihren Mann – äh – unter vier Augen sprechen könnte."

"Aber Herr Brösamle", ließ sich da Werner Holstenbach mit sonorer Dröhnstimme hören, "das ist doch vollkommen überflüssig. Vor meiner Frau habe ich doch keine Geheimnisse. Wir können hier über alles offen miteinander reden!" Der Kommissar blieb beharrlich bei seinem Standpunkt. "Wissen sie, ich habe da so meine Erfahrungen. Die Situation ist – " - "Glauben sie, dass ich etwa keine Erfahrungen habe?" fiel ihm Holstenbach ins Wort, "erst neulich habe ich einen Artikel über gruppendynamische Prozesse in Gesprächssituationen unter Beachtung psycho-sozialer Komponenten gelesen. Herr Brösamle, mir machen sie doch nichts vor!"

"Es geht mir nicht um Gruppendynamik, nicht im Entferntesten. Mir geht es einfach darum, dass ein Vier-Augen-Gespräch einfach ganz anders –" - "Ich habe verstanden", unterbrach ihn Frau Holstenbach mit leicht säuerlichem Lächeln, stand auf, griff nach Kuchenteller und Kaffeetasse und schickte sich an, den Raum zu verlassen. Obwohl sie es zu verbergen versuchte, bemerkte Brösamle, wie ihre Lippen leicht zitterten – wie im Fall einer unterdrückten Wut. Auch die Hände mit Kuchenteller und Kaffeetasse waren nicht vollkommen ruhig geblieben. Für einen Sekundenbruchteil erhaschte der Kommissar den Ausdruck ihrer Augen: Böse und verkniffen. Doch dann drehte sie den Kopf von ihm weg. "Aber Wenke!", dröhnte da Werner Holstenbach, "bleib doch hier! Du wirst doch nicht – ". Frau Holstenbach stand aber bereits in der Tür, die zu der nebenan liegenden Küche führte. "Ich glaube, ich werde doch!" Sachte schloss sich die Tür von außen.

Werner Holstenbach war rot im Gesicht geworden. Er schwieg mit zusammengekniffenen Lippen und starrte verbissen auf das Tischtuch. Es war ihm unschwer anzusehen, dass er den Kommissar am liebsten hochkant hinausgeworfen hätte. Brösamle hingegen fühlte sich sauwohl. Er hatte sein Ziel erreicht und ergriff nun souverän die Initiative. "Tut mir leid, Herr Holstenbach", begann er, "ich wollte hier gewiss keinen Ärger verursachen. Tut mir außerordentlich leid. Aber nun endlich zur Sache. Monika Wendland. Wir haben ihr Adressbuch gefunden. Und darin steht Ihr Name, Herr Holstenbach. Wie erklären sie sich das?"

Jetzt schien der Angesprochene auf einmal doch recht froh zu sein, dass seine Frau den Raum verlassen hatte. Die Röte wich aus seinem Gesicht, und an die Stelle des unterdrückten Ärgers trat Verlegenheit. Er griff sich an den Hemdkragen und rieb sich am Hals. "Nun ja." Die Stimme klang dünn. Seine Augen irrten unsicher im Zimmer umher. "Wir hatten da schon einige – äh – Berührungspunkte. Kulturelle, wissen sie." Offensichtlich gab ihm das Stichwort "Kultur" einen Großteil seiner Selbstsicherheit zurück. "Wenn man hier, unter so überschaubaren Verhältnissen wie in Albstadt, in kulturellen Angelegenheiten viel unterwegs ist, so wie ich, dann läuft man sich eben unweigerlich öfter einmal über den Weg."

Zufrieden gönnte sich Holstenbach ein kleines Sprechpäuschen. Die alte Dröhnstimme war ebenfalls wieder voll und ganz zurückgekehrt. "Und Monika Wendland – sie gehörte hier in Albstadt als Leiterin der Städtischen Bibliothek eben einfach mit zu Kulturszene. Es gab da ja auch allerhand zu besprechen. Ich denke da nur an unsere regelmäßigen Leseabende, an die Kleinkunst-Wochenenden, an die höchst erhellende Autorenlesung mit Manfred Mai vor etwa einem Monat, an die jüngsthin abgeschlossene Vortragsreihe über den psychoanalytischen Zugang zum Werk Hermann Hesses, um ihnen nur ein paar Beispiele zu nennen. Da ist es doch kein Wunder, wenn mein Name im Adressbuch einer so engagierten Bibliothekarin auftaucht, wie Frau Wendland es war, oder?"

Erleichtert lehnte sich Holstenbach zurück. Das siegesgewisse Funkeln in seinen Augen ließ den Kommissar an die alten Römerfilme denken, die er während seiner Schulzeit so gerne angesehen hatte – genau wie jetzt Holstenbach hatten damals in den Filmen die Gladiatoren in der Arena dreingeschaut, wenn es ihnen gelungen war, ihre Gegner in den Sand zu werfen. Auf einmal empfand Brösamle eine abgrundtiefe Abneigung gegen diesen aufgeblasenen Kleinstadtpopanz. Jetzt würde er in diesem rhetorischen Kartenspiel das Trumpf-As auf den Tisch legen: "Das kann ja alles so sein wie sie sagen." Brösamle ließ es ganz langsam angehen. "Nur ist die Sache die: In diesem Notizbuch stehen die Namen vieler Männer aus Albstadt. Und wie wir feststellen konnten, haben alle diese Männer..." Brösamle räusperte sich genüsslich. Er fühlte sich wie eine Katze, die zum Sprung ansetzt, um die Maus zu erwischen. "Haben alle diese Männer mit Monika Wendland geschlafen. Ohne Ausnahme. Und viele sogar mehrmals." Der Kommissar beobachtete mit Genugtuung, wie sich Augen und Mund des Immobilienhändlers langsam öffneten, bis er schließlich dasaß wie die fleischgewordene Ratlosigkeit. Brösamle genoss die Situation außerordentlich. "Was sagen sie jetzt?"

Nun holte Brösamle aus zum finalen Schlag: "Herr Holstenbach, wo waren sie am ersten Freitag im Mai, spät abends?" Diese Frage wirkte auf den Angeredeten freilich – für Brösamle völlig unerwartet – wie ein Lebenselixier. "warten sie, warten sie, mein Terminkalender – da muss doch, da war doch - - warten sie, warten sie – ja, jetzt hab ich's: äh – da war diese Lesung mit Manfred Mai im Kräuterkasten. War hochinteressant. Wir sind noch lange zusammen gesessen und haben diskutiert. Kann ihnen gern die Namen nennen. Ja, so war es."

- Kapitel 25 -

Bisher hatte sich Kommissar Brösamle tunlichst davor gedrückt, aber er wusste, dass er irgendwann während seines Aufenthalts in Albstadt würde vorbeischauen müssen. So ungern er es auch tat. Es war das Haus, in dem er aufgewachsen war. Seit dem Tod seiner Mutter hatte er es nicht mehr zu Gesicht bekommen, und seitdem hatte er sich zumeist gescheut, auch nur daran zu denken. Andererseits plagte ihn doch eine gewisse Neugier, jetzt, da er nun schon einmal hier war, und das von Tag zu Tag zunehmend mehr. Welche Leute dort wohnten? Ob sie die Fassade haben in anderer Farbe streichen lassen? Ob es die alten Briefkästen noch gab?

Die Neugier zog ihn auf der einen Seite. Auf der anderen hielt ihn der Schmerz zurück, der Schmerz über den Verlust seiner letzten, näheren Angehörigen, der Schmerz über all das Vergangene und längst Vergessene – er hatte einfach Angst davor. Davor, dass das eine oder andere beim Anblick des Hauses wieder aus den Tiefen der Vergessenheit aufsteigen könnte. Das eine oder andere, das weh tun könnte.

Freilich. Er hatte ja auch das Café Hinze besucht, ohne seelischen Schaden zu nehmen. Ja, ganz im Gegenteil: Das Wiedersehen mit Hans Degenhardt gehörte zu den Höhepunkten seines Aufenthalts in Albstadt. Es musste auch nicht gleich das Haus sein. Vielleicht erst mal die Martinskirche, dann die Schule. Wenn er diese beiden überstehen konnte, dann würde man weitersehen.

Also: Kirche. Die gute alte Martinskirche mit ihrer eindrucksvollen Jugendstilfassade. Mit leichtem Herzklopfen schlenderte Brösamle die Gartenstraße entlang. Ganz genau konnte er sich noch an den Tag seiner Konfirmation erinnern: An den neuen, unbequemen Anzug, an die feierlichen Gesichter der Verwandten, an die Aufregung wegen der Sprüche, die er aufzusagen hatte. Orgelton und Glockenklang. Ein mitleidiges Grienen kam ihm über das Gesicht, wenn er daran dachte, wie wichtig ihm das alles damals gewesen war, und wie vollkommen schnurz ihm das jetzt war – und da stand sie nun vor ihm, unvermittelt, majestätisch, die Fassade der Martinskirche. Das weit ausladende Portal. Die Steinsäulen mit den floralen Ornamenten. Das dunkle, eisenbeschlagene Tor. Nachdenklich blieb er stehen und schaute versonnen die Stufen empor, die zu dem Portal hinführten. Schmerzhafte Erinnerungen? Keine. Herzweh? Nein. Schlechte Gefühle? Mitnichten. Eher eine Art Erleichterung, dass diese Zeit vorbei war, aus und vorbei, diese Zeit, als er noch ein schlechtes Gewissen bekam, wenn er sich einmal wieder in seine feuchten Träume versenkt hatte.

Aufatmend schritt er weiter, in Richtung des Hauses. Die Schule wollte er sich nicht antun. Er spürte, wie sich dumpfer Hass in seinem Gedärme ausbreitete, sobald er sich nur vorstellte, wie er vor dem Gebäude stand, ein solch starker, wilder Hass, dass er allein bei dem Gedanken schon unwillkürlich nach einem Gegenstand suchte, mit dem er einige Fensterscheiben dieser werten Bildungseinrichtung zertrümmern könnte. Schule also – nein danke. Durch die Roßgasse also in die Sonnenstraße, dann irgendwann einmal rechts ab.

Das Haus. Na ja, der Gartenzaun war so wenig gestrichen wie eh und je, der Rasen im Vorgarten hatte keine wesentlich bessere Pflege erfahren seit jenen Tagen, als das Mähen zu seinen Pflichten gehört hatte. Der Putz - immer noch dieses trübe Grau, das ihm noch nie gefallen hatte. Nur die Vorhänge – vollkommen anders und grundverschieden. Das war ja auch nicht anders zu erwarten gewesen. Aber das tat weh.

Schon wollte er sich abwenden und mit geschwinden Schritten diesen Ort verlassen, da fiel sein Blick auf das Nachbarhaus. Nicht viel ordentlicher der Gartenzaun. Nicht viel gepflegter der Rasen. Auch die Fassade nicht gerade eine Zierde. Aber unwillkürlich wurde sein Auge von dem Treppchen angezogen, das seitlich zu einem Kellerraum führte. Zu der alten Waschküche, wie er sich erinnerte. Und da kam es alles wieder zum Vorschein. Alles, was er seit Jahrzehnten erfolgreich unter den Teppich seiner Erinnerung gekehrt hatte. Anita Florski. Ein eher derbes, breit gebautes Menschenkind, damals fünfzehn Jahre alt, und er vierzehn. Heiß stieg ihm das Blut ins Gesicht, wie er jetzt daran zurückdachte, und heftig pulste es ihm hinter den Ohren.

"Hilfst du mir mal mit dem Waschbottich", hatte sie ihn gefragt, "der ist so schwer." Und ohne weiteres Zögern war er ihr gefolgt, das Treppchen hinunter, in den leicht schummrigen Raum, der zwar damals schon einige Zeit nicht mehr benutzt worden war, aber immer noch nach Feuchtigkeit und Kernseife roch. Anita hatte die Tür sorgfältig hinter sich geschlossen – er hatte dies für überflüssig gehalten, machte sich darüber jedoch keine weitere Gedanken. Zielstrebig ging sie auf den großen, dunklen Bottich zu, lehnte sich gegen dessen hüfthohe Wand, stellte sich auf die Zehen und bückte sich vor – so als wollte sie nach einem Gegenstand in seinem Inneren Ausschau halten. Die Erinnerung an das, was dann geschah, verursachte ihm heute noch ein berstend pralles Gefühl in der Leistengegend. Anita warf sich nämlich ihren Rock hochauf über den Rücken, so dass ihre fleischfarbene Unterhose ihm frech und unverhohlen entgegen prangte – ein Kleidungsstück, das er bisher lediglich aus heimlich durchgeblätterten Wäschekatalogen kannte, und das ansonsten immer wieder lustvoll in seine pubertäre Traumwelt eingegangen war. Doch nur den Bruchteil eines Augenblicks sollte sein Blick darauf kleben bleiben können, denn Anita zog sich die Hose herunter, bis sie, nach einige Bewegungen der Knie, an ihren Füßen zusammengesunken war.

Ihm wölbte sich nun Anitas Hinterteil entgegen – zwei runde, pralle Hinterbacken, stolz, lustvoll und herausfordernd, und er stand da wie angegossen und wusste nicht, was er jetzt tun sollte. "Auf, komm schon", hatte Anita halblaut gemurmelt, "mach dir schon die Hose auf!" Er tat, wie ihm geheißen und näherte sich dabei schlafwandlerisch dem Waschkessel. Anita griff ihm sachkundig und energisch in die Hose und sorgte mit zielstrebiger Hand dafür, dass er an der richtigen Stelle ankam.

Eine Sünde hatte er begangen. Eine, für die schlimmste Höllenqualen vorgesehen sind. Am ganzen Leibe würde er brennen müssen. Schmerzen erdulden bis zum Wahnsinn. Schreien würde er, schreien ohne Ende, aber niemand würde ihm helfen. Im Gegenteil, Satan und seine Helfer würden bei seinem Anblick in hämisches Gelächter ausbrechen. Diese Schmerzen – ewig würden sie dauern, immer und ewig, ohne Unterbrechung.

Nur fort von hier, dachte Kommissar Brösamle, nichts wie weg. Da bin ich lieber ein kleiner Beamter und gehe pflichtbewusst meinen Geschäften nach. Zum Gespräch mit dem nächsten Mann aus Monika Wendlands Adressbuch.

- Kapitel 26 -

Ein trüber Tag und wenig Kundschaft. Aber das spielte heute für Gisela Brodbeck (alias Mrs. Webster) überhaupt keine Rolle. Seit der Kriminalkommissar in ihrem Kosmetik-Studio aufgetaucht war, hatte sich die Welt für sie vollkommen verändert. Aus dem grauen tristen

Alltagseinerlei war ein rosa Fleckenteppich geworden, ein rosa Fleckenteppich, auf dem ein Kriminalkommissar namens Theodor Brösamle saß - diesen leicht linkisch erscheinenden, trotz seiner mittleren Jahre jungenhaft unsicher wirkenden Mann mit dem schütteren Haarwuchs und dem Riesenschnauzbart - sie hatte ihn augenblicklich ins Herz geschlossen. Und um so größer ihre Seligkeit, als er so spontan bei ihr anbiss! Bei ihr, trotz ihres Alters! Ja, trotz ihres Alters war sie offensichtlich noch knackig genug, um einen solchen Mann wie diesen Brösamle einzufangen! Einfach ein süßer Kerl, dieser Theodor Brösamle! Zum Abschied hatte er ihr heute morgen noch einen ergreifend langen und tiefen Kuss auf den Mund gedrückt, seine Zungenspitze andächtig lustvoll zwischen ihre Lippen geschoben. "Darf ich dich heute abend wieder besuchen?" hatte er dann noch gefragt, als ihr siedendheiß einfiel, dass sie sich ja heute abend mit Werner Holstenbach treffen wollte, wie so häufig in den letzten Wochen. "Heute abend erst später", hatte sie verliebt gehaucht und ihm irgendeinen Grund genannt. Sie hatte ihm noch nachgeschaut, wie er nach diesem wundervollen Kuss die Straße entlang trottete, und bevor er um die nächste Ecke bog, hatte er sich noch einmal umgedreht, um ihr mit spitzen Lippen einen weiteren Kuss zu hauchen.

Eigentlich hasste sie es, zwei Männer gleichzeitig zu haben. Aber in diesem Fall ließ es sich einfach nicht vermeiden – Holstenbach war gewissermaßen die Pflicht und der herzallerliebste Theodor Brösamle die Kür. Und wenn sie ganz ehrlich zu sich selber war, dann musste sie zugeben, dass auch bei Holstenbach ein gerüttelt Maß an Kür vorhanden war, genau so wie bei dem guten Theo die Pflicht nicht ganz zu kurz kam. War es doch von großem Nutzen, die Fortschritte der Kriminalpolizei aus allernächster Nähe beobachten zu können!

Der Arbeitstag war vorbei - Ladenschlusszeit. Fröhlich trällernd schickte sie sich an, die Ladentür abschließen, da wollte sich eine männliche Gestalt durch den verbliebenen Türspalt schieben.

Schuschwanow, durchzuckte es sie, dieser Kerl, der nun auch sie umbringen wollte! Einen Augenblick lang drückte sie gegen die Tür. Aber der Mann, der vor der Tür stand, war beträchtlich kleiner und schmächtiger als Schuschwanow, wie sie aufatmend feststellte, und erleichtert öffnete sie ihm. Ein Fehler, der einer routinierten Profi-Frau nicht hätte passieren dürfen, wie sich schon sehr bald herausstellen sollte. "Ein Mittel gegen Achselschweiß", zischelte er und vermied es, ihr ins Gesicht zu sehen. Er trug eine viel zu große Sportmütze, so dass von seinem Kopf recht wenig zu sehen war. Ausgenommen dieses seltsame, rechte Ohr, dessen Muschel sie mehr oder weniger an ein Salatblatt erinnerte. "Aber gewiss, das bekommen sie", flötete sie in professionell gekonnter Liebenswürdigkeit, obwohl ihr der Kerl vom ersten Augenblick an unsympathisch war. An einem anderen Tag hätte sie einen solchen Menschen wahrscheinlich mit kaltfreundlicher Resolutheit hinauskomplimentiert. Aber heute - heute war eben alles anders.

Kaum hatte sie sich umgedreht, um das Gewünschte hinter dem Ladentisch zu holen, da fühlte sie zwei kalte, kräftige, behandschuhte Hände an ihrem Hals, vier Finger, die ihr gegen den Kehlkopf pressten. "Nach hinten! Schnell!" schnarrte es. Eine Vergewaltigung, fuhr es ihr durch das ansonsten angstgelähmte Hirn, also stillhalten, stillhalten, stillhalten, was auch immer passieren mag, stillhalten, sonst kommst du hier mit dem Leben nicht davon. Deshalb leistete sie kaum Widerstand, als sie hinter die Ladentheke geschoben, durch die dahinter liegende Türöffnung gezwängt und auf einen Stuhl der Sitzecke gedrückt wurde, gerade dort in dem Raum, wo sie sich erst einen Tag zuvor mit dem Kriminalkommissar Brösamle so nett unterhalten hatte.

"Telefon!" schnarrte es hinter ihr. Telefon? Gisela Brodbeck zögerte; sie hatte erwartet, dass er ihr nun an die Wäsche gehen werde. Doch nur kurz währte das Zögern, denn die Finger an ihrem Kehlkopf drückten fester. So gut es ging schaute sich um - rechts von ihr auf einem Beistelltischchen lag der Hörer mit integrierten Wählknöpfen - sie griff danach. "Du sagst: Lass mich in Ruhe. Ich will dich nicht mehr sehen," schnarrte hinter ihr die Stimme, "und wehe, du sagst einen einzigen falschen Ton. Dann - ". Die Finger an ihrem Kehlkopf drückten noch intensiver. Sie schloss die Augen - voller Todesangst brachte sie ein heiseres, angstvolles Röcheln hervor. "Und jetzt wähle - ". Es war Brösamles Nummer in seiner Pension. Zitternd und folgsam tat Gisela Brodbeck, wie ihr geheißen, Knopfdruck um Knopfdruck.

Tatsächlich meldete sich Brösamle am anderen Ende der Leitung - eine müde, leicht verwundert klingende Stimme. Diese liebe Stimme, dieser Ton, den sie da vernahm, dieses schläfrige, wohl vertraute "Ja bitte?" - Brösamle - ihr Ein und Alles, ihre einzige, letzte Hoffnung. Für einen kurzen Sekundenbruchteil vergaß sie die Finger an ihrem Kehlkopf "Theo, Liebster, ich -" da drückten die Finger wieder gnadenlos zu. Für eine ganze Weile. Gisela Brodbeck gab auf. Das letzte Restchen Widerstand in ihr war zerbrochen. "Ja bitte?" wiederholte Brösamle verwundert. Der Griff an ihrem Hals lockerte sich geringfügig. "... mich ... in ... Ruhe", röchelte sie, "will ... dich ... nicht ... mehr ... sehen." Der Hörer fiel ihr aus der Hand.

"Gut gemacht, mein Täubchen, gut gemacht", hörte Gisela Brodbeck hinter sich die Stimme schnarren, während die behandschuhten Hände erbarmungslos mit eisernem Würgegriff zudrückten. Gisela Brodbeck fühlte noch, wie sich ihre Zunge bis zu den Lippen vorschob. Dann wurde alles schwarz.

- Kapitel 27 -

Das Albstädter Villenviertel, am Südhang über der Stadt gelegen, hatte recht bescheidene Ausmaße. Das Domizil des Geschäftsmanns Eberhard Rominger war somit bald gefunden. Eine weiträumige, sehr hohe und sehr dichte Hecke, die sich nur an einer Stelle zu einem nur wenige Meter breiten, vergitterten Spalt öffnete, durch welchen eine parkähnliche Rasenfläche sichtbar wurde. Brösamle drückte den Klingelknopf, der in das schmiedeeiserne Gitter eingelassen war. Ein kleines Tor öffnete sich und der Kommissar ging auf das breit ausladende, niedrige und recht unscheinbar wirkende Gebäude zu, das er in der Ferne zwischen den Bäumen wahrnahm. Der Kies unter seinen Sohlen knirschte, wie er so von dannen schritt. Dieser Weg wird wohl zumeist im Rolls Royce zurückgelegt, dachte er. Oder im Bentley. Oder mindestens in einem dicken Daimler.

Der Eingang hatte wenig Pompöses an sich, seine einzige Zierde waren die Blumenkübel zu beiden Seiten. In der halboffenen Tür stand ein junges Mädchen, ziemlich klein, ziemlich dünn und ziemlich schüchtern. "Kommän sie herrein!" Sie lächelte etwas unsicher. "Folgän sie mirr. Härr Romingär wartät."

"Kann es sein, dass sie aus Ungarn sind?" suchte Brösamle ein Gespräch anzuknüpfen, während er durch Hallen und Flure neben den Mädchen herging. Sie schaute ihn an. Ihr unsicheres Lächeln wandelte sich in ein fast schon glückliches Strahlen. "Ja. Ich kommä aus Székesfehervar. Das ist bei Plattänsää." "Ja? Wirklich?"

Brösamle tat so, als ob er darüber erfreut wäre; dabei hatte er den Namen dieser Stadt noch nie zuvor gehört. "Ich liebe Ungarn", fing er an zu schwärmen, auch wenn er bisher für dieses Land kein übermäßiges Interesse entwickelt hatte. Er wollte einfach etwas Nettes sagen, und er freute sich geradezu kindisch darüber, wie sehr er dieses Mädchen damit zum Strahlen brachte. "Sie arbeiten für Herrn Rominger?" Eigentlich konnte er nichts dafür, wenn er jetzt wieder einmal beim Ausfragen gelandet war. Es war ihm eben zur zweiten Natur geworden. "Oh ja", antwortete sie und strahlte noch mehr als zuvor, "putzän, kochän, waschän, bügäln - gibt viel Gäld bei Härr Romingär, tausänd Mark in eine Monat. Viel Gäld! In Székesfehervar, ich studierän."

Jaja, es stimmt schon, dachte Brösamle, bei den Reichen kann man sparen lernen. Tausend Mark - das gibt bei einer Viezig-Stunden-Woche einen Stundenlohn von - von - jedenfalls weniger als fünfzehn Mark. Da schwimmt dieser stinkreiche Sack im Geld und schämt sich nicht, dieses arme Mädchen derart schamlos auszubeuten! Aber bevor der Kommissar die junge Ungarin fragen konnte, was sie studiert, da waren sie schon an der Tür angekommen, hinter welcher Eberhard Rominger den Kommissar erwartete.

Ein geräumiges, helles Zimmer, das Brösamle spontan "Salon" genannt hätte; viel Rustikalgeschnörkel, viel deutsche Eiche, schwere Brokatvorhänge. Hinter einem protzigen Schreibtisch erhob sich ein massiger, älterer Mann mit schütterem Haar und schwarzen, buschigen Augenbrauen. "Brösamle - sie kommen zu spät!" Feldwebelton; blechern scheppernde Stimme.

Strafend funkelten Romingers Knopfaugen durch seine dicke Hornbrille. Brösamle warf einen kurzen Blick auf seine Armbanduhr. Exakt zur vereinbarten Zeit war er draußen an dem schmiedeeisernen Gitter gestanden; mittlerweile hatte sich der Minutenzeiger um zwei Strichlein weiterbewegt. "Oh", flötete er mit spitzem Mund und mimte Bestürzung, "das tut mit außerordentlich leid, Herr Rominger. Es soll nie wieder vorkommen."

Besänftigt gluckste Rominger einige blecherne Scheppertöne in sich hinein. "Setzen!" Gehorsam tat Brösamle, wie ihm befohlen, und nahm Platz auf dem schmalen, hochlehnigen und schlecht gepolsterten Besucherstuhl diesseits des massigen Schreibtisches. "Beeilen sie sich!" schepperte Rominger, der sich nun seinerseits ebenfalls setzte, "ich habe nur dreißig Minuten Zeit!"

"Dann will ich gleich zur Sache kommen, Herr Rominger. Es geht erstens um ihren Kleintransporter. Den würde ich gerne einmal ansehen." Verflucht noch mal, dachte der Kommissar, warum nehme ich auch immer wieder diesem Stößel die Arbeit ab? Wenn nur dieses vermaledeite Pflichtbewusstsein nicht wäre!

"Kleintransporter?" Eberhard hob erstaunt die buschigen Augenbrauen. "Um so was kümmere ich mich nicht. Fragen sie meinen Chauffeur. Warten sie. Ich schreibe ihnen die Telefonnummer auf. Rufen sie an und vereinbaren sie einen Termin. Äh – und was war zweitens?" – Also wieder eine Sache für den Stößel und seine Truppe, fuhr es Brösamle durch den Kopf. "Ja, zweitens", antwortete er auf die in Kommandoton gestellte Frage. "Es geht um Monika Wendland. In dem Adressbuch der Ermordeten steht ihr Name, Herr Rominger. Was sagen sie dazu?" Sobald Eberhard Rominger den Namen "Wendland" gehört hatte, sackte er in seinem Schreibtischsessel zusammen. Nun war auch das Feldwebelhafte aus ihm verschwunden; er wirkte jetzt eher wie ein Schuljunge, der bei einer Untat ertappt worden war. Er gab sich jedoch Mühe, seine feldwebelmäßige Selbstsicherheit wieder zu erlangen, was ihn offenbar so viel Kraft kostete, dass er dabei nicht sprechen konnte. Dergestalt gewann er allmählich einen großen Teil seiner ursprünglichen Statur wieder; hierbei fühlte sich Brösamle an einen ruckartig aufgeblasenen Luftballon erinnert.

"Sie meinen die Dame von der Bücherei?" ließ sich Rominger schließlich vernehmen. Das Scheppern war aus seiner Stimme verschwunden. Er wirkte nun merkwürdig müde und abgespannt. "Exakt", antwortete Brösamle und freute sich. Das Wort "exakt" klang so herrlich feldwebelmäßig. Rominger suchte nun erneut die richtigen Worte zu finden, atmete schwer und stieß dabei wieder einige scheppernde Gluckser aus. "Monika Wendland habe ich gekannt", ließ er sich nach längerer Pause hören. "Bei städtischen Kulturveranstaltungen habe ich ab und zu mit ihr gesprochen. Einmal war sie auch hier. Pünktlich. Saß auf dem gleichen Stuhl wie sie. Wollte Geld von mir für irgendeinen Leseabend. Hat das Geld auch gekriegt. Man hat ja schließlich was übrig für Kultur."

Rominger holte an dieser Stelle tief Luft, was wohl nicht außergewöhnlich war, denn er schien ohnehin kurzatmig zu sein. Brösamle war sich indessen nicht schlüssig, ob der gewichtige Geschäftsmann am Ende seiner Ausführungen war oder nicht. "Und? Weiter? War das alles?" Es fiel dem Kommissar schwer, Romingers Feldwebelton nicht zu imitieren. "Natürlich ist das alles!" schepperte Rominger, der nun seine alte Selbstsicherheit vollkommen wiedererlangt hatte. "Was soll denn sonst noch sein?"

Nun hatte Brösamle sein Gegenüber genau in dieselbe Ecke gedrängt, in der sich wenige Stunden zuvor Werner Holstenbach befunden hatte. "Die Sache ist die", flötete Brösamle gedehnt, denn er wollte diese Augenblicke auskosten, "dass viele Männer in dem Adressbuch genannt sind." Brösamle verstummte, schaute dem Geschäftsmann erwartungsvoll ins Gesicht und lachte glückselig in sich hinein: Jetzt macht es einmal wieder so richtig Spaß, bei der Polizei zu sein!

"Reden sie doch verständlich, Mann!" Romingers Kommandoton schepperte rau. "Was soll das, mit diesen Männern?" Brösamle ließ den Geschäftsmann warten bis zu dem Punkt, wo dieser noch ungehaltener zu werden drohte. "Diese Männer. Sie haben alle mit Monika Wendland geschlafen." - "Geschlafen!" Romingers Stimme schepperte nun so laut, dass die Möbel davon zu vibrieren schienen. "Unerhört! Sie wollen doch damit nicht sagen, dass ich mit dieser - dieser - dieser -" "Gar nichts will ich damit sagen, Herr Rominger. Ich möchte nur noch wissen, was sie in der Mordnacht gemacht haben." Der Geräuschpegel der nun folgenden Gluckstöne sank wieder auf ein erträgliches Maß.

Dann, wie bei dem Pfarrer, die Schreibtisch-Schublade. "Warten sie, warten sie. Hier! Ausschuss-Sitzung.Vorstands-Sitzung des Heimatvereins. Treffen mit den Herren des Handels- und Gewerbevereins. Jeden Abend etwas Anderes! Hier! Sehen sie selbst!"

"Grüß Gott, Herr Kommissar! Wie geht's denn so au emmer? Hend Se wieder was neis rauskriagt?" Graublau geblümelter Arbeitskittel, breites Hinterteil: Vor ihm stand Gabi Keinath, Raumpflegerin aus innerer Berufung. Gerade war das schmiedeeiserne Tor hinter Brösamle ins Schloss gefallen, als er das Rominger'sche Anwesen verließ. "Ach sie!" Brösamle hatte einfach keine Lust. "Was wollen sie denn schon wieder." - "Jetzt seiet Se doch net so, Herr Kommissar! Erzählet Se mir liaber, weshalb sie bei dem Rominger dren waret! Ghört der etwa zu dene Verdächtige? Des wird's wohl sei! Ond? Hot'r gschdanda? Ond warom hend Se'n net glei verhaftet?" Der Kommissar hätte ihr am liebsten die Kittelschürze vom Leib gerissen und damit das lose Mundwerk gestopft. Unter anderen Umständen hätte er gerne wieder einmal den breiten Dialekt seiner Jugend gebraucht. Aber jetzt nicht. Und vor allem: Mit dieser so penetrant neugierigen Frau nicht. Da schaltete er lieber auf Hochdeutsch. Oder genauer: Auf das Stuttgarter Honoratiorenschwäbisch, das die Stuttgarter für Hochdeutsch halten. "Das geht sie überhaupt nichts an! Kümmern sie sich lieber um ihre eigenen Angelegenheiten! Sagen sie lieber, ob sie endlich die Schraube haben. Die Schraube für die Vorhangstange, sie wissen schon."

"Aber Herr Kommissar!", flötete sie, überhörte die Frage geflissentlich und tätschelte ihn - halb spöttisch, halb beschwichtigend, am Oberarm, "Se brauchat doch net glei so narret weara!" Brösamle hatte genug von der Kittelschürzenträgerin, wandte sich ab und eilte mit energischen Schritten auf die andere Straßenseite, doch sie tippelte eifrig und unverdrossen hinterher. "Wellet Se mir nix verzehla? Net amol a kleis bissle?" Die Raumpflegerin blieb hartnäckig wie ein Jagdhund, der eine Fährte aufgenommen hat. "Hot der Rominger etwa was mit der Wendland ghet? He? Ischs des?" Brösamle beschleunigte seine Schritte; er bewegte sich schneller und schneller, bis er schließlich ein Dauerlauftempo erreicht hatte. Hinter sich hörte er den keuchenden Atem der Putzfee. "Herr Kommissar! Herr Kommissar!" Sie konnte sein Tempo nicht lange mithalten. Das Keuchen entfernte sich allmählich. Brösamle rannte noch ein paar hundert Meter, bog dann in eine Seitenstraße ein und blieb schließlich in einem Hauseingang stehen, wo er sich schwer atmend den Schweiß von Stirn und Hals wischte.

- Kapitel 29 -

Dumpf brummte ihm der Schädel, wie er vor Paul Röschle saß. Er hatte eine alkoholreiche Nacht hinter sich. Eigentlich hatte es ihn am vorigen Abend zu Gisela Brodbeck hingezogen. Aber sie hatte sich am Telefon so seltsam benommen. Er hatte sofort wieder zurückgerufen, nachdem die Verbindung abgebrochen war, aber keine Reaktion. Ja, er war in seinem Liebeswahn sogar zu ihrer Wohnung hingerannt, hatte geklingelt und geklingelt, nichts. War sogar noch zu ihrem Kosmetik-Studio hingetigert. Fand aber dort nichts als eine geschlossene Ladentür. So blieb ihm denn nur Eines: Das Café Hinze. Sein alter Kumpel Degenhardt. Eine Runde nach der andern gab er aus. Um zu feiern, wie er sagte. Und um seinen Liebeskummer zu ertränken. Auch Kantzelmann war dort gewesen, nur hatte letzterer gemeint, er dürfe dem Alkohol nicht allzu sehr zusprechen, sonst würden seine Stimmen unerträglich werden.

Mit Mühe suchte er sich nun also auf Paul Röschle zu konzentrieren: Von Begleitumständen war die Rede. Diese waren denn auch ungewöhnlich genug gewesen. Paul Röschle hatte dem Kommissar einen Brief geschrieben, von Hand, und adressiert an die Albstädter Polizeistation. "Bitte höflich um eine Unterredung" hieß es dort, außerhalb der Stadt, einfach so im Gelände, auf einem Feldweg nicht weit der Bundesstraße. Als Brösamle dies las, vermutete er zunächst eine Fälschung, um ihn in einen Hinterhalt zu locken, doch die Albstädter Kollegen bestätigten ihm, dass es mit dem Firmenbriefkopf und der Handschrift durchaus seine Richtigkeit habe, zumal das feine Büttenpapier mit dem persönlichen Röschle-Wasserzeichen kaum leicht zu fälschen gewesen wäre. "Die spinnen, die Stuttgarter", hatte Kommissar Stößel zu seinen Männern gesagt, als Brösamle zwischendurch einmal kurz den Raum verlassen hatte, und tippte sich dabei grinsend mit dem Zeigefinger an die Schläfe, worauf seine Männer ebenfalls grinsten.

Wie ihm in jenem Schreiben geheißen, begab sich Brösamle wenige Stunden später auf den Weg. Nicht ganz allein, denn die Albstädter Kollegen fuhren ihn mit dem Dienstwagen aus Albstadt auf der Bundesstraße hinaus bis zu der bezeichneten Abbiegung. Dass sie bei der Fahrt fortwährend grinsten, störte ihn wenig. Bei der Abbiegung stieg er aus und machte sich auf den Weg - zu Fuß. Die Kollegen fuhren nicht sofort weiter, sondern warteten. Eine Sicherheitsmaßnahme, auf die sich die Albstädter nur dem Stuttgarter zuliebe einließen, den sie für reichlich überkandidelt und ängstlich hielten – sie selbst hatten nicht den mindesten Zweifel, dass hier niemand anders als Paul Röschle persönlich an ihnen vorbei- und in die Abbiegung hineinfahren würde. Was denn auch alsbald geschah. Brösamle war erst einige hundert Meter weit gekommen, als schon die Röschle'sche Limousine sich näherte und neben ihm hielt. Die Beifahrertür öffnete sich. "Herr Brösamle? Steigen sie ein!"

"Sie müssen die ungewöhnlichen Begleitumstände unseres Treffens entschuldigen, Herr Kommissar Brösamle, aber es ließ sich nicht anders einrichten. Sie wissen es ja sicherlich: In Albstadt haben alle Wände Ohren. Und Augen. Besonders die Hauswände." Paul Röschle saß angespannt auf einer grob gezimmerten Sitzbank und zupfte sich nervös am Ohrläppchen. "Schon gut, schon gut", beschwichtigte Brösamle etwas matt.

Paul Röschle, ein mittelgroßer, hagerer Mann um die Sechzig, mit eisgrauen, kurz geschnittenem Haar und stahlblauen Augen, trug, wie sonst auch außerhalb der Firma, ein hellbraunes Jackett und eine dunkelbraune Hose, beides nicht mehr so ganz nach der neuesten Mode, aber aus teurem Stoff und solide verarbeitet. "Wenn sie etwas trinken wollen – hier – Mineralwasser." Brösamle hatte nicht mit einem Getränk gerechnet. "Äh - Mineralwasser, das ist in Ordnung." Während die Flüssigkeit in das Glas hineingluckerte, schaute sich Brösamle in dem Zimmer um. Eine Jagdhütte mitten im Wald, spartanisch eingerichtet, aber trotzdem urgemütlich. "Hier, bitteschön, Herr Brösamle."

Nun waren die Höflichkeitsformalitäten erledigt. Man konnte zur Sache kommen. "Sind sie in ihren Nachforschungen schon weiter gekommen?" eröffnete Paul Röschle das Gespräch. Brösamle wunderte sich. So kann man sicherlich ein Gespräch beginnen, dachte er, aber darüber will er wohl kaum mit mir sprechen. "Ich versuche, mir ein Bild über das Umfeld zu machen", erwiderte der Kommissar ausweichend. "es gibt noch eine ganze Menge zu tun. Aber deswegen haben sie mich wohl kaum hierher gebeten, Herr Röschle."

Der Stuttgarter blickte seinem Gegenüber offen in die Augen. "Richtig," begann der Albstädter Unternehmer, "da ist noch eine andere Sache. Unseren Albstädter Beamten traue ich da nicht genug. Sie neigen doch allzu sehr dazu, sich an dem allgemeinen Albstädter Tratsch zu beteiligen. Aber sie, sie kommen von auswärts. - Höchst unangenehm, diese Angelegenheit. Es geht um streng geheime Verfahren unserer Produktion. Die Unterlagen werden in einem absolut sicheren Safe in der Firma aufbewahrt. Ende Mai stellte ich fest, dass jemand an dem Safe war, ohne mein Wissen. Jemand hat sich an dem Safe zu schaffen gemacht. Das kann nur jemand aus dem Umfeld meines Juniorpartners sein, denn es gibt nur zwei Schlüssel. Den einen habe ich, den anderen hat Wolfgang Ruckstuhl, mein Partner. Das seltsame ist nur: Es fehlt nichts."

Der Brummschädel war damit fast vergessen, denn wieder einmal war in Brösamle jene bei ihm instinktmäßig verankerte Neigung erwacht, gewissen Objekten so lange nachzustellen, bis er ihrer habhaft geworden war. "Sie verdächtigen ihren Partner?" fragte er. "Exakt", kam die Antwort. "Oder jemand aus seiner Umgebung. Jemand, der es geschafft hat, ihm den Schlüssel abzuschwatzen. Nur habe ich keinerlei Beweise. Können sie mir helfen?" Der Kommissar überlegte nur kurz. "Das ist ein klassischer Fall für die Spurensicherung. Mein besonderes Spezialgebiet. Sie müssten mich eben an ihren Safe heranlassen. Hoffentlich hat in der Zwischenzeit niemand daran herumgefummelt."

- Kapitel 30 -

Eigentlich hatte Brösamle genug von Leichen. So eine pro Jahr, das war auszuhalten. Aber jetzt schon wieder eine! "Theo, du bist doch hier der Fachmann für tote Weiber", hatte Kommissar Stößel gemeint, "hier ist die zweite. Liegt im Kühlraum unseres Polizeireviers. Geh doch mal hin."

Ihn fröstelte, als er das im Norden Albstadts gelegene Gebäude betrat. Eine Leiche - nein, das war heute nichts für ihn. Solche Tage, da war sich Kriminalkommissar Brösamle sicher, die sollte man eigentlich tilgen. Einfach aus dem Kalender streichen. So, als wären sie nie vorhanden gewesen. "Bei alten Leuten ist das ja nicht so schlimm", erklärte ihm der Beamte, wie sie auf die Tür zuschritten, hinter welcher sich die Leiche befand, "die haben ihr Leben gelebt. Aber Kinder. Und Frauen. Schöne Frauen." Mittlerweile waren sie bei dieser Tür angelangt. Der Bedienstete schloss auf. Öffnete die Tür. Knipste das Licht an.

Dieser kahle, gekachelte, eiskalte Raum. Blitzsauber und von einer Neonröhre unbarmherzig grell beleuchtet. Kahl und leer, bis auf den Obduktionstisch, auf dem sich ein mit einem weißen Tuch bedeckter Körper befand. Die Schritte hallten in der frostigen Stille, wie er mit dem Beamten auf den Tisch zugingen. "So eine schöne Frau wie diese", meinte sein Begleiter bemerken zu müssen, als er das Tuch zurückschlug.

Der Anblick grub sich tief in Brösamles Gehirnwindungen ein. Für den Rest seines Lebens sollte er ihn nicht vergessen. Immer wieder sollte ihn dieser Anblick im Schlaf heimsuchen, peinigen, quälen, bis er schweißgebadet aufwachte, um Stunde um Stunde wach dazuliegen, immer dieses quälende Bild unauslöschlich vor Augen: Auf dem Obduktionstisch lag Gisela Brodbeck.

Wie von Sinnen irrte Brösamle durch Albstadts regennasse Straßen. Bleiern und trübe schimmerte das Kopfsteinpflaster. Er spürte nicht, wie ihm die kalten Tropfen wie feine Nadeln ins Gesicht stachen. Er spürte auch nicht, wie ihm das Regenwasser in die Schuhe rann, wenn er achtlos in Pfützen trat. Er spürte auch nicht, wie ihm das Wasser in den Kragen lief. Gisela. Madame Gisèle. Die blaugrauen Augen, voller Wärme und Lebenserfahrung. Die grazile Figur. Das blonde, gepflegte Haar. Dieser betörende Duft hinter ihren Ohrläppchen. Madame Gisèle.

Wie von fremdem Willen gesteuert bewegte er sich über Zebrastreifen, durch Fußgängerzonen, Schaufensterfronten entlang. Marktplatz, Landgraben, Spitalhof. Stadtgraben, Obere Vorstadt, Kapellkirche. Und irgendwie, ohne dass er es bewusst gewollt hätte, stand er vor Gisèle's Kosmetik-Studio. Schaute dumpf brütend auf die Auslagen hinter den Schaufensterscheiben. Madame Gisèle. Ging dann weiter, rastlos, wie getrieben. Kirchengraben, Bürgerturm, Schweinweiher. Unter Akazienbäumen. Vorbei an Reklamewänden und an Litfasssäulen. Über feucht glänzende, traurige Plätze. Bis er endlich, er wusste nicht wie, an einem Tisch saß. In einem italienischen Restaurant. Genau an jenem Tisch, an dem er mit Gisela Brodbeck gesessen hatte, als der unvermeidliche dunkelhäutige Rosenverkäufer ihm seine Ware unter die Nase gehalten hatte. An jenem Abend, als dann wenig später Madame Gisèle ihn so herzhaft geküsst hatte.

Dumpfes Dahinbrüten, das Weinglas vor sich auf dem Tisch. Jede Einzelheit, jede Sekunde dieses so ausgesucht herrlichen Abends ließ er noch einmal an sich vorüberziehen. Jeder Blick von Gisela, jedes Zwinkern ihrer Augen, jedes Lächeln, jede Bewegung ihres Kopfes. Auch die anderen Gäste kamen aus seinem Gedächtnis wieder zum Vorschein: die Ingenieure und Computer-Fachleute, die Zahntechniker und Architekten, die Kauffrauen, die Direktricen. Zumeist in Zweiergrüppchen. Auch dieser eine Gast, der zu den übrigen so gar nicht passen wollte. Seine rechte Ohrmuschel, die irgendwie an ein großes breites Salatblatt erinnerte.

Das Salatblattohr – es belebte seine schon mehrfach erwähnte, bei ihm instinktmäßig verankerte Neigung, bestimmten Objekten jägergleich nachzuspüren – der Jagdtrieb des Kriminalers, diesmal freilich regte sich dieser alkoholbedingt nur mäßig. "Sagen sie mal", lallte er nach der zweiten Flasche Frascati den schwarz gelockten Kellner an, "arbeiten sie schon lange hier?" - "Si, Signore", kam die Antwort beflissentlich. "Dann waren sie auch schon hier, als dieser Mord passiert ist? Ich meine, der Mord an - hürps - an dieser Frau?" - "Warum wollen sie das wissen, Signore?" - "Hier", Brösamle nestelte in seiner Brusttasche, "hier, mein Ausweis." Der Kellner bückte sich neugierig über das hochgehaltene, kleine rechteckige Kärtchen. "Ah, Polizei! Ja, damals war ich schon hier. Aber warum - ". Brösamle hatte erneut in die Tasche gegriffen und hielt nun das Foto von Monika Wendland zwischen den Fingern, das er bei seiner Durchsuchung ihrer Wohnung aus dem Album herausgenommen hatte. "Kennen sie diese Frau? Sie hat hier gegessen. Damals. Hier - " - "Bedaure. Kann mich nicht erinnern. Muss die Kollegen fragen. Oder am besten: Ich frage Chef. Momento!"

Der Kellner verschwand und kam nach wenigen Augenblicken zurück mit einem gut gekleideten Italiener, der eigentlich gar nicht aussah wie ein Gastwirt, sondern eher wie ein durchgeistigter Literat. Brösamle versuchte, nüchtern zu wirken, was ihm aber nur sehr unvollkommen gelang. "Diese Frau. War sie hier. Damals, im Mai." - "Darf ich sehen. Jajajajaja - ja. War öfters hier. Que bella - schöne Frau. Peccato. Schade. Jetzt tot." - "Und? Und? War sie allein?" - "Allein? War nie allein, Signore! Immer mit Mann!" Brösamle fühlte sich plötzlich fast ganz nüchtern. "Mann? Immer der gleiche Mann?" - "Oh, nix. Immer andere Mann. Capito? Comme si, comme ca. Mal so, mal so. Immer andere." Der Kommissar fühlte sich ganz nah an seinem Ziel. "An diesem Abend, Mitte Mai, war sie auch da?" Der durchgeistigt wirkende Gastronom wandte sich zu dem Kellner hin; die beiden tuschelten eine Zeit lang miteinander, bis der Chef sich dann wieder zu Brösamle hinneigte: "Die Signora meistens dort - dort drüben" - er deutete auf einen kleinen Tisch in einer entfernten Ecke - "und das - das ist normal Revier von meine Tochter. Tochter jetzt Krankenhaus. Große Unfall." - "Oh, das tut mir leid. Kann man sie besuchen, im Krankenhaus, und fragen?" - Der kleine Mann mit dem Philosophengesicht warf die Arme hoch, zog eine theatralische Beerdigungsgrimasse und stöhnte. "Uuuh. Fragen schlecht. Sprechen schlecht. Ganz schlecht. Tochter immer Kopfweh. Schlecht."

Der Kommissar griff enttäuscht zum Glas. Jetzt war er so nah dran gewesen, und nun das ... Doch der dünne Italiener war noch nicht am Ende: "Arme Kind, arme Kind", fuhr er jammernd fort, "so viel Kopfweh. Muss warten. Vielleicht besser ein Monat. Zwei Monat. Vielleicht." Er war drauf und dran, in Tränen auszubrechen. Deshalb legte ihm Brösamle beschwichtigend die Hand auf dem Arm. Diese Italiener, dachte Brösamle, wie die ihre Gefühle zeigen können. Wäre vielleicht auch für uns ganz gut. Aber wir Schwaben - wir sind da genau das Gegenteil. Nur nicht zeigen, was man fühlt. Nur nichts zeigen. "Tut mir leid, das mit ihrer Tochter. Tut mir leid. Ich wünsche ihr alles Gute." Er kramte in seinem Hinterkopf nach einem passenden lateinischen Wort, um es so umzubiegen, dass es italienisch wirkt. "Bona - äh - bona reconvalescenzia!" Mit seinem radebrechenden Italienisch-Versuch hatte Brösamle genau den richtigen Ton getroffen. Der kleine Mann fasste inbrünstig Brösamles Hand und drückte sie hingebungsvoll - "oh Signore, mille grazie, mille grazie, mille grazie" – um sich dann ruckartig dem Kellner zuzuwenden: "Un altro bicchiere da vino, presto, presto!"

Brösamle wusste nicht, wie ihm geschah. Da setzte sich so mir nichts dir nichts ein junges Ding zu ihm an den Tisch. Gesicht und Figur wie Gina Lollobrigida in ihren frühen Filmen. Große schwarze Glutaugen hinter starken Brillengläsern. Und ein Busen - ein Gedicht von einem Busen. Er musste sich Mühe geben, dass ihm die Augen nicht aus dem Kopf fielen. Während Brösamle noch überlegte, wie er am besten ein Gespräch in Gang bringen könnte, da stützte die junge Glutäugige die Ellbogen auf den Tisch und lächelte ihn an. "Ich bin die Schwester von Coronata." - "Coronata? Wer ist Coronata?" - "Oh, Entschuldigung. Coronata bedient hier. Ich habe in der Küche gehört, sie wollen meine Schwester sprechen. Wegen dieser ermordeten Frau. Aber das ist nicht notwendig, glaube ich. Sie können auch mich sprechen. Ich bin Assunta." Brösamle verstand die Welt nicht mehr. Verzweifelt suchte er, seine kleinen grauen Zellen zu aktivieren. Es gelang ihm nicht im Geringsten. War der Alkohol daran schuld?

"Wissen sie, das war so. Eigentlich studiere ich. Journalistik und Deutsch in Neapel. Und dazu brauche ich Geld, das mein Papa nicht immer so flüssig hat. Deshalb komme ich immer wieder nach Deutschland, hierher, zu Papa, und helfe im Restaurant. Meist in der Küche. Aber damals, Mitte Mai, da konnte Coronata nicht bedienen, wie sonst immer. Migräne, glaube ich. Deshalb sprang ich für sie ein. Und da war auch diese Frau, ich darf doch mal das Foto sehen?" - "Natürlich, aber natürlich" beeilte sich der Kommissar eilfertig, "hier ist es!" Er hatte es wieder aus seiner Westentasche herausgenestelt und reichte es der Schönen über den Tisch. Wie sie danach griff, versuchte er reflexartig, ihr über die Finger zu streicheln – der Alkohol hatte offensichtlich den Lustmolch in ihm aktiviert. Aber bevor es zu einer Berührung kommen konnte, hatte sie mit einer unerwartet flinken Bewegung ihre Hand mit dem Bild wieder zurückgezogen.

"Ja, das ist sie", nickte sie, und ihre schwarzen Glutaugen funkelten durch die Brillengläser. "Das ist sie. Da bin ich mir ganz sicher. Und der Mann, der mit ihr war, an den kann ich mich auch noch genau erinnern. Sie haben Muscheln gegessen, viel zu viel. Die Männer in der Küche haben schon Witze gemacht. Der Mann - eigentlich hat er gar nicht zu ihr gepasst. Er war viel zu alt für sie". Der Kommissar begann zu vergessen, dass er mit einer äußerst attraktiven jungen Dame am Tisch saß – im wild wogenden Kampf zwischen Jägerlust und Weißwein hatte in Theodor Brösamles Schädel zwischendurch wieder einmal der kriminalistische Waidmann die Oberhand gewonnen. Assuntas Sprechpause benutzte der Stuttgarter Kriminalist zu der Frage, die ihm nun die letzte Klärung bringen musste: "Und wie sah er aus?" - "Oh, er ist leicht zu beschreiben. Etwas älter als sie. Und nicht ganz dünn. Kurzer Bart. Grau. Die Haare auch grau. Nicht mehr so viele davon. Ja, und eine Brille trug er auch. Eine ganz teure. Und wie er lachte – so laut, und so freundlich. Er war überhaupt so freundlich."

Werner Holstenbach! Das war eindeutig Werner Holstenbach! Er also war mit Monika Wendland kurz vor ihrem Tod noch hier im "Imperatore" gewesen! Fieberhaft arbeitete es in Brösamles alkoholumnebeltem Hirnkasten. Seine Neigung zu kriminalistischem Waidwerk spornte ihn trotz der Frascati-bedingten Einschränkung seines Denkvermögens kurzfristig zu beachtlichen Leistungen an. Werner Holstenbach – sieh mal einer an! Den konnte er sich als Täter überhaupt nicht vorstellen. Und das Motiv? Wollte er eine lästige Liebschaft loswerden? Gab es da nicht andere, weniger gefährliche Methoden? Wie dem auch sei – da war noch dieser Unfall. Dieser Unfall, kurze Zeit nach dem Mord. Ob dieser Unfall vielleicht eine Zeugin beseitigen sollte?

"Sagen sie mal, Assunta", fing er schließlich nach längerem Grübeln an. Die schöne Schwarzhaarige hatte mit einer Mischung aus Belustigung und Neugier beobachtet, wie er sich mit Grummeln und

Schädelkratzen um Konzentration mühte. Der Alkohol hatte wieder sein angestammtes Übergewicht erlangt. "Ja?" - "Sagen sie mal, ihre Schwester Coronata. Sehen sie sich beide eigentlich ähnlich?" - "Ja, sehr. Man hat uns beide schon immer verwechselt, Coronata und mich. Obwohl sie zwei Jahre älter ist. Warum fragen sie?" - "Sage ich ihnen später. - Wussten die Nachbarn hier, dass sie nach Deutschland gekommen waren?" - "Sie fragen aber auch seltsame Dinge! Nein, natürlich nicht! Nur meine Familie. Und die Leute in der Küche. Und die Kellner. Die Gäste haben wahrscheinlich überhaupt nicht gemerkt, dass sie von mir und nicht von meiner Schwester bedient werden."

"Entschuldigen sie bitte, Assunta, aber jetzt kommt noch so eine seltsame Frage. Der Unfall ihrer Schwester. Was war das für ein Unfall?" - "Och, das war ein Verkehrsunfall. Ein ganz schrecklicher Verkehrsunfall. Hier, direkt vor unserem Restaurant. Da hat sie einer angefahren, als sie die Straße überqueren -". Der Kommissar hatte roten Ohren. Ungeduldig unterbrach er Assunta. "Wer? Wer hat sie angefahren? Wer?" - "Weiß man nicht." Assunta wunderte sich über die seltsame Heftigkeit des angetrunkenen Kommissars. "Fahrerflucht."

Also, kombinierte Brösamle, seine Theorie war in sich schlüssig. Werner Holstenbach war mit Monika Wendland ausgegangen, hatte sie anschließend ermordet und mehrere Tage später die italienische Kellnerin per Auto-Unfall aus dem Weg geräumt, weil sie ja hätte bezeugen können, dass Werner Holstenbach mit Monika kurz vor ihrem Tod noch zusammen war. In seiner Aufregung hatte sich Brösamle verschluckt und musste fürchterlich husten. "Herr Commissario, was ist mit ihnen?" Die junge Schöne stand auf, um ihm auf den Rücken zu klopfen. "Oh Gott, sie sind ja ganz nass! Und viel zu viel getrunken haben sie auch! Sie müssen nach Hause! Schnell ins Bett! Am besten, ich bestelle ihnen ein Taxi! Warten sie, bleiben sie sitzen, ich mache das schon!"

"Sie brauchen sich keine Gedanken zu machen, Herr Brösamle," lächelte Paul Röschle, als er ihm die Tür zu einem Seiteneingang öffnete, der auf das Firmengelände führte. "Ich habe an alles gedacht: Die Mitarbeiter sind alle zu Hause, und der Werkschutz dreht gerade seine Runde auf der gegenüber liegenden Seite. Also: Kommen sie rein!"

Paul Röschle schritt mit den großen, raschen Schritten des effizienten Geschäftsmanns voraus, und Theodor Brösamle hatte alle Mühe, mit ihm Schritt zu halten, denn er trug eine große, schwere Tasche mit all jenen Utensilien zur Spurensuche, die er im vorliegenden Fall für notwendig hielt. Es ging über einen Hof und um eine Hausecke, bevor der Firmenchef eine Tür aufschloss. Man bewegte sich sodann einen schmalen Korridor entlang, eine Treppe hinauf, wobei Röschle mit äußerst flinken Bewegungen drei Treppenstufen auf einmal nahm. Dadurch gab er ein schneidiges Tempo vor, das den etwas beleibten Brösamle ziemlich außer Puste brachte. Sie waren nun in einem Stockwerk angekommen, wo die gesamte Ausstattung wesentlich teurer und gediegener wirkte – die Bilder an den Wänden, die Möbel, die Zimmerpflanzen – man befand sich offensichtlich in der Chefetage. Mit Genugtuung registrierte der Kriminalkommissar, dass auch hier trotz aller Gediegenheit nichts von Protzigkeit oder Großmannssucht zu spüren war. Bravo, dachte er, bravo! Zurückhaltung, Bescheidenheit, Schlichtheit: die schwäbischen Stammestugenden, die erlebt man hier – das hab ich gern!

Mittlerweile waren die beiden Herren durch mehrere Vorzimmer geschritten, hatten ein Chefbüro durchquert und ein kleines, fensterloses Nebengemach erreicht, in welchem Röschle stehenblieb und auf einen unscheinbaren, halbhohen Aktenschrank deutete.

"Hier!" - "Vorsicht! Nichts anfassen!" beeilte sich Brösamle zu sagen, "die Spuren, sie wissen schon." Ein verschmitztes Lächeln huschte über das Gesicht des Firmenchefs. "Nun ziehen sie erst mal ihre Handschuhe an, Herr Brösamle." Während der Kommissar tat, wie ihm geheißen, deutete Paul Röschle auf eine Stelle auf der linken Seitenwand des Aktenschranks. "Hier! Drücken sie!" Als Brösamle drückte, spürte er, wie eine fingerkuppengroße Fläche leicht nachgab. "Und jetzt ziehen sie hier!" Röschle deutete auf die rechte Vorderkante des Aktenschranks, und sobald der Kommissar daran zog, bewegte sich der Schrank wie eine Tür auf sie beide zu, denn das Möbelstück war, wie Brösamle mit großer Verblüffung sah, unauffällig an der linken Hinterkante mittels eines Scharniers an der Wand befestigt.

Hinter dem Schrank wurde die Tür eines großen, schweren Geldtresors sichtbar, ganz von der Machart, wie solche Geldschränke in der Zeit vor dem Ersten Weltkrieg auszusehen pflegten: Die stählerne Oberfläche in einem bräunlichen Farbton derart angestrichen, dass eine holzähnliche Wirkung entstand, wobei an einigen Stellen der Effekt von Einlege-Arbeiten erzielt wurde. In der Mitte befand sich ein zierliches Drehkreuz und unter diesem ein Schlüsselloch. "Am besten, sie fangen jetzt schon mit ihrer Arbeit an, bevor ich diese Tür aufschließe. Vielleicht finden sie am Drehkreuz Abdrücke, wer weiß." Brösamle öffnete seinen Koffer, holte seine Utensilien heraus und begann mit der Arbeit. Aber weder an dem Aktenschrank noch an der Tresortür war auch nur die mindeste Spur eines Fingerabdrucks zu finden.

Paul Röschle wirkte wie ein Priester bei einer gottesdienstlichen Handlung, als er den Schlüssel in das Schlüsselloch steckte, diesen dann mehrmals nach rechts und links drehte, das Drehkreuz ergriff, dieses langsam bewegte, und schließlich kräftig daran zog, bis sich die Tür langsam und mit einem leisen Zischen öffnete. Neugierig streckte Brösamle den Hals, um die dort lagernden Schätze zu beäugen, aber statt der erwarteten offenen Fächer bekam er lediglich eine Reihe von kleineren Türchen zu sehen.

Bevor der Firmenchef ein ganz bestimmtes dieser Türchen aufschloss, musste der Kriminalkommissar abermals seines Amtes als Spurensicherer walten - auch dieses Mal ohne jeden Erfolg. "Hier erhebt sich eine Frage, Herr Röschle. Woher wissen sie denn überhaupt, dass hier einer am Tresor war?" Der Firmenchef konnte sich eines breiten Grinsens nicht erwehren. "Sehen sie, hier unten." Er deutete auf den unteren Rand der Tresortür. "Hier unten habe ich im Dunkeln ein winziges Stück unbelichteten Film hingeklebt. Und der war belichtet, als ich vor ein paar Tagen nachschaute." – "Im Dunkeln taten sie das, nehme ich an", ergänzte Brösamle, nun seinerseits ebenfalls breit grinsend.

Nun endlich kam der Augenblick, auf den Brösamle so neugierig gewartet hatte: Und wie er in das kleine Fach hineinlugte, da machte sich dann doch eine gewisse Enttäuschung breit, denn dort lag nichts anderes als ein ganz normaler, brauner großformatiger Briefumschlag.

"Gibt es eine Möglichkeit, Herr Brösamle", erkundigte sich der Firmenchef, während er dem Umschlag ein schmales Heft entnahm, "festzustellen, ob dieses hier in letzter Zeit fotografiert worden ist?" – "Das werden wir gleich sehen!" Der Kommissar hatte gehofft, bei seiner Arbeit etwas von dem Firmengeheimnis erhaschen zu können. Aber während er hochkonzentriert mit mehreren Lupen herumhantierte, um die Oberflächenbeschaffenheit des vorgelegten Hefts zu untersuchen, konnte er nicht viel mehr als einige Satzfetzen in sich aufnehmen.

Röschle schaute ihm zunächst interessiert zu, wurde aber schon bald ungeduldig. "Nun? Was ist?" Brösamle ließ sich nicht hetzen. Die Sache verlangte Sorgfalt und Fingerspitzengefühl. "Haben sie diese Unterlagen in den vergangenen Jahren einmal herausgenommen und darin gelesen?" – "Nein, wohin denken sie, natürlich nicht! Warum sollte ich auch?" antwortete Röschle etwas unwirsch. "Die Sache ist die", begann der Kommissar schließlich mit fachmännischer Miene, nachdem er die Lupen beiseite gelegt hatte, "es handelt sich hier um mehrere Lagen eines ziemlich dicken Büttenpapiers, die gefalzt und zu einem Heft zusammengenäht wurden." Röschle runzelte die Stirn. "Interessiert mich nicht," unterbrach er ihn ungehalten, "haben sie nun etwas gefunden oder nicht?" Der Kommissar ließ sich nicht irritieren. "Wenn man das Heft aufschlägt, so neigt dieses dicke Büttenpapier dazu, in die gewohnte Form zurückzukehren und wieder zuzuklappen. Wenn jetzt jemand -" – "Nun haben sie etwas gefunden oder nicht?"

Der Kommissar zog einen beleidigten Schmollmund. "Jaja, schon. Also, wenn jetzt jemand Fotos davon machen will, so ist dieses Zusammenklappen äußerst hinderlich. Der Fotograf wird also dieses Heft nicht nur aufklappen, sondern so weit umklappen, bis die Außenseiten sich berühren, und dann kräftig gegen den Falz drücken." Bei dem Wort "Fotograf" verlor Paul Röschles Gesichtsausdruck seine bisherige Ungezwungenheit und wurde steinern. "Also doch," murmelte er mit einer Stimme, der man es anhören konnte, dass der Sprecher bemüht war, seine Erregung zu verbergen. "Das führt nun dazu," fuhr Brösamle fort, "dass sich nicht nur innen im Falz eine schmale Rinne gebildet hat, sondern auch außen auf dem Rücken. Und eben dieses ist hier zu sehen – hier, wenn sie durch die Lupe - "

"Schon gut." Für einen kurzen Augenblick irrlichterte ein Flackern in Röschles Augen; gleichzeitig arbeiteten seine Kaumuskeln kräftig. Kommissar Brösamle bemerkte dieses sehr wohl. Die Tatsache, dass hier fotografiert worden ist, so reimte Brösamle es sich zusammen, muss wohl für ihn einer Katastrophe gleichkommen. Aber wie er darauf reagiert, das nötigte dem Kommissar ein gerüttelt Maß an Bewunderung ab – wie einer, der es gewohnt ist, alles im Griff zu haben. Wie einer, der es gewohnt ist, große Verantwortung zu tragen. Wie ein Häuptling eben.

"Der Kreis der Täter", dachte Brösamle laut und ließ sich nicht anmerken, wie er Röschles Reaktion einschätzte, "ist eng umgrenzt – Wolfgang Ruckstuhl." –"Oder dessen allernächste Umgebung", wollte er eigentlich hinzufügen und dachte an Monika Wendland und an Henning Schuschwanow, aber instinktiv ließ er es bleiben.

- Kapitel 32 -

Gisela. Wohlgerundete Weiblichkeit. Blond, gepflegt, mittelgroß, grazil. Die blaugrauen Augen, die Wärme und Lebenserfahrung ausstrahlten. Das äußerst sympathische, silberhelle Lachen. Ob er es wollte oder nicht: Irgendwo war sie ständig präsent in seinem Bewusstsein. So auch jetzt, als er über den Marktplatz ging – wieder einmal in weitem Bogen an der Mittleren Apotheke vorbei. Und wie er den Brunnen passierte, spielten dort einige Jungen. Aber nicht am Brunnen, sondern auf dem Brunnenrand. Vorsichtig tippelnd wie die Seiltänzer, mit ausgebreiteten Armen, einer hinter dem andern. Und, das musste wohl so sein, sie johlten dabei laut und munter.

Und wieder einmal holten Kindheitserinnerungen den Kriminaler ein – damals, kurz vor dem Abitur, in seiner kurzen Gutmensch-Phase, da hatten solche Jungs das selbe Spielchen gespielt. Nur war es damals an einem kühlen Herbsttag gewesen, und einer von ihnen war doch tatsächlich in das Brunnenwasser gefallen. Der Kommissar erinnerte sich noch so genau, als wäre es erst gestern gewesen: Nach ihrem munteren Geschrei waren sie dann stumm und reglos dagestanden. Einem von ihnen hatte das Nass die Kleidung an die Gliedmaßen geklebt und das Wasser war aus den Hosenbeinen herausgelaufen. Jung-Theodor hatte sich auf die Gruppe zu bewegt und den nassen Jungen bei der Hand genommen. "Du musst heim, sonst erkältest du dich!" Dieser hatte ihn ängstlich angeschaut. "Meine Mutter - - sie verprügelt mich!" – "Sie verprügelt dich nicht", hatte er entgegnet, der junge Gutmensch-Brösamle, "ich verspreche es dir. Wo wohnst du? Ich bring dich heim!"

War mit dem Jungen den Weg gegangen, den dieser ihm folgsam gezeigt hatte. Nur ein paar Hausecken weiter: Eines dieser typischen Altstadthäuser: Hoch, eng, heruntergewirtschaftet, viele Stockwerke. Das knarzende Geräusch der Stufen war beim Hochgehen laut hallend im Treppenhaus zu vernehmen gewesen. Deutlich hatte er gespürt, wie der Junge zögerte, wie seine Angst zunahm. "Komm schon! Du wirst nicht verprügelt. Ich habe es dir versprochen." Der Griff seiner Hand um die des Jungen war fester geworden, als könne er dadurch Vertrauen verstärken. So hatte er gedacht, damals. Oben, unter dem Dach, die Wohnung: Und wie er geklingelt hatte, suchte der Junge, sich hinter ihm zu verstecken. Die Tür war aufgegangen: Vor ihnen eine kleine, dralle Mittvierzigerin, speckige Schürze, schlecht gekämmt, prüfender Blick, Stirn gerunzelt.

"Ich bringe ihnen ihren Sohn", hatte er begonnen und war sich dabei nicht ganz sicher, ob es ihm gelungen würde, bei der Frau als Autoritätsperson zu erscheinen. "Er hatte einen Unfall. Er kann nichts dafür. Sie dürfen ihn jetzt nicht verprügeln." Wortlos hatte die Frau nach der freien Hand des Jungen gegriffen und ihn zu sich in die Wohnung gezogen. "Hören sie!" Jung-Brösamle hatte versucht, sich eine Gottvater-Stimme zuzulegen. "So hören sie doch! Sie dürfen den Jungen jetzt nicht verhauen! Ich habe es ihm versprochen! Sie dürfen auf keinen Fall - -" Da war die Tür auch schon zugeschlagen.

Noch einige Augenblicke war er stehen geblieben. Hatte gelauscht. An sein Versprechen gedacht. Und dann – mehrfach paarweises Klatschen: Mutterhand auf Sohnesbacken, rechts-links, rechts-links, rechts-links. Gefolgt von Schmerzenslaut aus Kindermund. Ohnmächtige Wut war über ihn gekommen. Am liebsten hätte er die Tür eingeschlagen; die Faust war schon erhoben. Hatte sie aber wieder sinken lassen; war ja schon passiert gewesen.

Gnadenlos hatten die Stufen geknarzt, als der die Treppe hinuntergestiegen war.

Das war meine Gutmensch-Zeit gewesen, sinnierte der Kommissar vor sich hin. Lang, lang ist's her. Und über das Sinnieren erschien schon das Café Hinze in Sichtweite.

Als der Kommissar sich der Theke näherte, rieb Hans Degenhardt deren polierte Oberfläche. Er rieb und rieb wie ein Irrsinniger und ließ sich auch durch ein freundliches Grußwort nicht ablenken. Erst als Brösamle sich über die Theke lehnte, seinen Arm ergriff und diesen sanft schüttelte, schaute der Wirt verlegen auf. "Das mit Gisela", fing er etwas betreten an, "das - - das ist - - ". Es war Brösamle klar, dass sein Freund ihn trösten wollte, aber Schwierigkeiten hatte, die richtigen Worte zu finden. "Ich weiß", sagte er und bemühte sich, seiner Stimme einen kühlen Klang zu geben. "Schon gut. Eine schöne, kühle Halbe wäre jetzt nicht schlecht". Degenhardt legte den Wischlappen beiseite und grinste erleichtert. "Eine Halbe. Du hast Recht. Eine kühle Halbe hat schon in vielen Fällen geholfen. Oder auch ein halbes Dutzend davon. Oder mehr. Je nachdem".

Der Kommissar ergriff das dargebotene Glas und leerte es mit großen, gierigen Schlucken, stellte es auf den Tresen zurück und wischte sich mit dem Handrücken zufrieden den Schaum auss dem Schnauz. "Was zapfst du hier eigentlich, Hans? Schmeckt echt süffig!" – "Nicht wahr? Das ist Zoller-Hof, aus Sigmaringen".

"Was anderes, Hans", suchte Brösamle das Thema zu wechseln, aber es fiel ihm kein wirklich geeignetes Thema ein. "UFL 32 DAR. Was könnte das sein?" fragte er schließlich nach längerem Grübeln. Degenhardt überlegte nur kurz. "Keinen Dunst," erwiderte er. "Vielleicht eine tschechische Autonummer". Sieh mal einer an, dachte Brösamle. Vielleicht sollte ich mich doch mal an die tschechische Botschaft wenden. Vielleicht komme ich damit weiter. Möglich wär's ja.

Während Degenhardt über die Buchstaben-Zahlen-Kombination nachdachte, war dem Kommissar doch noch ein Thema eingefallen.

"Erzähl mir mal, was du über die Firma Ruckstuhl und Röschle weißt." "Ruckstuhl und Röschle?" Hans Degenhard war offensichtlich froh, dass er das traurige Thema hinter sich gebracht hatte und feixte, wie er seinem alten Freund ein zweites Glas Zoller-Hof über die Theke schob. "Sagt mir was. Einer aus unserer Parallelklasse ist dort als Ingenieur untergekommen. Der schaut so ab und an hier vorbei auf ein Bier oder zwei. Und plaudert dann so ein bisschen aus dem Nähkästchen." Er hielt inne, um sich selbst ein Bier zu zapfen. "Was willst du wissen?"

Brösamle war sich nicht ganz sicher. "Wie groß ist die Firma", fing er stockend an, "was wird produziert. Wie sind die Chefs. Sowas eben." Hans Degenhardt dachte kurz nach. "Okay", begann er schließlich, nachdem er einen tiefen Schluck genommen hatte. "Kleinerer, mittelständischer Betrieb. Mehrere Dutzend Mitarbeiter, schätze ich. Machen irgendwas aus Metall. Kleine Präzisionsteile, was weiß ich. Zulieferer für medizinische Spezialgeräte. Oder so. Jedenfalls alles extrem pingelig. Zehntausendstel Millimeter und so. Und andauernd wird herumgetüftelt. Neue Erfindungen. Die Chefs sind sehr ehrgeizig. Wollen die Größten sein. Oder jedenfalls werden. Der Alte, Paul Röschle. Ein Albstädter aus echtem Schrot und Korn. Bieder, ehrlich, solide. Ein Schaffer, wie er im Buche steht. Aber dann der Junge, Wolfgang Ruckstuhl. Kommt aus den neuen Ländern. War gleich nach der Wende da und ist bei Röschle eingestiegen. Ein Erfinder-Typ, Marke Luftikus. Unzuverlässig, schlampig, faul. Dazu noch hinter den Weibern her, scharf wie Nachbars Lumpi. Genau das Gegenteil von Röschle. Aber kreativ. Die Firma wächst, seit er mitmischt." Degenhardt gönnte sich ein Päuschen und nahm wieder einen großen Schluck.

Während der Wirt die Informationen Stück für Stück an einander reihte, kroch eine ungeheure Spannung durch Brösamles Körper. Hatte er sich anfangs noch bequem zurück gelehnt, so saß er jetzt bolzengerade aufrecht. Die alte Jagdlust des Kriminalers – sie war wieder da. "Das ist ja schon eine ganze Menge, was du da so weißt. Aber sag, das mit den Erfindungen – meinst du, dass da auch noch andere Interesse daran haben?". In Degenhardts Glas befanden sich mittlerweile nur noch ein paar Tröpfchen Gerstensaft, und er beeilte sich, diesem Mangel durch erneutes Zapfen abzuhelfen.

"Keine Ahnung".

Lange Pause. Enttäuscht ließ sich Brösamle wieder gegen die Stuhllehne zurücksinken. Aber er wäre nicht derjenige gewesen, der er war, wenn er jetzt nicht einen Weg gefunden hätte. "Da sind noch einige andere Leute, die mich interessieren. Zum Beispiel Albert Lacherer. Steht in dem Notitzbuch, du weißt schon. Weißt du von dem etwas?" Degenhardt grinste. "Natürlich. Ging mit uns auf das Gymnasium. War aber ein paar Klassen unter uns. Ging dann auch vorzeitig weg. War dann lange Zeit verschwunden. Jetzt wohnt er oben hinter dem Schlossberg im Wald. Ein Künstler. Zeichnungen, Gemälde, Bildhauereien." Nun war es an Brösamle zu grinsen. "Kenn ich, solche Leute, von Stuttgart. Manche von ihnen sind einfach supergut, bekommen aber nicht genügend Aufträge. Dann verdienen sie sich ihr Geld meistens im Schuldienst". Sobald er das Wort "Schuldienst" ausgesprochen hatte, verzog er den Mund zu einem säuerlichen Grinsen. Alles, was mit Schule verbunden war, hatte für den Kommissar einen äußerst unangenehmen Beigeschmack und war stets mit unerquicklichen Erinnerungen verbunden. Die armen Kerle taten ihm aus tiefstem Herzen leid. "Schuldienst?" Degenhardt schüttelte den Kopf. "Hat der Lacherer irgendwie nicht nötig. Irgendwie verkauft er seine Sachen doch. Und kann davon leben. Irgendwie. Aber pass bloß auf, wenn du mit ihm redest. Er ist – äh, sagen wir mal, etwas grob in seiner Ausdrucksweise. Neigt zu derber Wortwahl. Aber er meint es nicht bös. Nicht immer, jedenfalls".

Die Flüssigkeit in Brösamles Glas hatte in der Zwischenzeit einen Tiefstand erreicht, und Hans Degenhardt als aufmerksamem Gastwirt war dies nicht verborgen geblieben. Er nahm das Glas des Kommissars und hielt es profimäßig schräg unter den Zapfhahn, so dass die goldgelbe Flüssigkeit langsam und ohne übermäßig viel Schaum in dem Gefäß anstieg. Andächtig schaute Brösamle zu. Bier zapfen – das war für ihn fast schon ein liturgischer Akt, nicht weit entfernt von einer gottesdienstlichen Handlung. Als das Hopfengebräu die tiefer liegende Seite des Rands erreicht hatte, setzte er ab und reichte das Glas dem noch immer ehrfürchtig schauenden Brösamle, der es sofort zum Mund führte und einen langen, tiefen Schluck nahm. "Übrigens", fuhr Degenhardt nun fort, "der Albert hat auch was mit dieser Wendland gehabt. Ist erst ein paar Monate her. Vielleicht knapp ein Jahr. War damals das Tagesgespräch bei allen Vernissagen. War ja auch ein recht ungleiches Paar."

Nun musste er innehalten. So lang gewundene Reden, das war nicht so sein Ding. Er griff zum Glas und setzte es an die Lippen. Es dauerte einige lange Augenblicke, bis sein Inhalt gemächlich bis zur Hälfte geschrumpft war. "Er hatte noch nie Wert auf korrektes Äußeres gelegt. Weder bei der Kleidung, noch bei den Haaren, noch beim Benimm. Und schon gar nicht beim Reden. Und sie – das krasse Gegenteil: Höhere Tochter. Immer adrett angezogen: Faltenrock mit Bluse und so. Die Frisur immer wie frisch vom Fachmann – schneiden und föhnen und so. Und gewählt ausdrücken konnte die sich. Was sie sagte, war druckreif. Naja, da gab es schon Gemeinsamkeiten. Wales zum Beispiel. Der Albert hat sich auch leidlich angepasst. Ging mit ihr in bessere Lokale. Im Urlaub waren sie zusammen in Wales, in besseren Hotels. Hat der Albert alles mitgemacht. Ich glaub, der war voll verknallt. Redete schon vom Heiraten, von Familie, von Windeln und von Kinderwagen. Und dann ..." Degenhardt schniefte. Was er nun sagen wollte, das bereitete ihm augenscheinlich großes Unbehagen. Er griff zum Glas und leerte es, diesmal ausnehmend rasch.

"Ja, und dann", fuhr er fort und wischte sich den Bierschaum mit dem

Handrücken vom Kinn. "Dann kam der große Kladderadatsch." Der gute Hans Degenhardt brachte es einfach nicht übers Herz. Ein weiteres Mal musste er das Glas füllen und leerte es zügig bis zur Hälfte. Nun endlich schien er in geeigneter Verfassung, um die unangenehme Botschaft herauszubringen. "Sie hat ihn sitzen lassen. Wegen diesem Fabrikanten-Knülch. Diesem Eberhard Rominger. Die Künstler waren total von den Socken. Wegen diesem Fabrikanten-Knülch!"

Der goldgelbe Flüssigkeitsrest in seinem Glas musste den Weg allen Bieres gehen, bevor Degenhardt in der Lage war, seine Geschichte zu beenden. "Der Albert hat das nicht leicht genommen. Er ist verschwunden. Wochenlang hat ihn keiner gesehen." Dumpf stierte der Wirt vor sich hin. Das Mitgefühl stand ihm ins Gesicht geschrieben.

Theodor Brösamle unterbrach die Stille nach einer geziemenden Pause. "Eberhard Rominger, wenn wir schon bei dem sind. Was weißt du von dem?" Hans Degenhardt brauchte einige Sekunden, um aus seinem Dämmerzustand wieder zu erwachen. Aber nicht um zu antworten – er griff nach dem Glas und hielt es unter den Zapfhahn, um die bereits bekannte, heilige Handlung zu vollführen. Erst als die schaumgekrönte, honigblonde Pracht namens Zoller-Hof verheißungsvoll schimmerte, führte er in aller Ruhe das Glas zum Mund und setzte es erst wieder ab, als nur noch wenige Reste von Feuchtigkeit im Inneren des Trinkgefäßes vorhanden waren. "Mmh, einfach lecker dieses Bier aus Sigmaringen."

"Was du nicht so alles wissen willst", antwortete er, "aber sei's drum. Gehört zu den großen Nummern hier in Albstadt. Mischt überall mit. In der Lokalpolitik, bei den Vereinen, im Handels- und Gewerbeverein, in der Kirche. Aber warum fragst du? Ist er verdächtig?" Kommissar Brösamle war sich unschlüssig, wie viel er seinem alten Kumpel Degenhardt anvertrauen konnte. Er nahm einen tiefen Schluck, als könne er damit seine Entscheidungskraft verstärken. "Weiß ich noch nicht", ließ er sich nach einer längeren Sprechpause vernehmen.

Dann herrschte Stille. Das Gespräch war an einem toten Punkt angelangt. Degenhardt nahm sich wieder den Wischlappen. "Die Wendland", begann er nachdenklich, "die Wendland muss ja ein ziemliches Luder gewesen sein. Am längsten hat sie es ja mit dem Ruckstuhl getrieben. Von Ruckstuhl und Röschle, du weißt schon."

Nun war es an Brösamle, die Augenbrauen erstaunt zu heben.

"Und dann ist da noch Werner Holstenbach. Wie steht's mit dem?" "Werner Holstenbach", echote Degenhardt, "der". Mit dem Zapfen ließ er sich nun dermaßen viel Zeit, dass sein Freund bereits ungeduldig auf seinem Stuhl herum zu rutschen begann. "Holstenbach. Kommt bei den Weibern an, das muss man ihm lassen. Nützt es auch weidlich aus." – "Ist er nicht verheiratet?" fiel ihm Brösamle verwundert ins Wort. "Doch, doch, ist er. Seine Frau kommt aus Schweden. Aus einer stinkreichen Familie. Beruflich ist der Holstenbach ja eher eine kleine Nummer. Aber Geld haben die beiden wie Heu. Leben in einem superteuren Nobelschuppen. Automäßig nur Daimler und Porsche. Und dann immer diese Kulturveranstaltungen: Die Leute, die da Musik machen oder lesen oder, was weiß ich, auch Bilder ausstellen. Die Namen hast du alle schon mal in der Zeitung gelesen. Muss eine affenlange Stange Geld kosten, das alles."

"Woher weißt du eigentlich das alles?" unterbrach Brösamle seinen Freund. Dieser führte wieder mal sein Glas zum Mund. "Eine Zeit lang saß er jeden Abend hier, der Holstenbach. Auf deinem Stuhl. Und hat über seine Alte gejammert. Weil sie immer so eifersüchtig ist. Er würde sie ja liebend gern sitzen lassen. Lieber heute als morgen. Aber das Leben, das er führt – das kann er nur mit dem Geld von seiner Frau. Also sieht er zu, dass das alles heimlich funktioniert. Alles hinter ihrem Rücken. Und so hat er sie alle aufs Kreuz gelegt, die ganzen jungen Dinger vom Tennisclub. Zuletzt sogar die Bibliothekarin. Wenn das mal bloß gutgeht, sage ich. Wenn das mal bloß gutgeht."

Degenhardt schaute an Brösamle vorbei, zum Eingang, der sich hinter Brösamles Rücken befand. Offenbar hatte jemand das Lokal betreten. Als Degenhardt den neuen Besucher erkannte, hellten sich seine Gesichtszüge freudig auf. "Ahh! Ja! mein alter Freund Kantzelmann!" Der kleine, schmale, gut gekleidete Sonderling hatte die Theke noch nicht ganz erreicht, da stand auch schon ein frisch gezapftes Glas Bier vor ihm. "Wir haben gerade von Werner Holstenbach gesprochen", nahm Degenhardt den Faden wieder auf, nachdem Kantzelmann allseits die Hände geschüttelt hatte. "Werner Holstenbach. Ah ja", echote Kantzelmann zur Antwort, "kenn ich, kenn ich. Wird bös enden mit ihm, wenn er so weiter macht. Haben mir meine Stimmen gesagt."

- Kapitel 33 -

Von der im Café Hinze genossenen goldgelben Pracht erschlagen war Brösamle zu später Stunde in seiner Pension eingetroffen. Die blaue Obstschale hatte ihren Platz im Wandschrank verlassen und stand wieder auf dem Nachttisch, wie an jedem Abend. Und wie an jedem Abend beförderte er sie stracks wieder in den Wandschrank. Die Vorhangstange kontrollierte er ebenfalls - wie an jedem Abend. Und wie an jedem Abend stellte er fest, dass die Schraube immer noch fehlte. Nun aber lag er auf seinem Bett, den Kopf schwer, die Sinne noch benommen und umnebelt. Die Augen schmerzten vom Tageslicht, das sich unbarmherzig grell in seinem Zimmer breit machte. Ein ganz kurzer Blick auf die Uhr - das war schon alles, was er zu Wege brachte. Aber dieser Blick ließ ihn erkennen, dass er hoffnungslos verschlafen hatte. Langsam begann sein Hirnkasten, schwache Aktivitäten zu entwickeln. Die sich allmählich steigerten, bis sie die Qualität eines vernünftigen Denkprozesses annahmen. Und dieser Denkprozess verlief wie folgt:

Allzu lange konnte er nicht liegen bleiben. Dazu kannte er die Gegebenheiten in einer kleineren Provinzstadt nur zu gut: "Der

Kriminalkommissar hat verpennt", würde die Putzfrau der Pension herumtratschen. "Aber erzählen sie es bloß nicht weiter!" Eine Aufforderung, die, wie er wusste, mit stetiger Regelmäßigkeit das krasse Gegenteil bewirkte und somit den Informationsfluss bis zu atemberaubender Geschwindigkeit beschleunigte. Bis dann in unglaublich kurzer Zeit unweigerlich die Putzfrau der örtlichen Polizeidienststelle davon erfahren würde. Das blanke Faktum möglicherweise noch durch die Phantasie der unbekannten Informations-Zwischenträger weiter ausgeschmückt. Naheliegend etwa "er hat die Bude vollgekotzt" oder dergleichen. Also: Alle Willenskraft zusammen genommen, ein kräftiger, todesverachtender Ruck, und - er torkelte in Richtung Waschgelegenheit. Und wie er unbeholfen einen Fuß vor den andern setzte, da erblickte er einen Briefumschlag auf dem Boden, gleich bei der Tür. Hatte wohl jemand heute Nacht oder heute Morgen unter der Tür durchgeschoben, dachte er. Er wollte sich bücken, doch das mit dem Gleichgewicht, das wollte noch nicht so richtig funktionieren. Polternd ging er zu Boden. Auch gut, dachte er, fingerte im Liegen nach dem Umschlag und öffnete ihn. Mal sehen, was da drinsteht!

Ein Blatt, in Erpressermanier vollgeklebt mit Zeitungsbuchstaben. "10.00 St. Jos". Mit einem Schlag war alle Benommenheit von ihm gewichen. Damit waren ohne jeden Zweifel Ort und Zeit eines Treffpunkts gemeint: St. Josef, eine der katholischen Kirchen Albstadts. Ein Treffen in einer katholischen Kirche an einem Werktagvormittag. Wozu dies? Was hatte das zu bedeuten? Wild und ungeordnet purzelten ihm die Gedanken durch das Denkgehäuse. Gab es irgendwelche Anhaltspunkte, irgendwelche außergewöhnlichen Geschehnisse in den vergangenen Tagen, die eine solche Botschaft erklären könnten? Der seltsame Mann mit dem Salatblattohr fiel ihm ein, auch das merkwürdige Besetzt-Zeichen im Telefon, als er Gisela anrufen wollte, um sich mit ihr zu verabreden, dann der wuchtige Betonklotz, der ihn beinahe erschlagen hatte, und schließlich und endlich der Schubs in den Rücken, der ihn fast auf die Straße gestoßen hatte. "Da will mir einer ans Leder", fuhr es ihm durch den Schädel. Er schaute auf die Uhr: Gerade noch eine Stunde Zeit!

Die Turmuhr von St. Josef zeigte zwei Minuten vor zehn. Das Blut pochte dem Kriminalkommissar kräftig in den Schläfen, als er sich dem neugotischen Backsteinbau näherte. Nervös rieb er sich das Kinn. Schaute sich mit fiebrigen Kopfbewegungen um. Dabei hatte er überhaupt keinen Grund, sich aufzuregen, hatten doch die Albstädter Kollegen alles vollkommen im Griff: Auf der Empore saß Kommissar Stößel höchstpersönlich, hinter dem Altar der Kollege Bonzelmann und in einem der Beichtstühle hatte der Kollege Kitzer mit entsicherter Waffe Platz genommen.

"Grüß Gott, Herr Kommissar! Wie geht's Eane denn au emmer? Send Se scho weiter komma mit ihre Ermittlonga?" Fast hätte er sie nicht erkannt: Vor ihm stand Gabi Keinath. "Bravo, des hend Se echt guat gmacht, bravo!" Brösamle dachte kurz an die fehlende Schraube in der Vorhangstange, verdrängte diesen Gedanken jedoch sofort wieder, denn jetzt standen wirklich vollkommen andere Dinge im Vordergrund. Er ließ die wuchtig gebaute Frau stehen und ging zielstrebig auf die Kirche zu. Gabi Keinath war dadurch aber nicht im Geringsten zu beirren und schritt halb neben, halb hinter ihm her.

Brösamle hatte keine Sekunde Zeit zu verlieren. Das Kirchenportal war nun nur noch fünf Meter entfernt. "Ein andermal. Jetzt geht es wirklich nicht. Sie sehen doch, ich bin jetzt gerade - " er hatte die Hand am Türknauf des Kirchenportals. Gabi Keinath sah auf Brösamle, schielte dann auf das Portal, öffnete Mund und Augen weit und trat einen Schritt zurück. "Ahh! Jetzt verschteh i! Se send jo - äh. Entschuldiget Se, sell haon i it gwisst! I hett doch nie glaubt, dass sie ihren Erfolg mit Bäda en dr Kirch ..."

Dabei hatte Theodor Brösamle seit seiner Konfirmation keine Kirche mehr von innen gesehen. Und schon gar keine katholische.

Gabi Keinath verkrümelte sich, noch immer ungläubiges Staunen im Gesicht. Knarrend öffnete sich das Portal, als der Kommissar sachte dagegen drückte. Zwei Schritte, und er war im Kircheninnern, neben dem Weihwasserbecken. Ansonsten hielt er ja nichts von diesem mittelalterlichen Hokuspokus, aber heute tauchte er die Fingerspitzen in die kleine Pfütze heiligen Wasserstoffoxyds. Schaden konnte es ja nicht. Forschend blickte er sich um: Kein Mensch zu sehen. Er wird wohl jeden Augenblick hereinkommen, dachte er, ist ja auch kein bisschen zu früh. Zu welcher Tür wird er hereinkommen? Er schaute in die Runde: Hinter sich das große Portal, das er selbst soeben durchschritten hatte. Daneben noch eine Tür, die wohl auf die Empore führte. Vorne rechts, in der Mitte des Kirchenschiffs, ein kleiner Seiteneingang. Die sind normalerweise verschlossen, versuchte er sich zu beruhigen. Ganz vorne, im Chorraum, noch die Tür zur Sakristei. Mehr war nicht. Wie er es mit den Kollegen vereinbart hatte, postierte er sich hinter einer der Säulen, die das Kirchenschiff auf beiden Längsseiten in jeweils einer langen Reihe flankierten. Dumpf hallten seine Schritte durch den weiten, leeren Raum, als er auf den vorgesehenen Punkt zuging.

In einer absolut menschenleeren Kirche zu warten, das war ja schon seltsam genug. Aber dann auch noch auf einen unbekannten Menschen zu warten, der ihm womöglich den Garaus machen wollte, das wirkte auf ihn wie ein Alptraum. Milde floss das Tageslicht durch die hohen, getönten Glasfenster. Über dem Altar ein mächtiges Holzkreuz. Rechts und links des Chorraums großflächige Fresken an den Wänden. Grobe Striche. Ganz im Stil der Fünfzigerjahre. Er hatte keinen blassen Schimmer, was da dargestellt sein sollte. Fratzenhafte Figuren, fand er.

Von der Straßenseite her drang ganz schwach gedämpfter Verkehrslärm. Sonst kein Geräusch. Außer seinem eigenen Atem natürlich. Schwer lastete die nervliche Anspannung auf ihm. Er schaute auf seine Armbanduhr, beobachtete den Sekundenzeiger, wie er sich

Runde um Runde drehte. Die Hand begann leicht zu zittern. Da - krr-rick! Ein schrilles Schnarren! Brösamle drehte den Kopf ruckartig in der Richtung der Geräuschquelle. Schaute scharf hin. Nichts bewegte sich. Alles wie zuvor. Da fiel es ihm wieder ein: Dort war ja einer der Beichtstühle, und darin saß ein Kollege. Vielleicht hatte der dieses Geräusch verursacht? Brösamle versuchte, sich wieder zu entspannen; tief atmete er durch. Schaute an die Decke, dann wieder auf die Armbanduhr. Auf den Sekundenzeiger. Und wieder ein Geräusch - diesmal anders, diesmal von draußen, von jenseits des Portals. Dieses öffnete sich, ein Lichtbündel strahlte auf den Kirchenboden, der Umriss eines menschlichen Körpers zeigte sich in der Türöffnung. Es war aber nicht, wie Brösamle erwartet hatte, ein Mann, sondern eine kleine, schmale, gebeugte, alte Frau. Sie beschäftigte sich zunächst einmal eine ganze Zeit lang mit dem Weihwasser, dann schlurfte sie den Gang zwischen den Bankreihen gemächlich nach vorne, machte auf halbem Wege Halt, kniete in einer Bank nieder, beugte sich vor und versank im Gebet.

Scheiße, Scheiße, Scheiße, dachte Brösamle. Was soll nun werden? Frust überkam ihn; die Anspannung ließ nach; aus dem Frust wurde Langeweile. Musste denn die Oma auch so lange beten? Es waren gut und gerne fünfzehn Minuten vergangen, bis sie sich langsam und umständlich erhob, zum Ausgang hinschlurfte, beim Weihwasserbecken wieder stehen blieb, bevor sie das Portal öffnete und verschwand.

"Dreißig Minuten vorbei", tönte Einsatzleiter Stößel von der Empore, "Ende der Vorstellung!"

- Kapitel 34 -

Die guten alten Zeiten. Die Kindheit. Immer wieder musste der Kommissar daran denken. Wie es war, damals, an den Sonntagen. Die Ausflüge. Zum Beispiel zum Schlossberg. Und anschließend dann zum Waldheim, wo man einkehrte. Wenn er brav gewesen war, bekam er dort eine Limonade. Und im Idealfall sogar noch eine Butterbrezel dazu. Das waren die Höhepunkte, damals. Dem Kriminaler aus Stuttgart wurde ganz wehmütig ums Herz, wenn er daran dachte. Und das tat er in letzter Zeit immer häufiger.

Also, sein Entschluss stand fest. Feste Wanderschuhe mussten her. Dazu ein Anorak und eine legere Hose. Keine Kniebundhose, darauf legte er großen Wert, denn Kniebundhosen konnte er nicht leiden. Nun brauchte er nur noch das passende Wetter abwarten. Nicht zu heiß und nicht zu kühl, leicht bewölkt, das war sein Lieblingswanderwetter. Außerdem konnte bei dieser Gelegenheit das Angenehme mit dem Nützlichen verbinden – im Wald hinter dem Schlossfelsen musste dieser Künstler in einer kleinen, unscheinbaren Hütte hausen, dieser Lacherer.

Die ungewohnte Anstrengung spürte er schon in den Knochen, als er in flottem Wandertempo die Bitzer Steige hinaufschritt. Der Atem wurde ihm etwas knapp, aber es war ein gutes Gefühl, wie er die frische Luft tief einsog. Sobald er die Höhe über der Stadt erreicht hatte und in den Feldweg zum Schlossfelsenturm eingebogen war, da holte ihn die Erinnerung mit aller Macht ein. Fast war es ihm, als sei er nun in die Vergangenheit zurückgekehrt, als wäre er wieder der Schuljunge von ehedem.

Der Schlossfelsenturm. Die Aussicht. Die Weite. Unmittelbar unter ihm die alten Bäume, weit unter ihm die Stadt. Deutlich war, wie eh und je, der hufeisenförmige Umriss der Altstadt zu erkennen. Und wie er sich sinnend an das Geländer lehnte, da fiel es ihm wieder ein – jener Dummejungenstreich. So zehn oder zwölf Jahre alt mochte er gewesen sein, als er hier oben in hohem Bogen über das Geländer pinkelte. Ohne daran zu denken, dass er vielleicht nicht ganz alleine war, dass vielleicht unten, am Fuß des Turms, jemand von seinem warmen Harnstrahl getroffen werden könnte. Und wie es der Teufel will – so kam es denn auch. Ein derbes Fluchen hallte von unten zu ihm herauf, und flugs verpackte er seinen Piephahn. Tat so, als wenn überhaupt nichts passiert wäre. Als sein an Arm und Schulter feuchtes Opfer wutentbrannt oben an der Aussichtsplattform angekomen war, ein kräftiger Mann mittleren Alters, da half ihm seine Unschuldsmiene rein gar nichts, denn außer ihm war sonst niemand oben; nur er und nur er allein kam als Täter in Frage. Unwillkürlich griff er sich an die Backen. Es war ihm, als könne er nach so vielen Jahren noch immer den stechenden Schmerz der Ohrfeigen spüren.

Dieses wehmütige Schwelgen in der Kindheit – er aalte sich darin, ein süßer, milder Schmerz, dem er sich nicht entziehen konnte, der ihn umfing wie das warme, entspannende Wasser einer Badewanne. Tief unter sich der Stadtkern mit seinen dicht gedrängten Häusern. Deutlich sah er den Turm der Martinskirche. Nur ein paar Hausdächer weiter konnte er den Turm des Rathauses ausmachen und daneben, wie eine kleine Schneise im Häusermeer, den Marktplatz. Deutlich sah er auch, ein kleines Stück weiter links davon, die Bahngeleise und dahinter die altmodischen Fabriken aus der Gründerzeit. Rechts von der Martinskirche eine kleine Lichtung in der Dächerlandschaft, der Hundshof mit dem bildschönen Fachwerkhaus, das sie die Alte Schule nannten und in dem jüngsthin das Heimatmuseum untergebracht worden war. Lange, sehr lange hatte er dies alles nicht mehr gesehen; der Anblick war ihm fremd geworden, aber gleichzeitig doch wieder so vertraut – dies war seine Kindheit und damit ein Stück von ihm selbst.

Lange, sehr lange war er auf der Plattform gestanden und hatte sinnierend auf die Stadt hinunter geschaut. So in Gedanken versunken, dass ihm überhaupt nicht auffiel, wie in der Ferne ein Schuss krachte. Zuerst ein einzelner. Dann wieder einer. Beim dritten oder vierten horchte er auf. Schaute in die Runde, hinaus ins weite Land und in die Wälder zu seinen Füßen, konnte aber nichts sehen. Ein Meer von Baumkronen. Eben wollte er sich wieder seinen Kindheitsgedanken zuwenden – da geschah es.

Dicht neben seinem Kopf das Sirren eines Querschlägers. Instinktiv ließ er sich fallen. Todesangst. Das war kein Zufall, der Schuss galt ihm. Der Mann mit dem Salatblattohr, fuhr es ihm durch den Kopf, fast hätte er es diesmal geschafft. Angstschweiß. Langsam robbte er zur Türöffnung, dorthin, wo die Treppen im Innern des Turms nach unten führten. Und im Innern des Turms: Aufatmen. Sicherheit. Die Treppen hinunter und weg. Weg von diesem Alptraum.

Unten, zwischen den dicht stehenden Bäumen, fühlte er sich sicher. Er vermied es, auf dem breiten Waldweg zu gehen, und hielt sich seitlich davon, dort, wo ihm das Unterholz bis zur Brust reichte und wo das Waldesdunkel die Konturen verschwimmen ließ. Der Schütze, so dachte er, würde erwarten, dass er nun auf schnellstem Wege wieder die Zivilisation aufsuchen würde. Aber das Gegenteil wollte er jetzt tun. Immer tiefer ins Gehölz begab er sich, dorthin, wo nach Hans Degenhardts Beschreibung die Hütte des Künstlers liegen musste.

Eine halbe Stunde hatte er sich auf diese Weise fortbewegt, als sich der Wald lichtete und die Bäume auseinander traten. Er blieb stehen. Tief sog er die würzige Waldluft ein und schaute sich um. Vor ihm eine weite, freie Fläche, nur von einzelnen hochgewachsenen Wacholderbüschen und breit ausladenden Albbuchen bewachsen. In der Ferne ein einzelnes, niedriges Gebäude mit tief gezogenem Dach, einem Stall nicht unähnlich, umgeben von Steinbrocken unterschiedlichster Größe und unterschiedlichster Form. Brösamle hatte es geschafft: Bis hierher würde ihm der Salatblattmensch nicht folgen! Nun ließ auch das Zittern in seinen Knien merklich nach. Der Polizist in ihm regte sich nun. Die Kollegen in Albstadt von diesem Anschlag verständigen! In den Tiefen seiner Taschen kramte er nach diesem Gegenstand, den er überhaupt nicht leiden konnte, den er deswegen grundsätzlich ignorierte, den er jedoch aus dienstlichen Gründen immer bei sich zu haben hatte: sein Handy. Jetzt aber war die große Ausnahme gekommen – die Kollegen versprachen, im Gebiet um den Schlossfelsen auszuschwärmen und nach Spuren zu suchen. Beruhigt steckte er das im Augenblick etwas weniger ungeliebte Objekt wieder weg. Nun konnte er wieder an seine Arbeit denken und fasste das weitab gelegene, niedrige Gebäude ins Auge: Dort wohnte wohl der Künstler, den er besuchen wollte.

Auf sein Pochen an der Tür keine Reaktion. Auch alles "He!", "Hallo!" und "Ist da wer?" blieb ohne Wirkung. Erst ein seiner Meinung nach eher hilflos klingendes "Aufmachen! Polizei!" hatte ein leises Schlurfen im Innern des Gebäudes zur Folge. "Herrgottsacknochmal", klang es mit missgelaunter Stimme von Innen, "habe nichts geklaut, nehme kein Hasch, habe niemand umgebracht, nicht mal verhauen, zahle meine Steuern, also, was soll die Scheiße, verdammt!" Brösamle hörte, wie sich ein Schlüssel im Schloss drehte. Im dem Türspalt zeigte sich ein bärtiges Gesicht. "Brösamle mein Name", beeilte sich der Kommissar zu sagen, "Theodor Brösamle, hier meine Polizeimarke. Ich wollte sie wegen Monika Wendland sprechen".

Ein Riesenschwall von Schimpfwörtern ergoss sich aus dem Mund des Künstlers, von denen "Scheiß-Hure" noch die schmeichelhafteste Wortfügung war. Währenddessen öffnete sich die Tür vollends ganz und Albert Lacherer, der Künstler, stand nun vor ihm – Arbeitsmantel, Baskenmütze, Hände, alles voll mit Farbflecken und Farbtupfern; selbst Wangen und Stirn zeigten schlierenartige Farbspuren. Geduldig wartete Brösamle, bis die Urgewalt des verbalen Ergusses etwas nachgelassen hatte. "Sie haben die Dame doch gekannt", suchte er die Ausführungen des Künstlers in eine konkretere Richtung zu lenken. "Von wegen Dame, dieses Rabenaas, dieses Mistvieh, diese Arschgeige, dieses Hurenripp -" – "Sie scheinen ja von dieser Person nicht besonders angetan zu sein", unterbrach Brösamle die Schmähflut. Der Künstler grinste. "Kann man so sagen."

Damit hatte der Kommissar das Eis gebrochen. Albert Lacherer trat einen Schritt zurück. "Kommen sie doch rein." Brösamle betrat einen

Raum, an dessen Wänden Gemälde der unterschiedlichsten Formate hingen, zum Teil waren darauf Landschaften abgebildet, zum Teil menschliche Körper, allesamt nackt, Männlein wie Weiblein, in allen erdenklichen Haltungen. Dazwischen mehrere Tische, bedeckt mit Bergen von Skizzen und mit Skulpturen, letztere ebenfalls überwiegend Körperliches ausdrückend. Und wie Brösamle eintrat und sich staunend umsah, schmolz die anfängliche Aggression des Künstlers dahin wie Butter an der Sonne. Albert Lacherer weidete sich an dem geradezu kindlichen Erstaunen, das der Kriminaler an den Tag legte.

"Setzen sie sich! Darf ich ihnen ein Glas Wein anbieten?"

In der Tat befand sich Brösamle in einer Traumwelt – noch nie zuvor hatte er das Atelier eines Künstlers betreten, und noch nie hatte er dermaßen viele Kunstwerke in dermaßen vielen Stadien ihrer Vollendung in einem einzigen Raum versammelt gesehen.

Lacherer zeigte ihm die Flasche, bevor er sie öffnete. "Re Manfredi" las Brösamle da, und war erstaunt, hier einen seiner Lieblingsweine zu sehen. "Alle Achtung," lobte er, "ein selten guter Tropfen." – "Nicht wahr? Und nicht einmal so teuer! Das ist meine Wein-Entdeckung des Jahres – erst kürzlich bei einer Italien-Weinprobe in Mebolds Weinmarkt entdeckt." – "Also ganz ehrlich," fuhr Brösamle mit seiner Lobeshymne fort, "eine so außergewöhnliche Sorte, aus Süditalien, genauer gesagt aus dem Anbaugebiet Basilikata, das hätte ich hier auf der Alb nie erwartet. Ich muss schon sagen, Herr Lacherer, ich muss schon sagen: Von Wein, da verstehen sie eine ganze Menge! Diesen Wein habe ich bisher immer direkt in Italien gekauft, ich wusste gar nicht, dass es diesen Wein auch hier gibt. Wo sagten sie, haben sie ihn entdeckt?" – "Ach, den gibts näher als sie denken: bei Mebolds Weinmarkt in der Kientenstraße." Während dem Kommissar die lobenden Floskeln auszugehen drohten, hatte der Künstler die Flasche geöffnet, Gläser bereit gestellt und eingeschenkt. "Prost!"

Kaum hatten die ersten Tropfen des dunkelroten Labsals Brösamles Gaumen passiert, da begann sich sein dienstliches Beamtengewissen zu regen. Nicht des Weines wegen war er hierher gekommen, sondern als Staatsbeamter. Dennoch, trotz alledem, dieser Wein - ein paar Schlückchen in Ehren, so suchte er nach Entschuldigungen, eine dermaßen herrliche Gabe der Natur, die kann mir niemand verwehren – im Gegenteil, das wäre geradezu eine Sünde, oder noch mehr als das – ein Verbrechen, ja ein veritables Verbrechen.

"Leider," begann der Kommissar nun seine dienstlichen Ausführungen, "leider bin ich nicht ausschließlich hergekommen, um ihren herrlichen italienischen Wein zu kosten. Es geht um die von ihnen so wenig geschätzte Monika Wendland." Der Künstler hatte in der Zwischenzeit ebenfalls sein Glas geleert und beeilte sich nun, für Nachschub zu sorgen. "Die Wendland, die Wendland," murmelte er beim Einschenken. Seine Abneigung hatte sich in Anbetracht des empfangenen Lobes sichtlich reduziert. "Sie hatte durchaus ihre Qualitäten. Hatte noch selten so ein gutes Modell. Hier, sehen sie, dort drüben -" Er deutete auf einen der Tische, auf dem über ein Dutzend faustgroßer Terracotta-Figuren standen, allesamt weiblich, nackt und rund, stehend, sitzend, liegend, kniend, kauernd, schreitend, mal mit ausgebreiteten und mal mit verschränkten Armen.

Unwillkürlich erhob sich Brösamle und ging hinüber, um die Figuren genauer betrachten zu können. Diese runden, harmonischen Formen. Diese Ruhe, die sie ausstrahlten. Diese Ausgeglichenheit. Er war schlichtweg fasziniert. "Ja, man sieht es," brachte er schließlich nach langem, andächtigem Staunen heraus, "Sie konnten gut mit ihr zusammen arbeiten." "Es war mehr als das," gab der Künstler zurück, "da war noch mehr. Wir schwärmten beide für Wales und für keltische Mythologie. Für James Joyce und für Shakespeares Sonette. Für Jimi Hendrix. Für Giacometti. Und dann - die Nächte mit ihr. Ich sage ihnen - - ". Mit verklärten Augen holte Lacherers rechter Arm weit aus und beschrieb einen Bogen, als wolle er damit ausdrücken, dass es auf dem ganzen Erdenrund nichts Schöneres geben könne. Kommissar Brösamle hatte mittlerweile das Glas zum Munde geführt, aber nur das ausgesucht feine Bouquet tief eingesogen. "Und wie war es dann – ich meine, später, als das alles nicht mehr – äh -". Lacherers Züge verfinsterten sich. Er lehnte sich zurück und verschränkte die Arme, nicht ohne zuvor noch einen Schluck zu nehmen. "Dann. Ja, dann. Dann wurde es dunkel. Ich konnte Albstadt nicht mehr ertragen. Bin hierher gekommen. Und geblieben. Gearbeitet. Nichts als gearbeitet. sie sehen es ja. Schauen sie sich um!"

Außer den Terracotten hatte Brösamle das Atelier bisher eher schemenhaft wahrgenommen. Nun blickte er in die Runde und schaute sich die Bilder an den Wänden an. Jedes einzelne. Stück für Stück. Bis sein Auge an einem lebensgroßen, weiblichen Akt in Öl hängen blieb. Runde, laszive Formen. Formen, die ihn unwillkürlich an Monika Wendland denken ließen, deren Körper er Quadratzentimeter für Quadratzentimeter untersucht hatte. Je länger er das Gemälde betrachtete, um so sicherer war er sich, dass dies Monika Wendlands Körper sein musste. Ein weiblicher Akt. Aber ein Torso. Der Kopf fehlte. "Ist das nicht Monika Wendland?" Der Künstler zeigte keinerlei Erstaunen ob dieser Frage. "Doch." "Und warum ohne Kopf," wollte Brösamle wissen. "Ach, wissen sie," gab Lacherer zur Antwort. "Irgendwie muss man sich ja Luft schaffen." Er kramte in seinen Malgerätschaften herum, ging zu dem Gemälde und malte dem Frauenkörper mit flotten Pinselstrichen einen Dolch in den Unterleib.

- Kapitel 35 -

Für einen solchen Anlass war Kommissar Brösamle bei seinem Aufenthalt in Albstadt nicht gerüstet. Ein dunkles Jackett und ein schwarzer Schlips – das war es, was er brauchte. Wenn es unbedingt sein musste, so solltes es schon etwas Rechtes sein, dachte er, und dieser Grundsatz führte ihn zu dem Herrenbekleidungs-Geschäft Maier in der Nähe des Bahnhofs, wo ihn eine üppige Auswahl erwartete.

Ebenso üppig war die Auswahl in dem Blumengeschäft neben dem Friedhof. Aber der Kommissar ließ sich dadurch nicht irritieren, denn er wusste sehr genau, was er wollte: Einen Rosenstrauß. Genau so einen wie jenen, den er damals im "Imperatore" von einem dieser unvermeidlichen, dunkelhäutigen Menschen gekauft hatte. Genau so ein Rosenstrauß musste es sein.

Das Friedhofstor schrillte in seinen Angeln. Der Kies knirschte unter Brösamles Schuhsohlen. Bleiernes Gewicht lag auf seinem Gemüt und ließ nur einen einzigen Gedanken zu: Den Gedanken an Gisela. An Gisela, wie er sie in der Leichenhalle für den Bruchteil einer Sekunde gesehen hatte. Aufgebart im Sarg.

Beim Anblick der Aussegnungshalle wurde ihm leicht schwindlig. Er biss die Zähne zusammen und suchte sich auf einen Punkt zu konzentrieren. Das Schwindelgefühl wurde stärker, je mehr er sich der Aussegnungshalle näherte. Als er sie erreicht hatte, musste er sich am Türrahmen anlehnen. Das Bleigewicht breitete sich vom Hirn weiter aus und erreichte den Brustkorb: die Luft wurde ihm knapp. Brösamle schloss die Augen und atmete schwer.

Eine Hand legte sich auf seine Schulter. Erstaunt öffnete er die Augen und drehte sich um – Hans Degenhardt stand vor ihm, und in seinem Gefolge der klein gewachsene, zartgliedrige Immanuel Kantzelmann. Beide steckten in dunklen Anzügen und hatten sich mit großen, bunten Blumensträußen bewaffnet. "Hans – du hier?" Der Angesprochene lächelte verlegen. "Na ja. Wir dachten, du kommst auch zur Beerdigung." – "Und außerdem", fügte Kantzelmann hinzu, "dachten wir, sie könnten vielleicht ein klein wenig Unterstützung brauchen. Ich meine, nach allem, was passiert ist. Meine Stimmen haben mir jedenfalls dringend geraten, heute hier zu erscheinen."

Sentimentale Anwandlungen waren dem Kriminalkommissar im Laufe der Jahre weitgehend fremd geworden, aber jetzt hatten sich seine Augen vor Rührung mit salziger Flüssigkeit gefüllt. Das sind Freunde, zuckte es ihm durch den Kopf, das sind Freunde, auf die du dich wirklich verlassen kannst! Theodor Brösamle drückte beiden die Hand und suchte sich seine Rührung nicht anmerken zu lassen. Beim Händedruck fühlte er, dass seine Handflächen feucht geworden waren.

Abschied von Gisela. Zwischen seinen beiden Freunden ging er auf den offenen Sarg zu. Da lag sie. Majestätisch. Unwirklich. Wie von einer anderen Welt. Das Haar eingefasst von einem zarten, weißen Schleier. Die Augen geschlossen, das Kinn leicht vorgeschoben, die Nase bleich und spitz, die Wangen mit Rouge leicht getönt. Hoheitsvoll, wie eine Herrscherin. Aber unnahbar, reglos und kalt.

"'Tschuldigung, die Herren – Zeit ist um." Der Kommissar und seine beiden Freunde wurden von zwei Friedhofsbediensteten beiseite geschoben, die mit der brutalen Routine ihres Berufsstandes den Sargdeckel über den Sarg stülpten und festschraubten.

Orgelgetön. Trauerchorgesang. Fromm salbadernde Predigtrhetorik. Brösamle nahm dies alles kaum wahr, denn seine Sinne waren noch ganz erfüllt von ihrem Anblick.

Der Weg zum Grab. Langsam formierte sich der Trauerzug: Fast ausschließlich Kundinnen des Kosmetik-Studios – anspruchsvoll gewandete und sehr sorgfältig zurecht gemachte Damen vorgerückten Alters. Puder und Rouge. Wolken teuren Parfüms. Mehr oder weniger geschmackvolle Hutmodelle. Schleier. Alles dunkelgrau und schwarz. Gerötete, nasse Augen. Taschentücher. Schweigen. Trotz alledem: Hie und da Blicke von schlecht versteckter Neugier. Aber da war noch eine andere Personengruppe. Zwei davon in fortgeschrittenem Alter, offensichtlich ein Ehepaar. Und, dicht bei diesen stehend, zwei eher mittelalterliche Frauen. Zwei Frauen, die ihn irgendwie an Gisela erinnerten. Er konnte sich nur nicht erklären warum.

In einiger Entfernung nahm er eine männliche Gestalt wahr, halb von einem Baumstamm verdeckt, die das Trauergeschehen aufmerksam zu beobachten schien, mittelgroß, ungefähr dreißig Jahre alt, mittelblondes Haar, sonst unauffällig. Eine kurze Momentaufnahme, nicht länger als der Bruchteil einer Sekunde. Im Augenblick ein unerhebliches Detail, an das er sich jedoch später erinnern sollte.

Als sich der Trauerzug in Bewegung setzte, knirschte der Kies vielfach unter den zahlreichen Schuhsohlen.

Der Sarg senkte sich langsam ins Erdreich. Abschied von Gisela. Aus. Vorbei. Ende. Mit unwiderruflicher Endgültigkeit. Wie der Sarg in der Grube verschwand, legte sich dem Kommissar wieder bleiernes Gewicht auf Hirn und auf Brustkorb. Ein einfacher, scharfkantiger Gedanke durchraste seinen Schädel: Das ist das Schlimmste! Das ist das Schlimmste! Die Welt verschwamm ihm vor den Augen, er drohte das Gleichgewicht zu verlieren und suchte Halt bei seinen beiden Freunden, sie sich rechts und links von ihm an der Graböffnung aufgestellt hatten.

Ein dumpfer Ton beim Aufprall des Rosenstraußes auf dem Sargdeckel. "Ich verspreche es dir, Gisela," suchte Brösamle mit der Ermordeten zu reden, "ich werde deinen Mörder finden! Ich werde ihn finden! Und wehe ihm!"

- Kapitel 36 -

Über all den Gesprächen mit den Männern aus Monika Wendlands Notizbuch, die im Übrigen weitgehend unergiebig waren, suchte Brösamle ohne viel Erfolg Gisela Brodbeck zu vergessen. Mit etwas mehr Erfolg bemühte er sich, die mysteriöse Einladung nach St. Josef aus seinem Hirn zu verdrängen. Dies gelang freilich nur wenige Tage, nämlich so lange, bis er eines Morgens wieder einen unter seiner Zimmertür hindurchgeschobenen Briefumschlag fand. Diesmal war die Einladung etwas wortreicher ausgefallen: "Übermorgen 15.00 Uhr städt. Galerie. Keine Polizei."

Diesmal gingen die Albstädter Kollegen sorgfältiger zu Werke - sie hatten ja auch einen ganzen Tag mehr Zeit, sich vorzubereiten. Sämtliche Überwachungskameras in der Galerie wurden aktiviert, das Alarmsystem so geschaltet, dass es auch auf Knopfdruck reagierte, die Kollegen selbst in große Kartons gesteckt und auf diese Weise in das Gebäude geschmuggelt, wo sie sich auf jedem Stockwerk in einem der Nebenräume postierten.

Dermaßen geschützt betrat Brösamle eine Viertelstunde vor der vereinbarten Zeit den hehren Musentempel. Außer dem Mann an der Pforte weit und breit keine Menschenseele. Er schlenderte gemächlich durch die menschenleeren Räume, bis er im ersten Stock einen fand, von dem man die Straße vor dem Eingang beobachten konnte, wenn man nur dicht genug am Fenster stand. Mit gespannter Aufmerksamkeit äugte der Kriminalkommissar hinunter. In wenigen Minuten müsste nun dieser Mensch auf die Galerie zu gehen, dieser Mensch, der ihm möglicherweise an den Kragen wollte. Aber nichts tat sich. Das Stück Straße, das er einsehen konnte, war genauso menschenleer wie die Galerie. Gegenüber ein Büromaschinengeschäft, ein Miederwarengeschäft, ein Lederwarengeschäft, ein Reformhaus, ein Modegeschäft. Aber niemand unterwegs. Brösamle schaute auf die Uhr: Der Stundenzeiger stand exakt auf drei, der Minutenzeiger stand auf zwölf, der Sekundenzeiger hatte die Zwölf längst hinter sich gelassen und seine nächste Runde bereits fast zur Hälfte zurückgelegt. Aber nicht zu lange auf die Uhr schauen, dachte er, denn er könnte ja den entscheidenden Augenblick versäumen, in welchem dieser Mensch zum Eingang der Galerie huschte.

Da spürte er ein leichtes Tippen auf der Schulter - und reflexartig drehte er sich um. Vor ihm stand ein Mann mittlerer Größe, so um die Dreißig, mittelblondes Haar. Trotz seines unscheinbaren Äußeren war unter seiner Kleidung unschwer ein wohl durchtrainierter Körper zu erkennen. Instinktiv äugte Brösamle nach dem rechten Ohr: Ein ganz normales Ohr; nichts war da salatblattartig gekräuselt.

"Schön, dass sie gekommen sind", sagte der Fremde mit freundlicher Stimme, "Adler mein Name. Nennen sie mich Adler. Karl Adler. Ich habe mir erlaubt ..." - Während sich der Fremde vorstellte, hatte sich Brösamle von der Überraschung erholt. "Wie sind sie hier hereingekommen?" fiel er ihm ins Wort. Karl Adler lächelte milde. – "Es gibt hier einen Hintereingang, den im Allgemeinen nur die Mitarbeiter der Galerie benützen. Es war nicht abgeschlossen." Adlers Gesichtszüge wurden ernst. "Aber lassen sie mich zur Sache kommen. Ich habe mir erlaubt, sie hierher zu bestellen, um mit ihnen über Gisela Brodbeck zu sprechen." "Gisela Brodbeck?" Weit öffnete der Kommissar Mund und Augen vor Erstaunen. "Sind sie mit ihr verwandt?" Wieder breitete sich dieses milde Lächeln über Adlers Gesichtszügen aus.

"In gewisser Weise schon. Ja, man könnte es so nennen." Während dieser Worte trat auf Adlers Gesicht eine kühle Geschäftsmäßigkeit an die Stelle des milden Lächelns. "Um es kurz zu machen: Ich bin ihr Nachfolger im Dienst. Eine gute Kollegin. Hieß eigentlich Webster. Alison Webster."

Nun fiel Brösamle wieder ein, weshalb ihm dieser Mann bekannt vorkam: Der Friedhof. Die Beerdigung. Eine männliche Gestalt, halb verdeckt hinter einem Baum. "Es geht um Firmenpapiere von Ruckstuhl und Röschle", fuhr Adler fort. "Eine ganz große Sache. Alison hat mitgemischt. Die Wendland und Schuschwanow ebenfalls. Die Wendland hat die Papiere gekriegt. Aber Schuschwanow hat sie umgelegt, bevor sie damit verschwinden konnte. Bedauerlicher Kollateralschaden, das. Vorher aber hat es die Wendland noch geschafft, die Papiere zu verstecken. Schuschwanow hat die Wohnung auf den Kopf gestellt. Nichts gefunden. Sonst wäre er schon längst über alle Berge. Ich habe auch gesucht. Mehrmals. Auch nichts gefunden."

Jeder dieser Sätze wirkte auf Brösamle wie ein Peitschenhieb, und er brauchte einige Zeit, um sich in diesem völlig neuen Koordinatensystem zurechtzufinden. Während der Mann, der sich Adler nannte, sich nun zu einer kurzen Sprechpause bequemte, suchte Brösamle seine Gedanken zu ordnen. Es hatte schon etwas für sich, was dieser Fremde da so von sich gab. Das mit Ruckstuhl und Röschle, das war schon mal richtig. Nun fiel ihm auch wieder der englische Brotaufstrich in Giselas Küchenschrank ein. Und er erinnerte sich an ihr Gesicht, als er danach fragte. Außerdem waren da noch die Ergebnisse dieser hektischen Jagd per Telefon, zu der er sich hatte neulich hinreißen lassen: Alle drei – Gisela, die Wendland und auch dieser Schuschwanow, sie waren etwa zur gleichen Zeit in Albstadt aufgetaucht. Und alle drei hatten höchst dubiose Vorgeschichten. Dabei fiel ihm ein, dass er von dem Polizeiposten aus dem Hunsrück nichts mehr gehört hatte.

Trotzdem blieb er misstrauisch. "Nennen sie mir einen Grund, weshalb ich ihnen Glauben schenken soll," warf er ein und holte tief Luft. "Und überhaupt – warum kommen sie damit gerade zu mir?" Das milde Lächeln kehrte nun auf Adlers Gesicht zurück, seine Augen freilich blieben geschäftsmäßig kalt. "Sie sind mit der Aufklärung eines Kollateralschadens befasst und mittlerweile schon ziemlich dicht an den Papieren dran. Bei Ruckstuhl und Röschle gehen sie ein und aus. In der Wohnung der Wendland waren sie auch schon. Jeden Tag muss ich damit rechnen, dass die Papiere ihnen in die Hände fallen. Dann wäre Schuschwanow wieder auf der Matte. Ohne mich wäre ihr Leben dann keinen Pilz mehr wert, äh, keinen Pfifferling, wie man in Deutschland so schön sagt. Sie sind da in eine Sache hinein geraten, die einige Nummern zu groß ist für einen Stuttgarter Polizisten. Wenn sie da heil rauskommen wollen, dann tun sie, was ich ihnen jetzt sage: Sobald sie die Papiere haben, gehen sie schleunigst zum Rathaus. Dort sitzt seit gestern ein Bettler unter den Arkaden mit dem Schild "Armer Kosovo-Albaner bittet um Geld für die Rückreise". Dem spenden sie was. Um den Rest brauchen sie sich nicht zu kümmern."

Gisela – Madame Gisèle – eine Agentin. Und er, wie es aussah, von ihr als Informationsquelle angezapft. Ausgenutzt. Gebrauchsobjekt war er. Nichts mit Liebe. Dumpfer Schmerz machte sich breit. Verzweifelt stemmte er dagegen an. Mit aller Kraft mühte er sich, alle Konzentration auf einen Punkt zu richten – auf diesen Adler.

Aber der drehte sich zum Gehen. "Suchen sie nicht, mich zu finden!" Brösamle hielt ihn am Arm. "Halt! Da sind noch offene Fragen!" Er hatte fragen wollen, ob ihm ein möglicher Nachfolger von Monika Wendland bekannt sei, und ob dies vielleicht der Mann mit dem Salatblatt-Ohr sein könne – er hätte außerdem einwenden wollen, dass auch Werner Holstenbach als Mörder in Frage käme, da dieser zuletzt mit der Bibliothekarin gesehen worden war. Adler riss sich los. "Ihre Details interessieren mich nicht. Erzählen sie ihren Kollegen nachher, da hätte sie ein Wichtigtuer vollgequatscht."

Während der letzten Worte hatte sich der Fremde umgedreht und verschwand auf demselben Weg, auf dem er gekommen war.

Der Stuttgarter Kommissar zögerte einen Augenblick: Sollte er das alles dem Kollegen Stößel berichten oder nicht? Ihm war klar, dass Adler ihn unter Druck setzen wollte. Aber unter Druck setzen lassen wollte er sich keinesfalls. Angenommen, er, Brösamle, würde diese Papiere finden. Wie in aller Welt könnte Adler das überhaupt herausfinden? Und außerdem: Hatte nicht Paul Röschle zur Verschwiegenheit in dieser Angelegenheit geraten?

Kommissar Brösamle beschloss, dem Kollegen Stößel möglichst wenig zu erzählen. Nichts genaues jedenfalls. Vielleicht später, vielleicht. Ein Entschluss, der unangenehme Folgen haben sollte.

"Was wollte er?" Natürlich hatte Stößel das Recht auf eine vernünftige Antwort. Was sagen? "Irgendwelche geheimen Papiere," antwortete Brösamle nach kurzem Nachdenken wahrheitsgemäß. Stößels Neugier steigerte sich zu größter Anspannung. "Und woher sollst du die nehmen?" – "Von einer hiesigen Firma", erwiderte Brösamle, abermals wahrheitsgemäß. Nun wich die Neugier aus Stößels Gesicht, das nunmehr deutliche Spuren der Enttäuschung zeigte. "Von einer hiesigen Firma! So ein Spinner! Vergiss es!"

- Kapitel 37 -

Geheimdienstler am Werk. Und das in Albstadt. Und Gisela unter ihnen. Er selbst – von einer Agentin missbraucht. Unter Vorspiegelung von Liebe. Wie er nur so dumm sein konnte, darauf hereinzufallen! Der Schock war groß – und dieser Schock konnte nur mit einer intensiven Alkohol-Therapie behandelt werden. Einer Alkohol-Therapie unterzog man sich füglicherweise am besten im Café Hinze.

So früh am Abend hatte Hans Degenhardt seinen ehemaligen Klassenkameraden seit Aufnahme seiner Nachforschungen in Albstadt noch nie zu Gast gehabt. Den Grund glaubte er zu wissen: Trauer. Trauer um die allzu früh und so unerwarteterweise dahingeschiedene Gisela Brodbeck. Taktvoll schweigend schob er deshalb dem Kommissar eine gut gezapfte Halbe über den Tresen, und es währte nicht lange, da folgte dieser ersten auch schon die zweite Halbe, die dann ihrerseits auch nicht übermäßig lange ungetrunken blieb, worauf dann alsbald eine dritte und eine vierte Halbe folgten.

Allmählich wurde es dem Wirt etwas unheimlich. So schweigsam kannte Hans Degenhardt seinen Freund nicht. Wahrscheinlich lag ihm die Sache mit Gisela Brodbeck noch schwer im Magen. "Mach dir nichts draus", ließ sich der Wirt eher beiläufig hören. "Es gibt ja noch Weiber genug. Du wirst sehen – hinter der nächsten Ecke wartet schon eine." "Dummer Spruch," grummelte Brösamle mürrisch. "Du hast gut reden."

Es war wohl angebracht, den Kommissar mit diesem Thema in Ruhe zu lassen, erkannte Degenhardt richtig. So herrschte denn erneut Schweigen. Tonloses Schweigen, welches bei dem Wirt das bereits zuvor schon verspürte Gefühl des Unwohlseins hervorrief. Weshalb das zunächst noch vorhandene Taktgefühl mehr und mehr abhanden kam und er sich schließlich doch noch zu einer weiteren Anbahnung einer Konversation entschloss. "Na, wie kommst du mit deinem Fall voran," fragte er und tat dabei so, also würde ihn die Rundung des Zapfhahns mehr interessieren als eine Antwort. Wenn er jetzt den Zapfhahn ansah, dachte er, dann würde sich sein Gegenüber mit einer Antwort nicht unter Druck gesetzt fühlen.

"Gar nicht so einfach", antwortete Brösamle entgegen Degenhardts Erwartung. "Zu viele Verdächtige. Erstens: Da ist dieser Künstler. Malt er doch die Barbara – äh, will sagen die Monika Wendland in Öl. Aber ohne Kopf. Und dann noch ein Messer in den Bauch. Ob das nicht etwas bedeutet? Zweitens: Dieser Immobilienmensch, dieser Holstenbach. Hatte Schiss vor ihr. Wegen seiner Frau. Deshalb – ssst – weg mit ihr. Könnte ja so sein." Brösamle fühlte, wie ihm der Kopf schwer wurde. Vier Halbe, so schnell hintereinander, das war er nicht gewohnt. Nun war ihm auch noch sein letzter Satz abhanden gekommen. Dumpf sinnierend brütete er vor sich hin.

Ein Geräusch an der Tür: Kantzelmann kam herein, gut gekleidet wie immer. Für Degenhardt eine willkommene Abwechslung. Der kleingewachsene Ex-Archivar schaute vorsichtig in die Runde und bemerkte rasch, dass heute mit dem Kommissar nicht gut Kirschen essen war. Aus diesem Grund zog es der Kleine vor, sich ebenfalls in Schweigen zu hüllen. Stumm saß er vor einem Viertel Weißweinschorle.

Degenhardt wartete. Zunächst auf ein paar Töne aus Kantzelmanns Mund. Vergeblich. Dann auf eine Fortsetzung des Gesprächs mit Brösamle. Ebenfalls vergeblich. So suchte er nach einer längeren Phase qualvollen Wartens das Gespräch nun selbst wieder in Gang zu bringen. "Nur zwei Verdächtige", fragte er, an den Kommissar gerichtet, "nur Lacherer und Holstenbach?" Der Kommissar hatte verdrießlich in sein fünftes Bier hineingemümmelt. Nun aber erhob er den Kopf – offenbar war der Gesprächsfaden wieder gefunden. "Lacherer und Holstenbach", wiederholte er, "ja, die zwei. Und dann noch dieser – dieser, äh, dieser Eberhard Rominger."

Nun zeigte auch Kantzelmann Interesse an dem Gespräch. "Eberhard Rominger? Das ist doch der Fabrikant? So ein Alter, der immer auf Zack-Zack und militärisch macht? Der hatte doch auch was mit dieser Bibliothekarin, trotz seines Alters, nicht wahr?" "Genau der", nickte der Kommissar. Der sonst eher schüchterne Kantzelmann fühlte sich durch diese Bestätigung, so gering sie auch war, zu weiterem Reden ermuntert. "Der Rominger", fuhr er fort, "war ja früher überall dabei im öffentlichen Leben. Bei jedem Vortrag konntest du ihn sehen, bei jedem Vereinsfest, bei jeder Vernissage, bei jeder Lesung. Aber seit dieser Sache mit der Bibliothekarin – nur noch selten. Und wenn ich es mir recht überlege – eigentlich gar nicht mehr. Hat wohl die Lust am Leben verloren."

"Kann ja sein, dass er nicht mehr viel unter die Leute kommt," meinte Brösamle, "als ich dort war – wie der mich angebafft hat! Nun ja, vielleicht war er an diesem Tag besonders gut drauf. Er kommt jedenfalls auch in Frage. Ist aber nicht so wahrscheinlich, denke ich. Aber immerhin. Ein Motiv hätte der schon. Eifersucht. Außerdem noch dieser – dieser – dieser." Trotz der leichten Alkohol-Umnebelung verfügte Brösamle über genügend Denkfähigkeit, um sich die Frage zu stellen, ob er die Sache mit Schuschwanow und dem Firmengeheimnis von Ruckstuhl und Röschle hier erwähnen dürfe. Er schaute auf, um zu sehen, ob sein Freund sehr neugierig war. Aber

Degenhardt schien sein ganzes Interesse auf den Zapfhahn gerichtet zu haben. Ob Kantzelmann neugierig war oder nicht, das bedeutete ihm weniger. "Und dann noch ein oder zwei andere", brachte er schließlich heraus. Neben Schuschwanow dachte er an Wolfgang Ruckstuhl. Und an den Mann mit dem Salatblattohr.

- Kapitel 38 -

So einer also, dachte Brösamle spätnachts auf dem Weg vom Café Hinze zu seiner Pension, da guck doch mal einer an. Geheimdienst, rund um mich herum. Das bedeutet die totale Überwachung, rund um die Uhr. So jedenfalls die gängige Meinung. Geheimdienst, das bedeutet Wanzen im Hotelzimmer. Geheimdienst, das bedeutet Männer mit Regenmänteln, hochgeschlagenen Krägen und mit Schlapphüten.

Wanzen, das ist ja ein Ding, das mit den Wanzen, raunte sich der leicht angetrunkene Kriminalkommissar zu, als er seine Zimmertür in der Pension öffnete. Ihm fiel der Tag seiner Ankunft ein. Die Putzfrau, die ihm erzählte, dass jemand nach ihm gefragt hatte. Der Alkoholdunst war wie weggeblasen; der Jagdinstinkt beherrschte ihn. Aber erst kam das obligate Abendritual an die Reihe: Die blaue Obstschale wanderte wieder mal in den Schrank, und ein prüfender Blick auf die Gardinenstange sagte ihm, dass die Schraube immer noch fehlte. Dann schaute er forschend in die Runde: Wo nur mit der Suche anfangen? Am besten wohl im Telefon – auseinander gebastelt, nichts. Wäre auch zu einfach gewesen. So dumm ist der Schuschwanow bestimmt nicht. Oder der Salatblattmensch. Wer auch immer: Der sucht sich ein raffinierteres Versteck.

Also weiter: Unter der Lampe auf dem Nachttischchen. In der Lampe an der Decke. In den Schubladen des Nachttischchens. Unter dem Sessel. Am Bettgestell. Hinter den Bildern. An der Vorhangleiste. Unter den beiden Stühlen. In den diversen Lichtschaltern. An und in der Mini-Bar. Im Kleiderschrank. Hinter dem Wandspiegel. Unter der

Tischplatte. Im Bad? Weniger. Wegen der Feuchtigkeit. Aber trotzdem: hinter der Kloschüssel. Unter der Ablage. Hinter dem Wasserhahn.

Erschöpft und ratlos ließ sich Brösamle in den Sessel fallen. Einfach so drauflos suchen, das half nichts. Er musste systematisch vorgehen. Er nahm Papier und Bleistift und suchte den Grundriss seines Zimmers zu malen, so gut es ging. Mit Bad, Schrank, Bett, Stuhl, Fenster, Tisch, Sessel, Tür, Nachttisch, Minibar, eben mit allem. Dann zerlegte er das Gemalte in gleich große Quadrate, jedes so bemessen, dass es in der Realität ungefähr einem Quadratmeter entsprach. Und diese kleine Flächen suchte er nun bedächtig, systematisch, sorgfältig ab. Stück für Stück. Ja, er klopfte sogar leise die Wände nach Hohlräumen ab.

Kriminalkommissar Brösamle gehörte nicht zu den Menschen, die leicht aufgeben – im Gegenteil, wenn sich ihm ein Hindernis in den Weg stellte, dann entwickelte er eine geradezu fanatische Hartnäckigkeit. Nur heute Nacht – da schien er am Ende zu sein. Erneut ließ er sich in den Sessel fallen, nagte an seinem Fingerknöchel und dachte nach. Irgendein Detail hatte er übersehen. Irgendein Detail. Irgendwo war diese Wanze in irgendwas hineinversteckt. Er zog seinen rechten Schuh aus und nahm ihn so an der Schuhspitze, dass er mit dem Absatz wie mit einem Hammer zuschlagen konnte. Kurze, harte Schläge auf die kugelförmigen Ornamente an den Ecken der Stuhllehne. Nichts. Kurze, harte Schläge auf die kugelförmigen Ornamente an den vier Ecken des Bettgestells.

Da – krrks! Endlich! Der Jäger in ihm triumphierte! Splitter für Splitter ließ er die Trümmer des hölzernen Knopfs durch die Finger gleiten und beäugte sie aufmerksam: anderes Material als das Holz des Bettgestells. Und, wenn man's genau betrachtete, auch eine etwas andere Farbe. Innen hohl, der runde Knopf, mit einer Wanze innen drin und von Schuschwanow irgendwann einmal heimlich auf das Eck der Bettlade aufgeklebt! Die anderen drei Zierknöpfe an den

Ecken des Betts: Auch aus anderem Material, auch etwas anders gefärbt, aber massiv. Keine Wanzen innen drin.

Mit einer seltsamen Mischung aus Erleichterung und Beunruhigung legte sich der Kommissar aufs Bett, die Wanze in der Faust, und grübelte. Ob er nun doch vielleicht irgendwo draußen stand, dieser Schuschwanow, vor dem Hotel, in einer dunklen Ecke? Oder auch der Salatblattmensch? Er stand auf, zog die Vorhänge zu, ganz vorsichtig, versteht sich, wegen der fehlenden Schraube, knipste das Licht aus und schielte durch einen dünnen Spalt zwischen Fensterrahmen und Vorhang hinunter auf den schlecht beleuchteten Platz vor seiner Pension.

Systematisch vorgehen, sagte sich Theodor Brösamle. Das Blickfeld in Sektoren aufteilen. Ganz links oben anfangen. Jede Kleinigkeit genauestens beäugen. Jedes Steinchen, jedes Blättchen mit den Augen gewissermaßen betasten. Alles erfassen, was das funzelige Licht einer einsamen Laterne auf der anderen Straßenseite der Dunkelheit entlocken konnte. Langsam mit den Augen nach links unten wandern. Dann wieder auf ins nächste Segment. Und wieder langsam, ganz langsam nach unten. Bis ihm die Augen zu flimmern begannen. In dem Geflimmere glaubte er auf der gegenüber liegenden Straßenseite eine menschliche Gestalt zu erkennen, die sich hinter einem Gartenzaun zu verbergen suchte. Aber seine Augen waren inzwischen viel zu müde, und er konnte sich nicht sicher sein, ob sie ihm vielleicht einen Streich spielten.

Morgen Nacht, nahm sich Theodor Brösamle beim Einschlafen vor, morgen Nacht werde ich es noch einmal versuchen.

- Kapitel 39 -

Der Betonklotz. Der Schubs an der Ampel. Das Halothan im Badkap – ein extrem starkes Narkosemittel, wie er als Chemiker wusste.

Dann der Querschläger auf dem Schlossfelsenturm. Und jetzt noch die Wanze: Das war zu viel für Kommissar Brösamle. Er musste mit Kommissar Stößel darüber sprechen. Dieser hörte sich die ganze Geschichte ruhig an. Zu ruhig, wie Brösamle fand. Stößel wiederum fand, dass das Nervenkostüm des Stuttgarter Kollegen nicht gerade von allerbester Qualität sei. Was er mit einer gewissen Genugtuung feststellte, denn er hatte sich die Meinung zurechtgebastelt, dass die Leute aus der Landeshauptstadt ziemlich etepetete sind, dass sie sich als etwas Besseres und Feineres fühlen und die Provinzler für derb und ungehobelt halten.

"Fünf Ereignisse", begann Stößel seine Antwort langsam und bedächtig. Dazu bemühte er sich, einen einfühlsamen Ton in seine Stimme zu legen, denn er wollte den Kollegen nicht verletzen. Nicht über Gebühr jedenfalls. "Fünf Ereignisse, die du in einem Zusammenhang siehst. Bitte versteh mich nicht falsch, Theo: ich – äh -". Er holte tief Luft, was für Brösamle wie ein Seufzer klang. "Fangen wir an mit dem Betonklotz. Es gibt keinerlei Hinweis auf einen gezielten Anschlag. Bist du sicher, dass das nicht reine Einbildung ist? Die Ausgeburt eines überhitzten Hirns gewissermaßen?"

Brösamle musste bei dieser Formulierung an seinen Englischunterricht denken: Oberstufe, Shakespeare, Macbeth, den großen Monolog. Auch dort die Rede von einem überhitzten Hirn. Sonst hatte ihn der Schulunterricht zumeist in einen schlafähnlichen Dämmerzustand versetzt. Aber dieser Macbeth, das war eine der seltenen Ausnahmen. Macbeth – das einzige Stück Literatur, das ihn während seiner ganzen Schulzeit nachhaltig fasziniert hatte. Weil er jetzt so vom Gedanken an Macbeth gefangen genommen war, zeigte er Stößel gegenüber nur wenig Entrüstung. "Na, erlaube mal, Helmut!" Das war alles. "Das gleiche gilt für den Schubs an der Ampel und für den Querschläger auf dem Schlossfelsenturm. Keine Beweise. Keine festen Anhaltspunkte, nichts Nachvollziehbares. Oder auch Zufall, wer weiß. Nun zu der Wanze. Ist es nicht möglich, dass die schon in diesem Bettpfosten war, bevor du nach Albstadt gekommen bist?" Brösamle dachte nach. Darauf war er noch gar nicht gekommen. "Möglich wäre das schon", erwiderte er zögerlich. "Siehst du." Stößel war äußerst zufrieden mit seiner Überzeugungskraft. "Aber wenn du weitere einschlägige Beobachtungen machst," hier verfiel Stößel in krasses Bürokratendeutsch, "dann melde dich sofort bei mir. Dann werden wir geeignete Schritte einleiten."

Brösamle gab auf. Er war lange genug in der öffentlichen Verwaltung tätig, um zu wissen, dass alle weiteren Worte nichts fruchten würden. Nun war es an ihm, einen tiefen Seufzer zu unterdrücken. "Geht in Ordnung, Helmut. Vielen Dank für dein Verständnis, Helmut."

Der Kommissar war schon im Begriff, den Raum zu verlassen. "Theo, halt," rief ihm Stößel nach, "da sind noch zwei Sachen. Bist du mit den Reifenabdrücken weitergekommen? Du weißt doch, die Kleintransporter. Bist du da schon weiter gekommen?" Brösamle erinnerte sich verärgert an seine unkontrollierten Anfälle von Pflichtbewusstsein und mimte Erstaunen. "Ich? Wieso ich? Ich dachte das machst du!" Missbilligend schüttelte Stößel den Kopf und runzelte die Stirn. "Theo,Theo, Theo. So geht das nicht. Du musst das machen. Deine Aufgabe. Haben wir doch so besprochen."

Der Albstädter Kollege lehnte sich nach Brösamles Dafürhalten ziemlich weit aus dem Fenster. Nach der Erinnerung des Stuttgarters verhielt sich das ein wenig anders. Doch bevor er zu einer heftigen Entgegnung ansetzen konnte, glättete sich Stößels Stirn und seine Augen begannen vor stolzer Vorfreude zu glänzen. "Aber lassen wir das. Da ist noch die Sache mit dem – wie heißt es wieder – mit diesem Narkosegas, mit diesem Halothan im Badkap. Wir haben Nachricht vom Zentralregister." Stößel hob einen Packen Papier von seinem Schreibtisch und wedelte damit stolz in der Luft herum. "Die Fingerabdrücke sind von einem gewissen Jens Hallmeyer, geboren am 30. August 1959 in Hamburg, jahrelang Leibwächter eines

Halbweltmenschen in Bremen, bis er dessen Lieblingsdame angemacht hat, dann Türsteher einer Bar in Cuxhaven, mehrfach vorbestraft wegen Körperverletzung, Hehlerei, Drogenbesitz und Urkundenfälschung. Das ist doch was?"

"Schon", entgegnete der Stuttgarter trocken. "Hat er auch eine Adresse in Albstadt?" Stößel triumphierender Gesichtsausdruck verlor binnen eines Sekundenbruchteils an Strahlekraft. Er ließ den Papierpacken wieder auf seinen Schreibtisch sinken und wühlte in den Blättern herum. "Nein", antwortete er schließlich kleinlaut. "Aber das kannst du ja selbst herausfinden."

"Danke," gab Theodor Brösamle reichlich schnippisch zurück. "Der Name allein bringt uns diesen Kerl noch nicht viel näher."

- Kapitel 40 -

Eberhard Rominger schaute von seinem Bett aus zum Fenster hinaus. Tagelang pflegte er in seinem Bett zu kauern. Er scheute den Weg nach draußen. Die Begegnung mit Menschen bereitete ihm Unwohlsein. So hockte er da, beobachtete die Wolken. Sah, wie der Tag mit zunehmender Helligkeit begann, wie die Dunkelheit die letzten Reste des Tages auffraß. So verbrachte er Woche um Woche, Monat um Monat.

Heute war die Sonne bereits im Westen hinter den sanften Alb-Hügeln in der Ferne verschwunden; langsam senkte sich die Dämmerung über die Landschaft. Das viele Grübeln verursachte ihm Kopfschmerzen. Immer und immer wieder quälte er sich mit der einen Frage: Warum ich? Warum gerade ich? Es war doch so schön gewesen mit dieser Monika Wendland, so wunderschön. Eine kurze Zeit, aber die schönste Zeit seines Lebens. Noch nie zuvor hatte er mit einer Frau zu tun gehabt, mit der er sich auf so angeregte und geistreiche Weise unterhalten konnte, die aber außerdem über ein dermaßen angenehmes und ansprechendes Äußeres verfügte. Um ihre Leistungen im Bett kreisten seine Gedanken unwillkürlich besonders gern. Wie sie ihn, den alten Kerl, immer wieder in siedehitze gebracht hatte, wie sie es verstanden hatte, ihn von einem Gipfel der Ekstase zum nächsten hinaufzujagen. "Eberhard, schone dich", pflegte sie zu scherzen, "wenn du so weiter machst, dann kriegst du noch einen Herzschlag. Im Bett. Auf mir drauf." Bei solchen Bemerkungen pflegte sie ihn am Unterbauch zu kitzeln. Und schon war es dann weiter gegangen. Weiter, zum nächsten Gipfel.

Seit sie ihn verlassen hatte, machte ihm nichts mehr Spaß im Leben. Die Vernissagen, früher mit Hochgenuss zelebriert, ödeten ihn an. Die Lesungen, ehedem nicht aus seinem Leben wegzudenken, fade. Musik, sonst immer heiße Schauer verursachend, vor allem wenn es sich um Verdi-Opern handelte – schal. Öde Ansammlungen von Tönen. Romane? Lyrik? Bücher überhaupt? Sie umgaben ihn massenweise, bis unter die Decke gestapelt. Jetzt konnte er nichts mehr mit ihnen anfangen. So bald er eine Seite aufschlug, tanzten die Buchstaben wirr vor seinen Augen. Warum musste sie gehen? Warum? Warum? Immer nur diese eine, quälende Frage, die sich erbarmungslos in seine Seele hineinbohrte, sie immer mehr aushöhlte, bis davon fast nichts mehr übrig war.

Das Telefon klingelte. Schon lange hatte es nicht mehr geklingelt – kaum jemand interessierte sich noch für ihn. Alle hatten ihn vergessen. Und jetzt: Vielleicht ein Lichtblick? Vielleicht sogar ein neuer Anfang? Ein Hoffnungsschimmer? Mechanisch griff er zum Hörer. "Hallo Eberhard!" Rominger erkannte die Stimme sofort. Einer seiner alten Mitstreiter aus der Lokalpolitik. Mehr als das, was man gemeinhin Parteifreund nannte - einer, den er eigentlich wirklich mochte. An und für sich hätte er sich freuen müssen. Aber nicht das mindeste Gefühl regte sich in ihm. "Wie geht's dir denn so, altes Haus? Habe schon lang nichts mehr von dir gehört! - He, du! Du sagst ja gar nichts! Bist du noch dran?" Es quälte ihn, nun reden zu müssen. Nach einer längeren Pause brachte er ein gedehntes "Äh - ja" heraus.

"Also Eberhard, hör mal", plapperte sein Gesprächspartner munter weiter, "man erzählt sich so einiges in der Stadt. Diese Bibliothekarin, du weißt schon. Ich selbst gebe ja überhaupt nichts drauf, was die Leute so sagen, du kennst mich ja. Aber jetzt – der Mord. Und dann dieser Kommissar aus Stuttgart. Er soll bei dir gewesen sein. Also ehrlich – ich glaube das alles ja gar nicht. Aber die Leute - ." Eberhard Romingers Gedanken liefen nur noch sehr langsam. Dem raschen Redefluss seines Politikerfreundes konnte er nicht in allen Einzelheiten folgen. Nur das Eine verstand er: Er wollte ihm etwas Unangenehmes beibringen. Und das tat weh. Verdammt weh.

"Um es kurz zu machen, Eberhard – du bist doch noch dran, ja? – diese Gerüchte über dich schaden der Partei. Deshalb hat der Vorstand beschlossen, deine Mitgliedschaft – äh – du verstehst das doch. Ich persönlich, ich meine, ich persönlich - " An diesem Punkt konnte Rominger nicht mehr. Er konnte einfach nicht mehr. Mit schwerer Hand legte er langsam den Hörer auf die Gabel.

Mittlerweile war es dunkel geworden. Nur noch ein fahler Schein drang durch das Fenster in den Raum. Leer und gedankenlos starrte Rominger an die Decke. Und wieder klingelte das Telefon. Diesmal klang es aber nicht verheißungsvoll. Sondern bedrohlich. Wie von selbst kroch seine Hand auf den Hörer zu und nahm ihn ab. Die wohl bekannte und ansonsten wärmende Stimme des Pfarrers. Heute hatte sie etwas von einem Eiszapfen an sich. "Guten Abend, Herr Rominger, ich hoffe, es geht ihnen gut." Warum so förmlich, dachte der alte Fabrikant. Was will er von mir, mit dieser förmlichen Einleitung? Kommt nun ein zweiter Hammerschlag?

"Herr Rominger, die Sache ist die. Der Kirchengemeinderat hat gestern getagt. Da kam diese Angelegenheit zur Sprache. Es ist mir ja äußerst unangenehm, Herr Rominger. Äußerst unangenehm. Sie wissen ja selbst, wie die Leute sind. Und die Mehrheit in unserem Kirchengemeinderat ist da nicht anders. Es gehen da Gerüchte um – schrecklich, muss ich sagen. Das Ansehen der Kirche steht auf dem Spiel. Und wie die Dinge nun sind. Ich muss sie bitten, Verständnis zu haben. Also kurzum, es wurde der Beschluss gefasst, ihnen nahezulegen, ihre Mitgliedschaft bei diesem Gremium, äh, vorübergehend – äh".

Wie von selbst bewegte sich seine Hand mit dem Hörer auf die Gabel zu. Er hatte es geahnt. Mehr als geahnt. Er hatte es schon fast gewusst. Ausgestoßen. Abgelehnt. Weg vom Fenster. Ausgegrenzt. Wegen nichts und wieder nichts. Was blieb nun noch übrig in seinem Leben? Eigentlich wollte er es schon lange tun. Es war so weit. Seine Zeit war abgelaufen. Er goss sich ein großes Glas Wasser ein, suchte nach dem vollen Röhrchen mit dem Schlafmittel, schüttete sich den gesamten Inhalt in den Hals und leerte das Glas mit einem einzigen Zug.

- Kapitel 41 -

"Da hast du ja ganz ordentlich die Puppen tanzen lassen, Theo!" Kommissar Stößel hatte missbilligend die Stirn gerunzelt und schien überhaupt schlechter Laune zu sein. "Wieso, Helmut, was ist?" Brösamle war ganz erstaunt ob dieser wenig freundlichen Begrüßung, als er wieder einmal den Albstädter Polizeiposten aufsuchte, um nach zu sehen, ob die Post ihn seit seinem letzten Besuch mit irgendwelchen Sendungen bedacht hatte. "Hier, der Bericht über diesen Schuss am Schlossfelsenturm", erwiderte der Angeredete, "das war großer Bahnhof, mein Lieber. Sogar die Balinger Kollegen mussten anrücken. Haben alles durchgekämmt. Sehr sorgfältig. Ist man ja einem Kollegen schuldig. Aber kein Projektil. Und keine Patronenhülse. Ganz zu schweigen von einem Schützen. Kein Mensch war da oben unterwegs. Außer einem harmlosen Wandersmann. Ein Norddeutscher, zu Besuch hier auf der Alb. Ein gewisser Amundsen.

Oder so ähnlich. Aus Hamburg. War unterwegs zum Süßen Grund." Stößels Stirnfalten hatten sich beim Sprechen noch vertieft. "Also Theo – bist du dir da auch ganz sicher? War da wirklich ein Schuss?"

Der Stuttgarter wusste schon eine ganze Weile, dass die Kollegen vom Albstädter Polizeiposten ihn für leicht überkandidelt hielten. Es fiel ihm zusehends schwerer, seinen Ärger zurückzuhalten. Seine Augen verengten sich zu böse dreinblickenden Schlitzen. "Da – war – kein - Schuss". Aus zusammengekniffenen Lippen zischelte er jedes dieser vier Wörter in aggressivem Ton einzeln heraus und pochte dazu vier Mal kräftig mit den Fingerknöcheln auf den Tisch. Der gute Stößel zuckte zusammen. Er wusste genau, wie dieser Auftritt gemeint war: als Kriegserklärung. Nach Krieg war ihm trotz schlechter Laune im Augenblick jedoch absolut nicht zu Mute, denn der Urgrund seiner Beamtenseele war auf kollegiale Harmonie gestimmt. So hob er denn beschwichtigend beide Hände hoch. "Ist ja gut, Theo, ist ja gut."

Brösamles Laune verbesserte sich ob dieses Friedens-Signals auf der Stelle. Augen wie auch Lippen nahmen wieder ihre gewohnte Form an; über sein Gesicht huschte ein leichtes, linkisches Grinsen, das eine Entschuldigung ausdrücken sollte. "Ich mein ja nur." Um den wieder hergestellten Frieden zu bekräftigen, heuchelte der Stuttgarter Anteilnahme, denn die üble Laune seines Gegenübers war ihm keineswegs entgangen. "Ist was, Helmut? Gibt's Probleme?"

"Und ob", stöhnte Polizeikommissar Stößel nun und schaute verdrießlich auf die hohen Aktenstapel auf seinem Schreibtisch, "Ärger, nichts als Ärger!" - "Irgend etwas Spezielles?" flötete Brösamle und suchte, einen Hauch von Besorgnis in seine Stimme zu legen. "Es ist zum Auswachsen", brach es aus Helmut Stößel heraus, "da haben wir doch wirklich genug mit dem täglichen Kleinkram. Dann dieser Wendland-Mord. Und als ob das nicht schon genug wäre, noch ein zweiter Mord. Und jetzt, zu allem Überfluss, diese Einbrüche. Ich denke nur noch an den Pfälzer Wald. Der Pfälzer Wald, das ist mein einziges Rückzugsgebiet." Ein gequältes Lächeln breitete sich über Stößels grobes Bauerngesicht. "Wandern im Pfälzer Wald. Warst du schon dort wandern, Theo?"

Kommissar Brösamle verstand nicht richtig. Da wohnte dieser Kollege seit Jahren auf der Alb, mitten in der allerschönsten Landschaft. Und anstatt hier zu wandern, vor der eigenen Haustür, wo er alles hatte, was man zum Wandern braucht, da setzt er sich ins Auto und fährt ein paar hundert Kilometer bis zum Pfälzer Wald! "Ich versteh dich nicht ganz, Helmut", begann Brösamle vorsichtig. "Warum muss es denn gerade der Pfälzer Wald sein?" "Die Verwandtschaft", antwortete Stößel, und sein Lächeln reduzierte sich auf ein gedämpftes Strahlen seiner Augen, "ein Vetter meiner Frau hat dort Verwandte. Aber wenn du einmal dort gewesen bist, du kommst nicht mehr davon los." Das gedämpfte Strahlen seiner Augen wurde zunehmend glänzender und breitete sich nun wieder über sein ganzes Gesicht aus. "Wald, Wald, Wald, kilometerweit nichts als Wald. Keine Menschen, keine Protokolle, keine Paragraphen. Und das Bier erst. Süffig und bekömmlich. Und das Essen. Hast du schon mal Pfälzer Saumagen gegessen?"

Pfälzer Saumagen. Das war nicht gerade die kulinarische Kragenweite des Stuttgarter Kommissars, der es mehr mit italienischer Küche hielt. Und mit leichtem, italienischem Weißwein. Den Glanzlichtern schwäbischer Kochkunst war er freilich auch nicht abgeneigt. Er dachte da an Rehbraten mit Pfifferlingen und Spätzle. "Du willst mir doch bestimmt nicht die Vorzüge des Pfälzer Saumagens erläutern, Helmut. Von Einbrüchen hast du vorher gesprochen. Was ist damit?"

"Ach so, die Einbrüche." Bei dem Stichwort "Einbrüche" verlor Stößels Gesicht rasch seinen hellen Strahleglanz. "Das ist so. In der Wohnung von Monika Wendland wurde eingebrochen. Vor einiger

Zeit schon. Aber wir haben es erst jetzt bemerkt. Ziemlich gründlich ist der Täter vorgegangen. Alle Tapeten heruntergerissen. Die Teppichböden und das Parkett – alles weg. Sämtliche Fußbodenleisten, alle Steckdosen, alles herausgezogen. Der Schaden geht in die Tausende."

Die kriminalistischen Denkpartien in Theodor Brösamles Hirn begannen zu rotieren: Das hörte sich an wie ein letzter Verzweiflungsakt von Henning Schuschwanow, der wohl auf irgend eine Weise davon Wind bekommen hatte, dass die Patentschrift der Firma Ruckstuhl und Röschle von der Gegenseite fotografiert worden war, dass dies der Seniorchef Paul Röschle wohl bemerkt hatte, weshalb es nun fast unmöglich geworden war, an den firmeneigenen Safe heranzukommen. Schuschwanow suchte den Film, das war für den Stuttgarter sonnenklar. Sonnenklar? Oder auch nicht. Da war noch eine andere Möglichkeit – der Nachfolger von Monika Wendland. Dieser obskure Dunkelmann. Oder, was das Geschlecht angeht, möglicherweise auch Dunkelfrau.

"Und? Was fehlt?" wollte Brösamle wissen. Natürlich fehlte nichts, das wusste Brösamle. Alles andere hätte ihn sehr verwundert. Aber er konnte sein Wissen um die wahre Identität Henning Schuschwanows jetzt noch nicht preisgeben. "Was haben die Täter mitgenommen?" Stößels Gesicht nahm einen leidenden Ausdruck an. "Das ist es ja gerade. Nichts. Absolut nichts. Das ist es ja gerade -" – "Und Spuren? Irgendwelche Spuren?" Die Leidensmiene des Albstädter Kriminalers zeigte nun deutliche Zeichen peinigender Seelenqual. "Keine. Nicht das kleinste Bisschen von einem Fingerabdruck. Nicht das kleinste Textilfäserchen. Nichts." Ein erbärmlich klingender Seufzer entrang sich seiner Brust. "Aber das ist noch nicht alles."

Mit traurigem Hundeblick schaute Stößel auf die Platte seines Schreibtischs und schwieg. Brösamle wartete einige Augenblicke und wurde schließlich ungeduldig. "Was ist denn sonst noch," wollte er wissen. "Die Wohnung von Gisela Brodbeck. Dort wurde ebenfalls eingebrochen. Genau das selbe Tatbild: Teppichböden, Fußbodenleisten, Tapeten, Steckdosen. Ja, auch der Sicherungskasten. Und die Klospülung. Das hatte ich vorher vergessen."

"Und? Was willst du jetzt machen?" fragte Brösamle, nach wie vor den Unerbittlichen markierend. Stößels Gesichtsausdruck zeigte nun vermehrte Spuren der Gequältheit. Der Kommissar aus Stuttgart musste bei diesem Anblick unwillkürlich an seinen Konfirmandenunterricht denken, an jenes Kirchenlied des großen Reformators aus Wittenberg, das da beginnt "Aus tiefer Not schrei ich zu dir". "Keine Ahnung", ließ der Albstädter hören, "nichts. Vielleicht warten. Vielleicht kommen ein paar Hinweise aus der Bevölkerung."

Der Mensch, der diese Wohnung auf den Kopf gestellt hat, kam es Brösamle in den Sinn, dieser Mensch hatte ganz offensichtlich einen extrem hohen Grad der Verzweiflung erreicht, ob es nun Schuschwanow war oder ein anderer. Bei einer solchen Verzweiflung spielte die Vernunft möglicherweise nicht mehr die entscheidende Rolle. Unkontrollierte Verzweiflungstaten waren ihm aus seiner langjährigen Praxis zur Genüge bekannt. Bei diesem Gedanken wurde dem Stuttgarter Kommissar ziemlich flau im Magen.

"Noch was ganz anderes, Helmut: UFL 32 DAR. Sagt dir das etwas?" "Polnisches Autokennzeichen, nehme ich an. Warum?" "Och, nur so. ist mir gerade eingefallen. - Na, dann wünsch ich dir noch viel Glück, Helmut". Über Stößels Leidensmiene huschte ein leichtes Lächeln. "Danke, Theo, danke!"

- Kapitel 42 -

Den Vorhang seines Hotelzimmerfensters hatte er zugezogen – sachte, versteht sich, wegen der noch immer fehlenden Schraube an der Gardinenstange - und dann das Licht ausgeknipst, beim Zuziehen des

Vorhangs jedoch darauf geachtet, dass am Fensterrahmen ein schmaler Spalt von dem schweren Tuch frei blieb. Mit dem Albstädter Polizei-Dienstfeldstecher suchte er nun den Platz vor seinem Hotel ab, systematisch, unablässig, stundenlang. Jeden Winkel kannte er inzwischen auswendig, jeden Stein auf dem Pflaster, jeden Busch und jede Zaunlatte. Alles im trüben Licht einer funzeligen Straßenlaterne, das seine Augen schmerzen ließ. Da war wieder diese eine Stelle auf der gegenüber liegenden Straßenseite, diese Stelle hinter dem Gartenzaun. Ein fahles Etwas, halb verdeckt von einem Busch – es könnte der gekrümmte Rücken eines Menschen sein.

Wenn es nun wirklich ein Mensch war, ein lebendes Wesen, dann müsste es sich irgendwann einmal auch bewegen. Man braucht nur lange genug zu warten. Warten, warten – das war es, was Brösamle tat. Warten auf eine Bewegung. Immerhin, so legte er es sich zurecht, hatte er es bequemer in seinem Zimmer als der da unten hinter dem Gartenzaun. Und außerdem, die Temperatur. Auch im Sommer sind die Nächte kühl. Besonders auf der Alb. Und in Albstadt ganz besonders. Bei solchen Gedanken ließ der Kommissar freilich außer Acht, dass seine eigene Körperhaltung alles andere als bequem war: Die Hände mit dem Feldstecher bis auf Augenhöhe erhoben, die Augen konzentriert auf das Halbdunkel gerichtet, und das Stunde um Stunde.

Erst als der Schmerz in den Armen unerträglich wurde, ließ er den Feldstecher sinken, setzte sich im Dunkeln auf die Bettkante, sank in sich zusammen und rieb sich erschöpft und enttäuscht die Augen. Vielleicht war das alles nur eine Sinnestäuschung? Einbildung? Möglicherweise nichts anderes als der Deckel einer Mülltonne?

Brösamle richtete sich nach einigen Minuten ruckartig auf: Noch ein Versuch! Noch ein einziger! Seine Augen tasteten sich auf diese Stelle zu, diese Stelle hinter dem Gartenzaun auf der gegenüber liegenden Straßenseite. Tasteten. Tasteten. Der Zaun – der Busch. Aber sonst nichts. Der mattfarbene Fleck – verschwunden. Der Kommissar rieb sich die Augen. Reinigte die Linsen des Feldstechers, drehte an der Entfernungs-Einstellung. Versuchte es immer wieder: Aber jedes Mal mit dem selben Ergebnis: Nichts. Das schattenhafte Objekt blieb verschwunden.

Rätsel konnte er schon rein berufsmäßig nicht ertragen. Er brauchte Klarheit. Er musste wissen, was da unten hinter dem Zaun los war. Und da half nur eines: Nachsehen. Hinuntergehen. Über die Straße. Und nachsehen. Am besten ganz leise. Und ohne Licht.

Eigentlich hatte er nicht geglaubt, dass es so einfach sein könne, sich bei stockdunkler Nacht in einem wenig vertrauten Treppenhaus zurecht zu finden. Eigentlich hatte er damit gerechnet, im Dunkeln eine Stufe zu verfehlen, mit dröhnendem Gepolter die Treppe hinunter zu fallen und irgendwo auf einem Treppenabsatz mit gebrochenen Gliedmaßen liegen zu bleiben. Aber nichts von alledem geschah – der Kommissar war vollkommen heil geblieben und stand nun hinter der verschlossenen Haustür der Pension.

Den Schlüssel ganz langsam herumgedreht. Die Tür ganz langsam einen Spalt geöffnet, ganz langsam, bis der Spalt so breit war, dass er hindurchschlüpfen konnte. Im Schatten des Türrahmens blieb er stehen, füllte sich die Lunge mit der kühlen Nachtluft und blickte durch das Dämmerlicht der Straßenlaterne hindurch hinüber, dorthin, wo er hinter dem Gartenzaun dieses fahle Etwas gesehen hatte. Nach kurzem Zögern huschte er lautlos und in Gedankenschnelle hinüber, bis an den etwa hüfthohen Zaun auf der gegenüber liegenden Straßenseite.

Nichts war da zu sehen, was auch nur im Entferntesten eine helle Farbe gehabt hätte: Gebüsch, Rasen, Rabatten. Vor allem Gebüsch.

Leicht frustriert schlich der Kommissar wieder in sein Hotelzimmer zurück. Morgen Nacht, nahm er sich beim Einschlafen vor, morgen

Nacht werde ich herausfinden, was dort unten los ist.

- Kapitel 43 -

Vielleicht hatte Degenhardt ja Recht. Vielleicht wartete ja wirklich schon eine an der nächsten Ecke. Er musste sie nur finden. Eine von Albstadt. Von früher kannte er nicht gerade sehr viele, musste er sich eingestehen, aber so ein oder zwei waren es schon. Zum Beispiel Anita Florski. Die ihn in der Waschküche verführt hatte. Ein scharfes Weib. Das Bild ihres nackten, drallen Hinterteils saß weit hinten in seinem Gedächtnis, ganz weit hinten und ansonsten gut versteckt. Aber jetzt, nach dieser großen Enttäuschung, da kramte er dieses Bild von Anita Florskis begehrlich gewölbten Hinterbacken immer wieder hervor. Hinter dem schlechten Gewissen von einst lugte grinsend die Versuchung hervor. Und wie das so im Leben zu sein pflegt: Die Versuchung siegt über das schlechte Gewissen. Meistens, jedenfalls. Und warum sollte es bei Kommissar Brösamle anders sein?

Ob sie noch in der Stadt lebte? Ob er versuchen sollte, sie ausfindig zu machen? Natürlich versuchte er. Nachdem er zunächst vergeblich im Telefonbuch geblättert hatte ("Scheiß-Weiber! Warum müssen sie auch wegen irgend so einem Knülch ihren Nachnamen ändern!"), zog es ihn ohne weiteres Nachdenken magisch ins städtische Einwohnermeldeamt. Man kannte ihn dort schon; hatte er doch dort durch einen aufwendigen Ethik-Diskurs die junge Beamtin zur Kooperation gebracht und auf diesem Wege die ersten Zusammenhänge zwischen Monika Wendland, Gisela Brodbeck und Henning Schuschwanow feststellen können.

Als er dort nach Anita Florski fragte, konfrontierte ihn die bereitwillige junge Beamtin mit einer unangenehmen Rückfrage: "Wann ungefähr kam sie nach Albstadt?" Nach Albstadt kam sie, das wusste er ganz sicher, auf dem Wege der Geburt. Er hatte keine andere Wahl: Er musste das Faktum bekennen. Es war ja auch in den Unterlagen festgehalten. Die genannte Jahreszahl verursachte Stirnrunzeln bei der jungen Dame: "Hat dies auch wirklich mit ihrem Fall zu tun?" Das schlechte Gewissen stand dem Kommissar offensichtlich ins Gesicht geschrieben. "Nun ja, so ein wenig indirekt", ließ er sich schließlich nach einigem Zögern hören. Das Gesicht der Beamtin wurde streng. "Das heißt also: Nicht!"

Peng. Aus die Maus. Brösamle trat den Rückzug an, aber aufgeben wollte er auf gar keinen Fall. Nun führte ihn der Weg ins städtische Archiv. Er hatte zunächst einige Mühe, diese Einrichtung ausfindig zu machen, denn sie befand sich im Südosten der Stadt in einem Gebäudekomplex, der in seiner Jugendzeit noch nicht existiert hatte. Die Adressbücher, die alten Adressbücher, die, so hoffte er, könnten ihm helfen. Und richtig, die Sache ließ sich gut an: Das Buch aus Anitas Kinderzeit nannte akkurat die Eltern. Der nächstfolgende Band gab zu erkennen, dass Anita mittlerweile volljährig geworden war: Ihr Name erschien nun neben dem der Eltern. Das dritte Buch in der Reihe erwähnte die nunmehr flügge gewordene Anita nicht mehr unter der elterlichen Anschrift, sondern in einem entlegenen Stadtteil, in einem nördlich gelegenen Neubaugebiet am Schlossberg. Anita war ausgezogen, so folgerte er messerscharf. Das vierte Buch vermerkte den Namen Anita Florski nicht mehr. Unter der gehabten Adresse am Schlossberg fand sich allerdings eine Anita Lachapelle und gleich unter diesem Namen las er: John Augustus Lachapelle. Den hat sie wohl geheiratet, vermutete er, und blätterte im vorigen Adressbuch nach: Und tatsächlich: Unter Anitas Adresse am Schlossberg, da hauste dieser John Augustus auch schon einige Jahre zuvor. Ein höchst interessanter Name, sinnierte er vor sich hin, John Augustus Lachapelle. John, das ist englisch. Lachapelle hinwiederum französisch. Ein Amerikaner? Französischer Herkunft vielleicht? Vielleicht einer dieser Schwarzen aus den Südstaaten mit französischen Namen, wie diese alten Jazzmusiker? Hatte er sich doch mal in jungen Jahren kurze Zeit für New Orleans Jazz interessiert. Namen wie Alphonse Picou, Sidney Bechet, Barney Bigard oder Buddy Petit fielen ihm wieder ein. Sympathische Leute, das. Ob dieser Lachapelle auch zu ihnen gehörte?

Brösamle wunderte sich über sich selbst: Was diese Adressbücher so alles erzählen können! Flugs griff er nach dem fünften und fast noch neuen Buch: Nur noch Anita Lachapelle stand da, John Augustus war ausgezogen. Also geschieden, stellte der Kommissar zufrieden fest, denn er witterte Anita-mäßig Morgenluft.

"Dieses Adressbuch ist fünf Jahre alt. Gibt es schon ein neues?" fragte er den Archivar, der sich sein Äußeres mit Künstlermähne und Rauschebart aus der Zeit der Studentenunruhen bis in die Gegenwart herübergerettet hatte. "Ja. Ganz frisch hereingekommen!" Und schon lag das gute Stück vor ihm auf dem Tisch. Begierig suchte er nach Anita Lachapelle, die er schließlich unter einer neuen Adresse fand. Und über ihrem Namen ein weiterer Lachapelle: Andreas Augustus. Ihr Sohn, schätzte der Kommissar, gerade frisch im Erwachsenenalter angekommen, und klappte zufrieden das Adressbuch zu. "Danke! Sie haben mir sehr geholfen!"

Eigentlich hätte es jetzt ganz einfach weiter gehen können: Ein Griff zum Telefonhörer, Anitas Nummer wählen, und fertig. Dazu aber war Theodor Brösamle viel zu schüchtern. Er machte sich erst mal auf den Weg, Anitas Zuhause zu beäugen. Traute sich sogar bis an die Haustür, wo er das Namensschild inspizierte und befriedigt feststellte, dass da tatsächlich "Lachapelle" drauf stand. Und tags darauf kam er in den Abendstunden wieder, in der Hoffnung, sie möge vom Einkaufen heimkommen. Oder von der Arbeit. Ihm geradewegs in die Arme laufen. Und wie das in solchen Fällen zu sein pflegt: Es geschah natürlich nichts.

Aber Brösamle wäre nicht er selbst gewesen, wenn er jetzt aufgegeben hätte. Nein: Er kam wieder. Am folgenden Abend. Und am übernächsten Abend ebenfalls. Und runde vierundzwanzig Stunden aufs neue. So lange, bis ihm der abendliche Spaziergang durch die Stadt zu Anitas Domizil eine lieb gewordene Gewohnheit geworden war.

- Kapitel 44 -

Während der Kommissar aus Stuttgart also an lauen Sommerabenden durch Albstadts fast menschenleere Straßen bummelte, waren die Tage mit dröger Fahndungsarbeit gefüllt. Es ging darum, die gesammelten Alibis all der Männer zu überprüfen, die in Monika Wendlands Notizbuch aufgelistet waren. Dabei ergab sich, dass fast alle Angaben stimmten. Bis auf vier: Werner Holstenbach hatte keineswegs an besagtem Tag an dem Lese-Abend mit Manfred Mai teilgenommen, wie er behauptet hatte. Und auch Rominger hatte die Ausschuss-Sitzung geschwänzt, die in seinem Terminkalender eingetragen war.

Der Dritte im Bunde schließlich war Wolfgang Ruckstuhl, und das, obwohl sich sein Adlat Henning Schuschwanow größte Mühe gegeben hatte, ein absolut wasserdichtes Alibi beizubringen. Aber gerade deshalb, weil sich Schuschwanow so übermäßig bemüht hatte, kam ihm Brösamle auf die Schliche. Eine Besprechung mit dem Personalrat hatte Schuschwanow als Alibi für Wolfgang Ruckstuhl angegeben, und dazu eine schriftliche Einladung beigefügt. Alle Teilnehmer dieser Besprechung wurden befragt, alle bestätigten ihre Teilnahme. Nur: Kein einziger von ihnen hatte sich während dieser Sitzung irgendwelche Notizen gemacht oder konnte sie jedenfalls nicht vorweisen. Bis auf Schuschwanow (den vierten im Bunde), der vorgab, ebenfalls an dieser Sitzung teilgenommen zu haben. Also: Brösamle sah sich auf der richtigen Fährte und nahm sich die Einladung vor - wenn er herausfinden könnte, auf welchem PC der Firma Ruckstuhl und Röschle dieser Text geschrieben worden war, dann, ja, dann ... Er veranlasste über die Albstädter Kollegen, dass die Schreibgeräte des Personalrats und des Büros Wolfgang Ruckstuhl aus der Firma zwecks "Reparatur" abgeholt wurden. Und siehe da:

Die Experten konnten die längst gelöschte Datei aus den tiefsten Tiefen einer Festplatte wieder hervorzaubern, mitsamt dem Datum, an welchem diese Datei erstellt worden war - es war der Tag, an dem er Wolfgang Ruckstuhl in der Firma besucht hatte. Also viele Wochen nach der Mordnacht.

Vier brüchige Alibis. Vier Männer, die wussten, dass sie verdächtigt wurden, und die mit mehr oder minder großem Aufwand versucht hatten, diesen Verdacht zu zerstreuen. Der größte Aufwand, so reimte es sich Brösamle zusammen, ergab den größten Verdacht, und der lag bei den Herren Ruckstuhl und Schuschwanow. Freilich: Es war Werner Holstenbach, der zuletzt mit der Ermordeten zusammen gesehen worden war. Dazu kam allerdings noch ein Weiteres: Der Künstler Albert Lacherer. Er hatte überhaupt kein Alibi. Saß zur Mordzeit mutterseelenallein in seiner Hütte.

Nur ein Zwischenergebnis, dachte Brösamle. Da ist nämlich noch dieser Salatblattmann, dieser Jens Hallmeyer. Ein Wohnsitz in Albstadt ließ sich nicht ermitteln. Ein amtlich bekannter jedenfalls nicht. Dieser Umstand steigerte nicht nur seine Entschlossenheit, ans Ziel zu kommen, sondern auch seine Kreativität: Ein Persönlichkeitsprofil musste her. Seine Vorlieben, seine täglichen Rituale. Er hängte sich wieder einmal hektisch ans Telefon, strapazierte den Etat der Albstädter Kollegen durch ewig lange Ferngespräche: Hamburg, Bremen, Cuxhafen, Köln – überall, wo sich dieser Hallmeyer in den vergangenen Jahren herumgetrieben hatte.

Mit viel Geduld und noch mehr Hartnäckigkeit geriet er nach mehr als zwei Dutzend Telefonaten an eine Dame in Köln – Hallmeyers Ex-Ehefrau, die ihn verlassen hatte, als sie erfuhr, dass er es, wie sie meinte, mit der Gefährtin seines Chefs trieb. Diese Dame erwies sich als ausnehmend informationsbereit, und was sie so alles von sich gab, erfüllte das Herz des Stuttgarter Kommissars mit höchster Freude. Hallmeyers Lieblingsbeschäftigung nämlich bestand im Besuch von

Fitness-Studios. Mit der ständigen Stälung seines Körpers verbrachte jede freie Minute.

Bei solcher Vorliebe hatte er jedoch in Albstadt nur mäßige Auswahl, wie Brösamle an Hand des für Albstadt aktuellen Branchenverzeichnisses zu seiner übergroßen Freude feststellte. Die größte dieser Folter-Einrichtungen war im Süden der Stadt gelegen. Auf der Stelle begab sich der Kommissar dorthin – sein Jagdinstinkt war erwacht; das musste er sich ansehen. Es lag in einem etwas tristen Viertel, in welchem sich Wohnhäuser und kleinere Handwerksbetriebe bunt durcheinander befanden – in der Sprache der Rathaus-Bürokraten ein so genanntes Mischgebiet. Er kreiste um den Häuserblock, um zu sehen, ob ein Hintereingang vorhanden war. Zu seiner großen Erleichterung hatte das Gebäude jedoch nur einen einzigen Eingang. Unschlüssig zauderte er. Ob er hinein gehen sollte?

Den Straßenbummler mimend trieb sich der Kriminalbeamte auf der Straße vor dem Studio herum, betrachtete verschiedene Blumen in Vorgärten, starrte auf Schaufensterauslagen, schlenderte gemächlich auf und ab. Nach einigen ungeduldig geschlenderten Runden vor dem Studio folgte Brösamle einem plötzlichen Impuls, trat vor die Eingangstür und ging hinein.

Nach einem schwach beleuchteten Flur eine Halle; polierter Kunststein und exotisches Grün. Eine junge Dame in hautengem Sportdress kam auf den Kommissar zu – "Sie wünschen?" Brösamle zögerte nur einen Sekundenbruchteil. "Ich bin hier neu in der Stadt. Möchte mir ihr Studio mal ansehen." Die junge Sportlerin drehte sich um und ging voraus. "Okay. Hier sind die Umkleidekabinen. Hier ist unsere Sauna. Dort die Bar. Und ganz hinten hinter der Bar unsere diversen Fitness-Räume." Brösamle folgte ihr vorsichtig und auf Distanz, stets gewärtig, dem Salatblattmann in die Arme zu laufen. Ein Blick in den Raum mit den Umkleidekabinen: leer. Ein Blick auf die Bar: eine Gruppe junger Leute an der Theke. Ein schweifender, sorgfältig suchender Blick durch die Türöffnungen der verschiedenen Fitnessräume, jeden einzelnen gründlich mit den Augen abtastend.

So lange, bis er zu seiner Überraschung diesen eher klein gewachsenen, unscheinbaren Mann mit dem Salatblattohr aus der Ferne erblickte. Aber nicht an einem dieser schweißtreibenden Folterinstrumente. Nein, er stand einfach nur da. Mit einer Getränkedose in der Hand. Heftig einredend auf eine Frauensperson jüngeren Alters, ziemlich klein und ziemlich dünn.

Eine Frauensperson jüngeren Alters, die dem Kommissar irgendwie bekannt vorkam. Irgendwann hatte er sie in letzter Zeit schon einmal gesehen. Irgendwo in Albstadt. So meinte er wenigstens. Brösamle wandte sich seiner Begleiterin zu - "Danke!" – "Okay! Und wenn sie einen Drink möchten – melden sie sich!" gab sie professionell zurück und ließ ihn alleine. Sachte bewegte er sich nun auf den Fitnessraum zu, in dem sich Hallmeyer so angeregt unterhielt. Seitlich der Türöffnung blieb er stehen und tat so, als gäbe es nichts Interessanteres, als diesen Leuten bei ihrer muskelbildenden Selbstkasteiung zuzusehen. Dabei waren es jedoch ausschließlich Hallmeyer und seine Gesprächspartnerin, denen seine ganze Aufmerksamkeit galt.

Vor allem der Gesprächspartnerin Hallmeyers, deren Gesicht er leider nicht sehen konnte, denn diese kehrte ihm halb den Rücken zu. Von ihrem Gesicht war nur ein Ohr, wie auch jeweils ein Stück Schläfe, ein Stück Wange und ein Stück von ihrem Kinn zu erkennen. Hallmeyer schien sie zu etwas überreden zu wollen. Und das Mädchen hatte offensichtlich keine große Lust dazu. Brösamle musste unwillkürlich grinsen – dieser alte Lustmolch. Wer hätte das auch gedacht? Wozu wird wohl ein alter Knacker ein so junges Ding überreden wollen?

Aber irgendwie wollte das nicht zu Hallmeyers angestrengtem Gesichtsausdruck passen. Das Mädchen schüttelte immer wieder den Kopf. Immer wieder, mit unterschiedlicher Heftigkeit. Bis sie sich einmal sogar von ihm wegdrehte, anscheinend nicht mehr mit ihm reden wollte. Nun konnte er das Gesicht sehen, und nun erkannte er sie: Es war die junge Ungarin, die dem Fabrikanten Eberhard Rominger den Haushalt führte.

Der Mann mit dem Salatblattohr hatte sich also in diesem Muskelstudio eingefunden – Brösamle brauchte nur draußen zu warten, bis er herauskam. Um ihm dann zu folgen. Keine schwere Aufgabe, denn mittlerweile war es dunkel geworden, und in Albstadt waren vor allem die Nebenstraßen des Energiesparens wegen nicht besonders hell beleuchtet. Hallmeyer bewegte sich auf eine dieser ausgedehnten ladenkassenförmigen Wohnanlagen zu, die während der Sechzigerjahre an den Hängen an Albstadts Peripherie hochgezogen worden waren. Der Kommissar sah den kleingewachsenen Mann im Haupteingang verschwinden, wartete noch einige Minuten und schaute sich dann die Namensschilder an, die er im trüben Licht des spärlich erhellten Vorplatzes mit einiger Mühe gerade noch erkennen konnte. Den Namen Hallmeyer fand er dabei nicht. Der Salatblattmann wohnte hier folglich unter einem anderen Namen. Fragte sich nur unter welchem.

- Kapitel 45 -

Der allabendliche Spaziergang war dem Kommissar fast schon zur kultischen Handlung geraten, zum weihevollen Ritual. Er zelebrierte es geradezu, das abendliche Hinausschlendern in den Vorort, dorthin, wo Anita Lachapelle wohnte. Bei dem fraglichen Haus angekommen, ließ er sich Zeit. Sehr viel Zeit sogar. Ein bisschen auf, ein bisschen ab, ein wenig hin, ein wenig her. Zunächst hatten ihn die Nachbarn misstrauisch beäugt, aber nach einigen Tagen hatten sie sich bereits an ihn gewöhnt. Einige von ihnen begannen sogar, ihn zunächst mit der gebotenen Zurückhaltung, dann aber immer häufiger freundlich zu grüßen. Dass ein eher klein gewachsener, unauffällig gekleideter Mann mit Salatblattohr namens Hallmeyer ihm regelmäßig nachschlich, schien er kaum zu bemerken.

Irgendwann einmal, so hoffte er, würde sie ihm dann auch begegnen. Eigentlich hätte er bei diesen Spaziergängen viel Zeit gehabt, um in aller Ruhe über den Kreis der Verdächtigen nachzudenken und außerdem die Alibis wie auch alle Verdachtsmomente sorgfältig gegen einander abzuwägen. Aber nichts davon. Theodor Brösamle dachte nur an das Eine: An Anita Lachapelle. Er suchte sich vorzustellen, wie das erste weibliche Wesen seines Lebens nun aussehen könnte, jetzt, nach so vielen Jahren. Krähenfüße um die Augen, sicherlich. Hängebusen, kleidungsmäßig wohl kaschiert, gewiss. Wahrscheinlich mäßig in die Breite gegangen. Keine unangenehme Vorstellung. Aber vielleicht auch mit Brille. Vielleicht mit einer von diesen ganz starken, welche die Augen wie kleine Punkte erscheinen ließen, stechend kleine Punkte. Oder aber die Art von Gläsern, durch welche die Augen wie gütige Kuhaugen wirkten. Diese Brillen, sie würden möglicherweise durch einen grellen Lippenstift, durch riesige Ohrgehänge oder durch bombastisch geschmacklose Halsketten gewissermaßen neutralisiert werden.

Keine besonders ansprechenden Vorstellungen. Da hielt er sich lieber an ein ganz simples, unauffälliges Brillendrahtgestell ohne jeden Schnickschnack drum herum. Eine unauffällig gekleidete Person. Die sich vielleicht nur dadurch auszeichnete, dass ihre zweifellos prächtige Figur durch die unauffällige Kleidung hindurch zu erkennen war.

Aber nichts dergleichen kam ihm bei all diesen Spaziergängen über den Weg. Alles, was er zu sehen bekam, waren Gartenzäune, Vorgärten, ab und zu eine Katze und gelegentlich ein paar Schulkinder auf dem Nachhauseweg. Dennoch wollte er nicht aufgeben, hartnäckig, wie er von Natur aus war. Auch stellte sich der eine oder andere Hoffnungsschimmer ein: Die Mutter, die ihren Sprösslingen die Haustür öffnete. Das Auto, das neben ihm am Wegesrand parkte und dem eine Hausfrau entstieg, die alsbald anhub, ihre prall gefüllten Einkaufstaschen ins Haus zu tragen. Oder auch die eine oder andere berufstätige Frau, die, offensichtlich von der Arbeit müde und abgeschlafft, ihre Autotür mit einer letzten Aufwallung von Energie zuknallte, um sich anschließend im Eilschritt auf ihre Haustür zu zubewegen, weil sie nicht anderes mehr im Sinn hatte, als sich so schnell wie möglich auf ein Sofa fallen zu lassen.

Im vorliegenden Fall brauchte Theodor Brösamle seine stark ausgeprägte Beharrlichkeit nicht übermäßig zu strapazieren. Weil ihm nämlich der Zufall ein wenig entgegen kam. Es geschah nach wenigen Wochen, als er beim Rückweg von Anitas Wohnung schon fast wieder den Stadtkern erreicht hatte. Er war so in seine Gedanken an das gegenwärtige Aussehen des früheren Nachbarmädchens Anita Florski versunken, dass er die breit gebaute Frau überhaupt nicht wahrnahm, die beladen mit Einkaufstaschen auf ihn zu kam und eigentlich damit gerechnet hatte, dass er ein wenig bei Seite treten würde, um ihr Platz zu machen. Hierzu war der Kommissar aus Stuttgart wegen seiner Tagträumereien (oder präziser: Abend-Träumereien) jedoch nicht im Stande.

Und so kam es, wie es in derartigen Fällen zu kommen pflegt: Durch den heftigen Aufprall auf einen gut gepolsterten Frauenkörper wurde Kommissar Brösamle jäh aus seinen Träumen gerissen. Einkaufstaschen fielen zu Boden, Milchtüten und Eier gingen zu Bruch, Äpfel und Brötchen kullerten über den Gehsteig. Vor ihm stand eine füllige, wohl gekleidete Frau mittleren Alters, die sich zunächst nicht entschließen konnte, ob sie sich ärgern oder wundern sollte, sich dann aber für das Wundern entschied. Sie öffnete den Mund, um zu reden, schloss ihn dann aber wieder und beäugte den Kommissar etwas genauer. Bevor Brösamle sich gefasst hatte, begann sie zu sprechen. "Nein, das kann nicht sein! Das ist doch – ja, bist du’s wirklich – Theo!"

Brösamle war sprachlos. Diese Frau kannte ihn. "Ich bin doch die Anita! Die Anita von nebenan! Weißt du nicht mehr?" Der Kommissar schaute ihr tief in die Augen, denn er wusste, dass sich die Augen im Laufe eines Menschenlebens weniger verändern als andere körperliche Einzelteile. Und wirklich – das waren Anitas Augen. Wie er diese Augen als diejenigen von Anita Florski erkannte, da fügte sich auch der Rest ihres Gesichts zum altbekannten Gesicht des Nachbarmädchens zusammen: Das war Anitas Nase, das war Anitas Mund. Nur Kinn und Wangen hatten an Breite zugenommen. "Ja, ich bin der Theo", wollte er sagen, aber ein heftiges Würgen im Hals hinderte ihn daran, so dass er nur ein zustimmendes Kopfnicken zu Stande brachte.

Während Brösamle noch mit Schlucken beschäftigt war, um dem Würgreiz zu begegnen, hatte sich die füllige Frau bereits wieder gefasst. "Na, das ist aber eine Überraschung", begann sie und fing an, den Inhalt ihrer Einkaufstaschen wieder einzusammeln. Instinktiv bückte sich Brösamle, um ihr dabei zu helfen. "Hier!" Sie drückte ihm gleich zwei Einkaufstaschen in die linke Hand und hakte sich an seiner rechten Seite unter. "Jetzt kommst du erst mal mit. Das muss gefeiert werden!"

Neugierig lugte der Kommissar hinter Anita Florskis Rücken in den Flur, als diese die Wohnungstür öffnete. Bücherregale, nichts als Bücherregale. Nach dem Betreten der Wohnung schaute er sich um – überall Bücherregale. Ganz simple Metallgestelle, aber geschmackvoll und unauffällig. "Was machst du eigentlich so, äh, ich meine, berufsmäßig?", entfuhr es ihm angesichts dieser immensen Büchermassen. "Lehrerin," antwortete sie ohne jedes Zögern. "Warum?" "Ach, äh, weißt du", stotterte Brösamle verlegen herum. "Diese vielen Bücher. Habe mir nur überlegt, wozu du sie alle brauchst." Anita Florski fühlte sich geschmeichelt und lächelte. "Ich mag Bücher." Sie hatte mittlerweile ihre Einkaufstaschen in der Küche verstaut und schubste ihn sanft ins Wohnzimmer, wo die Wände ebenfalls mit Bücherregalen bedeckt waren. Überwiegend jedenfalls.

"Komm setz dich. Jetzt trinken wir erst mal was. Zum Feiern." Theodor Brösamle ließ sich auf ein breites Sofa plumpsen, über das eine grob gewobene Wolldecke ausgebreitet war. Mit der flachen Hand strich er über den flauschigen Stoff. Ein wohliges Gefühl rann ihm von der Handfläche in den Körper: Das flauschige Material war sehr angenehm anzufassen. Er schaute sich um: Anita hatte nicht nur eine Vorliebe für Bücher, sondern außerdem noch eine ebensolche für alte Möbel. Die jedoch nicht aufdringlich wirkten, sondern ihm den Eindruck eines trauten Heims vermittelten. Trotz der Unmassen von Büchern fühlte er sich hier ausnehmend wohl. Er lehnte sich zurück und strekckte die Arme aus. "Schön hast du es hier." Anita lächelte geschmeichelt. "Nicht war? – Aber sag mal, warum bist du eigentlich hier?"

Theodor Brösamle erzählte – von der weiblichen Leiche ohne Kopf und von Monika Wendland. Sobald Anita diesen Namen gehört hatte, nickte sie lebhaft. "Kannte ich. Kannte ich gut sogar. Die Bibliothekarin. Sehr gebildet. Sehr geistreich. Machte ihre Sache gut in der Bücherei. Hatte nur einen Fehler: Männer. Das war wohl ihr Problem. Aber jetzt trinken wir auf unser Wiedersehen, Theo. Prost!"

Kaum hatten sie angestoßen und an den Gläsern genippt, da hörte der Kommissar die Wohnungstür. "Das ist Andy – Andy, komm rein! Wir haben Besuch!" In die Wohnzimmertür trat ein hoch aufgeschossener junger Mann von ungefähr zwanzig Jahren. Mit seinem leicht bräunlichen Teint, dem schwarzen, welligen Haar und den großen schwarzen Kulleraugen wirkte er nicht gerade wie ein alteingesessener Schwabe. Andy ging auf Brösamle zu und strahlte ihn an, als hätte er einen guten alten Bekannten zu begrüßen. "Das ist Theo. Er hat mal im Haus nebenan gewohnt, als ich noch klein war. Und jetzt habe ich ihn zufällig auf der Straße getroffen." Der Kommissar griff nach der ausgestreckten Hand. Ohne weiter darüber nachzudenken, fand er den Jungen ausgesprochen sympathisch. Einen solchen Jungen hätte er sich als Sohn gewünscht. Einem plötzlichen Impuls folgend, klopfte er ihm kräftig auf die Schulter.

Andy grinste, ließ Brösamles Hand los, ging einen Schritt zurück und duckte sich, wie ein Boxer, der vor einem Gegner in Deckung geht. Brösamle tat dasselbe und begann zu tänzeln. "Gong zur ersten Runde!" schrie der Kommissar theatralisch, "Klitschko gegen Evander Hollyfield!" Nun gab es kein Halten mehr. Die beiden tänzelten durch das Wohnzimmer und fuchtelten boxmäßig wild um sich. Andy tippelte zunächst einige Schritt weit zurück, bis er sich in einer Ecke des Zimmers eingekeilt sah, doch dann ging er energisch auf den Kommissar los, der nun sein Heil im Wegducken und Rückwärtstrippeln suchte, wobei er schließlich über einen Stuhl stolperte und mit lautem Poltern zu Boden ging. "Jetzt ist Schluss, ihr Kindsköpfe," lachte Anita, "Andy! Sofort aufhören! Du bringst ihn ja noch um! Theo, du hast dir doch nichts gebrochen, oder?"

Natürlich blieb Theodor Brösamle zum Abendessen. Danach hatte sich Andy taktvoll in sein Zimmer zurückgezogen. Natürlich machten sich es die beiden danach auf dem flauschigen Sofa bequem. "Ich bin geschieden", erklärte Anita. "Herr Lachapelle hat es nicht sehr lange in Albstadt ausgehalten." Fast wäre dem Kommissar ein "ja, ich weiß" herausgerutscht, aber er konnte sich gerade noch beherrschen. "Was für ein Landsmann war er denn, der Herr Lachapelle?" fragte er statt dessen. Anita blickte träumerisch zum Fenster hinaus. "Er war schon etwas ganz Besonderes. Für Albstadt auf jeden Fall. Und für mich auch. Aus Südamerika ist er. Britisch Guayana. Seine Mutter eine Indiofrau. Und sein Vater ein Schwarzer. Stammt von ehemaligen Sklaven ab. Mein Traum-Mann. Dachte ich jedenfalls eine Zeit lang. War wohl ein Irrtum. Aber Andy – der ist doch ein süßer Kerl, nicht wahr?"

Natürlich tranken Theo und Anita nach der ersten Flasche Prosecco noch eine zweite. Und als die dritte Flasche angebrochen war, prostete Anita ihm leicht besäuselt zu: "Du, Theo-Schatz, prost! Du kannst doch so nicht gehen." – An dieser Stelle genehmigte sie sich genüsslich einen langen Schluck – "du bist doch schon viel zu äh."

Der Angesprochene war in der Tat nicht mehr ganz nüchtern, was ihn jedoch nicht daran hinderte, eine intensive Morgenluft zu wittern, und das, obwohl die zeitliche Entfernung bis zum Tagesanbruch mindestens noch eine halbe Nacht betrug. "Natürlich, Anita, natürlich", lallte er selig, "du hast ja so recht."

Was Kriminalkommissar Brösamle in den folgenden Stunden erlebte, das unterschied sich von fast allem bisher einschlägig Erlebten ungefähr so grundlegend wie ein Rehbraten mit Pfifferlingen und Spätzle von einem ungewürzten Haferschleim, und als er nach langer beseligender Tätigkeit schließlich satt zufrieden wie ein Säugling an der Mutterbrust die Augen schloss, da wunderte er sich darüber, wie er es ein halbes Leben lang mit gelegentlichen Mini-Portionen tristen Haferschleims hatte aushalten können.

Sanftes Radioweckergesäusel weckte ihn. Anita war gerade im Begriff aufzustehen. "Schule", erklärte sie. Brösamle zog sie am Arm zurück in die warmen Federn und suchte ihr durch einen heftigen Kuss noch einige gemeinsame Bett-Augenblicke abzuringen, was sie sich gerne gefallen ließ. Und weil alles so schön war, ließ er sich zu einer recht unpassenden Frage verleiten: "Du, Anita, wie war ich?" Augenblicklich stellte Anita das Küssen ein. Das lachende Strahlen verschwand aus ihrem Gesicht – es war, wie wenn sich eine Gewitterwolke vor die Sonne geschoben hätte. "Jedenfalls geschnarcht hast du nicht", zischelte sie giftig. Brösamles schuldbewusste Miene zeigte ihr, dass er durchaus der Reue fähig war, weshalb der düstere Zug aus ihrem Gesicht alsbald wieder verschwand. "Du kommst doch heute abend wieder, Theo?"

- Kapitel 46 -

Natürlich kam Theo wieder. Aber er merkte bald, dass seine so unerwartet wie heftig entbrannten Liebesgelüste nicht jeder Zeit mit den Anforderungen vereinbar waren, die eine engagierte Pädagogin an sich und an ihren Beruf stellte. Oder um es noch anders auszudrücken: Trotz aller Verliebtheit verfügte der Kriminaler aus Stuttgart über genügend Realitätssinn, um sein Hotelzimmer in Albstadt nicht Hals über Kopf aufzugeben. Elternabende, Gesamtlehrerkonferenzen, Fortbildungen, Fachtagungen, Schulkonferenzen – die Zahl der gemeinsamen Abende mit Anita war geringer als die Zahl jener Tage, die Anita schulisch engagiert und deswegen auswärts verbrachte. Der Kommissar hatte somit genügend Zeit, an einer bekannten Spur weiter zu schnüffeln.

Diesmal wird es zum Schwur kommen, dachte er, als er wieder einmal nach Absolvieren des hinlänglich bekannten Abendrituals mit dem Feldstecher am Fenster seines Hotels stand. Diesmal wird nichts schief gehen. Segment für Segment suchte er in nunmehr schon gewohnter Weise ab, wobei er sein Augenmerk insbesondere auf jene Stelle hinter dem Gartenzaun richtete, wo ihm zuvor der helle Fleck aufgefallen war. Oder sich dieses jedenfalls so eingebildet hatte. Es dauerte einige Zeit, bis sich seine Augen an das Halbdunkel gewöhnt hatten – die dämmrigen Konturen erschienen ihm zusehends schärfer, bis er schließlich an der erwarteten Stelle wieder diesen fahlen Fleck wahrnahm.

Ein zufriedenes Grinsen umspielte seinen Mund. Der Jagdinstinkt – ganz deutlich fühlte er die Jagdlust in sich aufkeimen, und eigentlich bedauerte er es, dass er jetzt nicht an irgendeinem Waldrand auf irgend einem Hochsitz saß und ein Schießeisen zur Hand hatte. Diese Vorstellung war ihm äußerst angenehm und er hatte große Mühe, sie wieder von seinem geistigen Auge zu vertreiben. Er sollte ja niemand zur Strecke bringen. Jedenfalls nicht im engeren Wortsinn. Seine Aufgabe war es, sein Opfer einzufangen.

Zunächst einmal wollte er aber wissen, was sich hinter diesem Fleck verbarg. Zwei Möglichkeiten konnte er sich vorstellen: Jens Hallmeyer oder Henning Schuschwanow. Und wie er versuchte, weitere Einzelheiten des hellen Flecks zu erspähen, keimte in ihm ein Plan. Im Grunde genommen hatte er nichts anderes vor als das, was er einige Abende zuvor getan hatte – er würde sich durch das dunkle Treppenhaus bis zur Haustür schleichen. Dann aber würde er ganz unvermittelt über die Straße stürmen, auf jenen Gartenzaun zu, hinter welchem er diesen Menschen erspäht hatte. Der solchermaßen Ertappte hätte keine andere Wahl als die Flucht zu ergreifen, eine Flucht, die alsbald in einer Sackgasse enden würde, und dann hatte er ihn. Zur Sicherheit wollte er seine Dienstwaffe mitnehmen. Man kann ja nie wissen.

Der Kommissar konnte nun die Länge der Korridore in der Pension schon recht gut abschätzen; auch die Zahl der Stufen traf er einigermaßen richtig. Es gelang ihm sogar, die paar Stufen, die beim Auftreten einen übermäßig lauten Knarrton von sich gaben, mittels eines großen Schrittes zu vermeiden.

An der Haustür angekommen, holte er erst mal tief Luft, zog seine Dienstwaffe und entsicherte sie. Ganz wie in der vorigen Nacht öffnete er die Tür extrem sachte und langsam, bis der Türspalt breit genug war, um ihm genügend Raum zu geben, damit er hindurchschlüpfen konnte. Als es so weit war, stürmte er mit erhobener Waffe los. Und tatsächlich – dort, wo der den fahlen Fleck geortet hatte, erhob sich eine eher klein gewachsene, männliche Gestalt. Nur einige Sekundenbruchteile lang konnte sie der Kommissar erkennen, dann war sie in den Büschen des Vorgartens verschwunden. Hallmeyer, fuhr es ihm durch den Kopf, das konnte nur Jens Hallmeyer sein. Brösamle rannte über die Straße, sprang mit einem kühnen Satz über den Gartenzaun. Als er sich anschickte, in das dunkle Gebüsch einzudringen, da wurde ihm klar, dass dies ein Hinterhalt sein könnte. Es fiel ihm schwer, der Vernunft und nicht seinem Jagdinstinkt zu folgen.

So trat er denn wiederum etwas frustriert den Rückzug an. Aber morgen, am helllichten Tag, da würde er das Rätsel dieses plötzlichen Verschwindens lösen. Gleich am nächsten Morgen. Einem gemütlich schlendernden Spaziergänger gleich bewegte er sich langsam an den Gartenzäunen und Garagen vor seiner Pension entlang. Hier gab es keine Lücken – außer den Gartentörchen, die allesamt, dem peniblen Ordnungssinn der Schwaben entsprechend, sorgsam verschlossen waren. Und außer den Hofeinfahrten. Und diese Hofeinfahrten – sie führten zu weiteren Garagen und waren ihrerseits wiederum eingezäunt, bis auf die schmalen Durchlässe, die zu den Haustüren führten. An allen Haustüren Briefkästen mit Klingeln und Namensschildern.

Bis auf eine Haustür. Sie gehörte zu jenem Vorgarten, in dem sich Hallmeyer versteckt hatte. Das betreffende Haus schaute sich Brösamle genauer an: Und sieh da, es schien unbewohnt. Doch bevor er das Grundstück betrat, legte er sich eine Ausrede zurecht – die Ausrede, die man braucht, wenn man ein fremdes Grundstück betritt und dabei ertappt wird. Wie er durch den reichlich verwahrlosten Vorgarten schritt, bemerkte er einen schmalen Durchgang zwischen Haus und Garage, von dem er sich wie von Zauberkräften angezogen fühlte. Schmal, dunkel, leicht mufflig riechend und mit Brennnesseln bewachsen.

In diesen Brennnesseln Trittspuren. Weit auseinander liegend. Wie von jemandem, der eilig mit großen Schritten durchgerannt ist. Was nun folgte, das war ein äußerst bizarrer Eiertanz, durchgeführt von einem ungeschickt hüpfenden Kommissar, der versuchte, mit seinen Füßen exakt in die vorhandenen Fußstapfen zu kommen, denn er wollte keine weiteren Spuren hinterlassen. Der schmale Durchgang gab an seinem Ende den Blick frei auf eine seltsame Mischung aus Müllhalde und Autofriedhof: Ausgebeinte Autokadaver standen hier herum, ohne Türen, Motorhauben, Räder, Scheiben, Polster, die fehlenden Teile lagen kunterbunt dazwischen; alles reichlich angegammelt, teils ölverschmiert, teils verrostet. Am Rande daneben das einzige vollständige Fahrzeug; ein Kleintransporter, wie ihn auch der Mörder Monika Wendlands benutzt haben dürfte. Instinktiv schaute der Kommissar nach den Reifen: Schade, dachte er, ziemlich neu.

Das also war Hallmeyers Fluchtweg – und nun galt es, eine Möglichkeit zu finden, ihm diesen Fluchtweg abzuschneiden. Das einfachste wäre gewesen, Kommissar Stößel und seine kleine Mannschaft wieder einmal zu aktivieren. Aber da sah Brösamle wenig Aussicht auf Erfolg – so überarbeitet, wie Stößel bei ihrer letzten Begegnung wirkte.

Da blieben nicht mehr viele Möglichkeiten, denn Brösamles Bekanntenkreis in Albstadt war denkbar klein. Es kam eigentlich nur ein einziger Mensch in Frage, der ihm helfen könnte: Der Wirt vom Café Hinze, Hans Degenhardt.

Am selben Abend stand er ihm an der Theke gegenüber und schaute ihn fragend an, nachdem er ihm sein Anliegen vorgetragen hatte. Die Reaktion Degenhardts kam so schnell wie überraschend: "Endlich was los in diesem langweiligen Kaff! Räuber und Bolle, das wollte ich schon lang einmal wieder spielen, und jetzt sogar ganz richtig! Klar mache ich mit! – Und das Lokal hier, da mach dir mal keine Sorgen. Da ist ja noch mein alter Freund Kantzelmann –" – Degenhardt drehte sich etwas weiter zur Seite, wo der Angesprochene seinen Gedanken nachhing. "He, Immanuel, hör mal! Hättest du Lust, heute abend mal hier den Wirt zu spielen? Ja? Prima!"

Brösamle stand vor seiner Pension und gab Regie-Anweisungen. "Du stellst dich dort in den Hauseingang der Pension. Er wird hier über den Zaun steigen und sich unter diesem Busch verstecken. Sobald er sich dort verkrochen hat – dein Auftritt. Du gehst auf ihn zu und –" – "Bekomme ich keine Pistole?" unterbrach ihn Degenhardt. "Ausgeschlossen! Kommt nicht Frage!" Brösamle klang ungewollt hart und kompromisslos – so hatte Degenhardt seinen Freund noch nie reden hören. Der Kommissar spürte, dass er im Tonfall etwas zu scharf gewesen war – einem Freund gegenüber. "Das musst du verstehen, Hans. Manche Sachen sind für einen Polizisten eben tabu. Ich muss ja nachher einen Bericht schreiben. Da darf nicht drinstehen, dass ich dir meine Dienstwaffe geliehen habe. Das ist absolut unmöglich für einen von der Polizei. Eine Sünde wider den Heiligen Geist sozusagen. Also: Wenn einer schießt, dann bin ich es. Okay, also weiter im Text: Wenn er dich gesehen hat, wird er auf der Stelle davonrennen. Dorthin, auf diesen Durchgang zu. Du rennst hinterher. Und in dem Durchgang warte ich. Mit der Waffe. Hallmeyer rennt in den Durchgang. Du kommst hinter ihm her. Und Hallmeyer sitzt in der Falle. Wir haben ihn. Wenn er sich wehrt, wird geschossen. Alles klar?"

Jens Hallmeyer ließ sich an diesem Abend besonders viel Zeit. Dann aber funktionierte Brösamles Dramaturgie perfekt: Sobald er hinter dem Gartenzaun im Gebüsch verschwunden war, schritt Degenhardt auf ihn zu, und Hallmeyer rannte wie erwartet zu dem Durchgang.

Der Kommissar hatte an der hinteren Ecke des Durchgangs gewartet und sich an die Wand gedrückt, so dass Hallmeyer ihn beim Näherkommen nicht gleich sehen konnte. Erst nachdem er den schmalen Durchgang betreten hatte, stellte sich Brösamle ihm breitbeinig mit erhobener, schussbereiter Waffe in den Weg. "Halt! Stehen bleiben!" An diesem Punkt stimmte Brösamles Dramaturgie plötzlich nicht mehr, denn Hallmeyer reagierte überhaupt nicht auf den polizeilichen Kommandoton, sondern rannte einfach weiter und stand nach Sekundenbruchteilen direkt vor dem Kommissar.

Brösamle zielte auf die rechte Schulter und wollte abdrücken, aber Hallmeyer war schneller. Der Kommissar sah noch die erhobene Linke, die auf seine Halsschlagader zielte. Dann hörte er einen Schuss. Hallmeyer gab einen leisen Schmerzenslaut von sich; sein Körper drehte sich zu Seite; die niedersausende Hand traf nicht die

Halsschlagader, sondern die Schulter. Brösamle spürte einen dumpfen Schmerz und ging zu Boden; Hallmeyer stürzte an ihm vorbei und war verschwunden. Wenig später hörte man das Geräusch eines rasant startenden Autos.

Hans Degenhardt beugte sich über seinen Freund. "Theo? Bist du verletzt?" "Nicht so schlimm. Vielleicht ist was gebrochen. Vielleicht auch nur eine Prellung." Erleichtert hockte sich der Gastwirt neben den Kommissar. "Hast du ihn getroffen?" wollte er wissen. "Nein." Brösamle hielt noch die unbenutzte Dienstwaffe in der Hand. "Ich hab gar nicht geschossen." "Was? Nicht geschossen?" Degenhardt betrachtete das Schießgerät mit ungläubigem Staunen. "Wer war das dann?" "Gute Frage", antwortete der Kommissar, und dachte an seine Begegnung in der Städtischen Galerie.

- Kapitel 47 -

Brösamle stand nur wenige Sekunden vor der unscheinbar wirkenden Tür der Rominger'schen Villa, bis sich ein schmaler Spalt auftat und ein ziemlich kleines, dünnes, junges und ängstliches Wesen weiblichen Geschlechts sich darin zeigte, das jeden Augenblick bereit schien, im Bedarfsfall die Tür sofort wieder zuzuknallen. Der Kommissar versuchte, beruhigend zu wirken. "Sie brauchen keine Angst zu haben. Kriminalkommissar Brösamle. Sie kennen mich doch." Der Türspalt blieb unverändert schmal. "Was wollän sie?" – "Es geht um Herrn Romingers Kleintransporter. Der Chauffeur soll da Bescheid wissen. Er ist doch im Hause?"

Der Türspalt verbreiterte sich. "Sichärr. Kommän sie herein!" Vom Flur des Hauses abbiegend, wurde der Kommissar durch mehrere Vorrats- und Lagerräume geleitet, bis sie zu einer großen Garage gelangten, die nicht nur vollgepackt mit Fahrzeugen, sondern außerdem mit allen Utensilien einer Autowerkstatt versehen war. Zwischen all diesen Gerätschaften bewegte sich ein älterer Mann, der in einem blaugrauen, ölverschmierten Arbeitsmantel steckte.

Das Gesicht des Chauffeurs erhellte sich, nachdem Brosamle sich vorgestellt hatte. "Habe von ihnen gehört", griente er freundlich, "an meinem Stammtisch sitzt einer, der hat eine Schwester, die putzt auf der Polizeiwache. Und außerdem: Im Radio waren sie ja auch schon mal – SWR4, nicht wahr? Was kann ich für sie tun?" "Der Kleintransporter. Es geht um den Kleintransporter. Kann ich ihn mir mal ansehen?" "Sie haben Glück. Bis vorgestern war er noch in der Werkstatt. Jetzt steht er draußen."

Brösamle hatte sich zuvor das Foto mit dem Reifenabdruck noch einmal genau angesehen. Gebückt ging er von einem Rad zum andern und beäugte jedes gründlich. Der Chauffeur blieb neben dem Kleintransporter stehen und schaute dem Kommissar zu. Dieser bewegte sich von den Vorderrädern zu den Hinterrädern. Und diese beiden Hinterräder – abgefahren, markantes Profil – sie waren es, was er suchte! Jede Faser seines Körpers jubelte: Endlich wieder ein Fahndungsfortschritt! – Er wollte aber den Chauffeur nicht merken lassen, dass er sein Ziel erreicht hatte – darum ging er noch einmal um den Kleintransporter herum, öffnete die Fahrertür, inspizierte das Armaturenbrett und die Sitze, schloss die Fahrertür wieder, öffnete die Hecktür, kroch in das Wageninnere, schob umständlich das dort liegende Werkzeug, den Wagenheber, das Warndreieck und den Verbandskasten umeinander, um dann wieder aus dem Fahrzeug herauszukriechen. Während dieser so langsamen wie sinnlosen Tätigkeiten rasten ihm die Gedanken fieberhaft durch den Schädel: Konnte Eberhard Rominger der Mörder sein? Ein Alibi hatte er nicht. Auch sein Selbstmord konnte als Eingeständnis seiner Schuld gedeutet werden. Aber welches Motiv hätte er haben können?

Als er sich hinterwärts aus dem Kleintransporter wieder hinausgeschoben hatte, hatte der Chauffeur schon längst das Interesse an Brösamles kriminalistischer Kleinkram-Wühlarbeit verloren und war zu seiner zuvor unterbrochenen Tätigkeit zurückgekehrt. Noch immer hatte Brösamle große Mühe, sich seine Freude über den unerwarteten Fund nicht anmerken zu lassen. "Der Wagen", hub er an und versuchte, ein bürokratisch-geschäftsmäßiges Gesicht zu machen, "der Wagen muss noch genauer untersucht werden. Heute Mittag wird er abgeholt. Gegen Quittung, natürlich." Der Chauffeur hatte seinen Oberkörper unter einer geöffneten Motorhaube vergraben, aus welcher er sich nun herauswand und ihn mit ungläubiger Miene anstarrte. Was den Kommissar veranlasste, seinem letzten Satz noch eine weitere, abschwächende Bemerkung anzufügen: "Reine Routine, natürlich, sie verstehen." Die junge Ungarin wirkte gehemmt und verängstigt, wie sie da vor Brösamle auf dem Sofa saß, die Augen gesenkt, die Arme verschränkt und die Beine übereinander geschlagen. Vielleicht hatte Hallmeyer sie unter Druck gesetzt und eingeschüchtert, so kam es dem Kommissar in den Sinn. Es war ihm klar, dass alles von seiner Gesprächsführung abhing, wenn er das kleine dünne Mädchen jetzt zum Reden bringen wollte.

"Es muss ein gewaltiger Schreck für sie gewesen sein", fing er vorsichtig an und suchte ein Höchstmaß an Sanftheit in seine Stimme zu legen, "ich meine, die Sache mit Herrn Rominger." Das Mädchen schien erleichtert ob solch großen Mitgefühls. Sie atmete tief durch und nickte. Das war schon mal ein guter Anfang. Brösamle spürte schon ein gewisses Maß an Erleichterung. "Sie waren es doch, die ihn fand?" fragte er weiter. Das Mädchen nickte abermals. "Glauben sie, dass an den Gerüchten etwas dran ist? Ich meine, weshalb er sich ..." Nun schüttelte sie energisch den Kopf. "Nein, nein! Ärr ist kein Mördärr! Nie!" "Aber dass er mit der Frau etwas hatte, das ist sicher. Haben sie diese Frau gekannt?"

Längeres Schweigen. Tiefes Atmen. "Sie warr öftärr hierr im Haus. Ist abärr langä härr." Nun war es Brösamle, der schwieg. Er suchte nach einem Weg, wie er im Gespräch eine Brücke von Monika Wendland zu Jens Hallmeyer bauen könnte. Nach einigem Zögern glaubte er, eine solche Brücke gefunden zu haben. "Und außerhalb des Hauses, haben sie diese Frau auch manchmal gesehen?" Wieder Pause. Eine offenbar auskunftswillige Pause, die mit Nachdenken angefüllt war. "Ja, ich glaubä. In Bibliothäk. Und auf Straßä. Und in Restaurant. Und ..." Mehr schien der Ungarin nicht einzufallen. "Vielleicht auch in der Disko?" "Ich gähä nicht in Disko." "Oder im Schwimmbad?" "Ja, auch in Schwimmbad." "Im Fitness-Studio?" "Ja, doch, auch in Fitness-Studio." Jetzt war er nah dran. Jetzt galt es vorsichtig zu sein. Jetzt nur keinen Fehler machen, sonst ist alles kaputt. "Sie gehen gerne in das Fitness-Studio, nicht wahr?" Die Augen der Ungarin leuchteten. Ihre Arme lösten sich aus der Verschränkung; die Hände fielen ihr locker in den Schoß, die Beine waren nicht mehr übereinander geschlagen. Sie lehnte sich gelöst auf dem Sofa zurück. Endlich einer, der sie verstand. "Ja, sährr!" "Und die Leute, die dort sind. Mit denen kommen sie doch bestens klar?" "Ja! Sährr! Alläs nettä Leutä! Viel rädän! Viel lachän!" "Dann haben sie auch viel Spaß mit den Männern dort?" Sie gluckste vor Vergnügen und hielt sich die Hände vor den Mund, um ein lautes Lachen zu unterdrücken.

Da! Theodor Brösamle traute seinen Augen nicht. Was da am Ringfinger der jungen Ungarin blitzte – das war ein Ring mit länglich-ovaler Fassung, ganz von der Form, wie ihn Monika Wendland getragen hatte! Jetzt nur nicht aus der Rolle fallen, sagte er zu sich, jetzt ruhig bleiben. Krampfhaft versuchte er locker zu wirken und zu lächeln, obwohl ihm eigentlich mehr danach zumute war, das junge dünne Mädchen am Arm zu packen und nach dem Ring zu fragen.

"Und unter den Männern im Fitness-Studio, da ist doch auch einer, der heißt -" Brösamle zögerte. Aber irgendwann einmal in diesem Gespräch musste doch dieser Name fallen. "Der heißt Jens Hallmeyer." "Hallmeyärr? Kennä ich nicht!" Brösamle stutzte, hatte er doch die beiden zusammen gesehen. Vielleicht kannte sie ihn nicht bei seinem richtigen Namen, fuhr es ihm durch den Kopf. "Ich meine den Mann mit diesem Ohr, das aussieht wie Salat", ergänzte der Kommissar. Die Erwähnung des Ohrs wirkte wie ein Kälteschock. Sie erstarrte. Ihre Augen weiteten sich vor Angst. Die lockere Lustigkeit war weggeblasen. Wie ein waidwundes Tier suchte sie sich im hintersten Winkel des Sofas zu verkriechen, zog die Beine an den Körper, hob die Hände abwehrend vor das Gesicht. "Diesärr Mann! Ich habä äs gewusst!"

Eine starke, heiße Wallung stieg dem Kommissar durch Gedärm und Brustkorb. Mitleid mit dem armen Ding, das seine Tochter hätte sein können. Zugleich aber auch Frust – Frust über das Unvermögen, diesem kleinen, dünnen Menschenkind zu helfen. Doch Mitleid und Frust wichen schließlich einem dritten Gefühl – der Wut über seinen Misserfolg. Nun war er so nahe am Ziel gewesen, und jetzt – alles kaputt. "Der Ring", rutschte es vollkommen unbedacht aus ihm heraus. "Der Ring – woher haben sie den Ring?" "Lassän sie mich! Lassän sie mich!" Ihre Stimme klang wie das Kreischen eines totwunden Vogels. "Von Herrn Romingärr habä ich ihn!" Wie ein Blitz durchzuckte es den Kommissar, als er diesen Satz hörte. Da kam jetzt auch alles zusammen: Zuerst die abgefahrenen Reifen, und nun dieser Ring. War nun zu guter Letzt doch Eberhard Rominger der Mörder? "Bitte beruhigen sie sich doch. Bitte." Brösamle packte alle Sanftheit in seine Stimme, die er aufbringen konnte. "Bitte. Der Ring, er ist sehr wichtig. Könnte ich ihn vielleicht haben? Nur für einige Tage? Wäre das möglich?"

"Da!" Der Ring flog aus der Sofaecke direkt auf die Brust des Kommissars. Er brauchte nur noch zuzugreifen.

- Kapitel 48 -

"Morgen, Helmut! Was machen die Einbrüche? Irgendwelche Neuigkeiten?" Kommissar Brösamle hatte seinen Tag schwungvoll damit begonnen, in Kommissar Stößels Büro vorbeizuschauen, und hatte nur mal kurz den Kopf durch den Türspalt gesteckt. Als Reaktion ertönte ein missmutiges Schnauben hinter Stößels Schreibtisch hervor, ein Geräusch, das den Stuttgarter an jene Laute erinnerte, die ihm aus der Wilhelma vertraut waren und ihn an runde Wasserbecken erinnerten. Solche Laute pflegten nämlich ansonsten nur Walrösser auszustoßen. "Einbrüche! Einbrüche! Wenn ich das schon höre! Lass mich bloß in Ruhe damit!" Mit derart heftigen Missmutsbekundungen hatte Brösamle freilich nicht gerechnet. Beschwörend erhob er beide Arme. "Entschuldigung! Entschuldigung! War ja nur eine Frage."

Helmut Stößel war in einem hinteren Teil seiner Beamtenseele irgendwo bis zu einem gewissen Grade doch ein lieber Mensch: Eine dermaßen pathetisch vorgebrachte Entschuldigung ließ er allemal gelten. Seine Miene hellte sich um einige Schattierungen auf, als er in dem Papierberg auf seinem Schreibtisch zu wühlen begann. "Neuigkeiten hab ich, ja. Für dich schon. Erst mal: Hier ist Post." Sprachs und reichte ihm einen Brief über den Schreibtisch. Brösamle schaute auf den Absender: Botschaft der Republik Tschechien, Berlin. Wissbegierig riss er den Umschlag auf. Ein einziges Blatt war darin, darauf nur ein kurzer Text. "Sehr geehrter Herr Kriminalkommissar Dr. Brösamle, wir bedauern es, ihnen mitteilen zu müssen, dass es sich bei den genannten Buchstaben und Zahlen nicht um ein in der Republik Tschechien gültiges Autokennzeichen handelt. Mit vorzüglicher Hochachtung, unleserlich, Botschaftsrat."

Enttäuscht ließ Brösamle das Blatt sinken. "Fall Brodbeck." Der Albstädter Kollege gab ihm heute wenig Gelegenheit, einen klaren Gedanken zu fassen. "Spuren. Ein paar Brösel unter den Fingernägeln des Opfers. Habe ich erst jetzt bei den Akten gefunden. – Hier!" Stößel reichte eine kleine Plastiktüte über den Tisch, nach der Brösamle gierig griff, sie sorgfältig beäugte, öffnete und daran schnupperte. "Danke. Mmmh. Könnte Leder sein. Feines Leder von Handschuhen. Muss ich mir noch genauer ansehen. Bringt uns vielleicht weiter. - Ist das alles? Sonst nichts im Fall Brodbeck?"

"Fall Brodbeck, Fall Brodbeck. Steht mir bis ganz oben", war die nun erneut hörbar missgelaunte Antwort. "Da machen wir die ganze Kundenkartei des Kosmetikladens durch. Halb Albstadt hat dort eingekauft, wie es scheint, oder mindestens fast alle älteren Damen. Und jede will irgend etwas wissen, will irgend etwas gesehen haben. Oder mindestens gehört. Und so geht es Tag für Tag. Befragung, Protokoll. Befragung, Protokoll. Befragung, Protokoll." Wenig ermutigend also, dachte Brösamle und wollte sich wieder verziehen. "Halt! Noch einen Augenblick!" tönte Stößel aus seinem Büro. "Wie geht es im Fall Wendland?" Brösamle stutzte. Er hatte zuvor schon alles erzählt. Irgend etwas stimmte da nicht. Auch konnte sich der Kommissar aus Stuttgart keinen Reim drauf machen, weshalb Stößels Augen trotz dieser wenig aufmunternden Beschreibung leuchteten.

"Die Sache mit den abgefahrenen Reifen habe ich dir schon erzählt. Wäre ja eigentlich deine Aufgabe gewesen. Und die Sache mit dem ovalen Ring ebenfalls. Werde die Legierung noch analysieren lassen. – Ist sonst noch was?"

Kommissar Stößel genoss den Augenblick. Da war dieser Kommissar aus Stuttgart gekommen, um ihm, dem alten Hasen, auf die Sprünge zu helfen. Aber jetzt! Jetzt konnte auch er einmal auftrumpfen! Genüsslich lehnte er sich zurück, wippte ganz leicht mit dem Stuhl, verschränkte die Arme hinter dem Kopf und atmete tief. Nun kam der andere, der größere Teil der Stößel'schen Beamtenseele zum Vorschein. "Theo, denk dir, was passiert ist." Er weidete sich am Anblick des Kommissars, dessen Ungeduld nun nicht mehr zu übersehen war. "Also, die Sache ist die." Noch einmal holte er tief Luft. "Also, die Sache ist die. Eberhard Rominger ist der Täter. Der Fall ist abgeschlossen. Theo, du kannst schon mal deine Koffer packen. Ich schreibe inzwischen den Bericht. Du kommst dann noch mal kurz vorbei und unterschreibst."

Brösamle verstand nun überhaupt nichts mehr. "Mach keine Witze, Helmut. Das kann doch gar nicht sein. Mach keine Witze." Stößel grinste triumphierend. "Doch, Theo. Das ist so. Ganz im Ernst. Rominger hat nämlich einen Brief geschrieben. Einen Abschiedsbrief. Hat uns Romingers Notar gebracht. Darin gibt er es zu. Deshalb hat er sich auch - " An dieser Stelle deutete Stößel mit der hohlen Hand die Tätigkeit des Trinkens an und wollte damit den Tablettentrunk andeuten, mit dem sich der unglückliche Eberhard Rominger ins Jenseits befördert hatte.

Kommissar Stößel hatte sich auf diesen Moment vorbereitet. Er brauchte nicht lange nach dem Brief zu suchen. Siegesgewiss griff er nach dem Papierbogen und reichte ihn mit theatralischer Geste über den Tisch. "Hier ist er!"

Begierig griff Brösamle nach dem Papier. "Damit es alle wissen," stand da in gravitätischer Altmännerschrift, "ich habe Monika Wendland umgebracht. Ich halte es nicht mehr aus. Ich kann diese Schande nicht ertragen. Darum werde ich aus dem Leben scheiden. E. Rominger."

Tatsächlich, da stand es, schwarz auf weiß! Brösamle runzelte trotzdem ungläubig die Stirn. "Aber was ist mit Hallmeyer? Mit seiner Anwesenheit im Café Hinze und im Imperatore? Was ist mit der Wanze in meinem Hotelzimmer? Was ist mit dem Betonklotz, der mich fast erschlagen hätte? Mit dem Schubs an der Ampel? Das Gas in der Umkleidekabine? Und der Schuss auf dem Schlossfelsenturm?" Von Karl Adler hatte er bisher noch nichts erzählt, denn er wollte vermeiden, dass die Albstädter Kollegen diesen durch eine unbedachte Befragung in Gefahr bringen. Karl Adler – ja, das könnte vielleicht der Knackpunkt an der ganzen Geschichte sein!

"Alles Zufall, mein Lieber, alles Zufall! Ein Zusammenhang mit dem Mord an der Wendland ist jedenfalls nicht zwingend!" Brösamle wollte aber seinem Albstädter Kollegen noch immer nicht gedanklich folgen. "Und was ist mit dem gemeinsamen Besuch von Monika Wendland und Werner Holstenbach beim Italiener kurz vor ihrer Ermordung?" Stößel wippte noch immer mit seinem Stuhl triumphierend vor und zurück. "Erstens: Du hast nur die Aussage einer Kellnerin. Zweitens: Wenn dem wirklich so wäre, dann lässt sich dafür bestimmt noch eine Erklärung finden. Also: Mein lieber Theo, hat mich sehr gefreut!"

Dem Kommissar aus Stuttgart ging das alles viel zu schnell. "Langsam, langsam, lieber Helmut. Wer sagt dir denn, dass dieser Brief echt ist?" "Davon, mein lieber Theo, gehe ich aus." "Das muss noch überprüft werden, meine ich, das muss noch überprüft werden. Und so schnell kann ich von hier auch wieder nicht verschwinden. Ein paar Dinge habe ich schon noch zu erledigen. Zum Beispiel die Analyse." Kommissar Stößel war sauer. Stinksauer. Hatte er nun alle seine Trümpfe in bester Siegermanier einen nach dem andern auf den Tisch geknallt, und nun will sich dieser Mensch aus der Landeshauptstadt nicht überzeugen lassen! "Dann mach mal deine Analyse! Aber du wirst sehen: Der Fall Wendland ist abgeschlossen!"

- Kapitel 49 -

Das war es, was er an diesem Beruf am meisten hasste. Diese Hinweise aus der Bevölkerung. Meistens nichts anderes als die Phantasiegebilde wichtigtuerischer älterer Damen, nicht einmal das Papier wert, auf dem diese Produkte der Einbildung festgehalten werden mussten. Aber so schrieb es das Gesetz vor. Und so hatte Kommissar Brösamle dieser Tage seine Dienstzeit mit wenig sinnstiftender Tätigkeit zu verbringen, obwohl er aus langjähriger Erfahrung wusste, wie unergiebig dies alles war. In der Regel jedenfalls. Man hatte Monika Wendland beim Verlassen ihrer Wohnung beobachtet. Man hatte gesehen, wie sie in männlicher Begleitung wieder nach Hause kam. Man hatte Männer beim Besuch der

Wohnung erspäht, und man hatte gehört, was die Nachbarinnen gesehen hatten. Stumpfsinn. Barer Stumpfsinn.

Nur Eines brachte ihm Behagen in jener wenig ergiebigen Phase seiner Ermittlungen. Und dieses Eine, das hieß Anita. Er zählte die Stunden, die ihn bei seiner drögen Tätigkeit bis zum Abend von Anita trennten. Je weniger Stunden dies waren, desto flotter ging ihm der Stumpfsinn von der Hand. Bis dann endlich der ersehnte Moment kam, der Moment, in welchem der Uhrzeiger auf die Stunde des Feierabends rückte. Dann lenkte er seine Schritte zu jenen Vorstadtstraßen mit ihren sorgfältig gestrichenen Gartenzäunen, hinter denen sorgfältig gepflegte Rasenstücke und Blumenbeete zu erspähen waren.

An einem dieser Sommerabende hatte er sich freilich vertan. Er war Anitas Behausung schon recht nahe gekommen, als ihm einfiel, dass Anita justament an diesem Tag einen Elternabend zu gestalten hatte. Oh Theo, sagte er zu sich selbst, was bist du doch für ein Trottel. Einem Kriminalkommissar dürfte so etwas eigentlich nicht passieren. Theo, du wirst alt. Sind das vielleicht die ersten Anzeichen von Alzheimer? Theo machte also kehrt und lenkte seine Schritte in die Richtung seiner Pension. Wenn nicht Anita, so liefen seine Gedanken, dann das Café Hinze. Seine Freunde hatte er in letzter Zeit in der Tat etwas vernachlässigt. Aber zuvor wollte er sich noch umziehen. Seine besten Ausgeh-Kleider waren ihm für den Kneipenbesuch doch zu schade.

Seltsam. Sonst hatte er doch noch nie vergessen, die Tür seines Hotelzimmers abzuschließen. Und wie er sie öffnete, da kauerte hinter dem Bett eine breit gebaute, männliche Gestalt. Nur Oberkörper und Kopf waren zu sehen: Muskelpakete, kurzes, störrisches Haupthaar, Scheitel links, lächerlich kleine Stupsnase, wuchtiger Unterkiefer, braune Augen, jetzt gerade vor Schreck geweitet. Natürlich hatte Brösamle ihn sofort erkannt: Schuschwanow! Jetzt sucht er sogar in meinem Hotelzimmer nach dem Mikrofilm, schoss es dem Kommissar siedendheiß durch den Kopf. Nach einer kurzen Schrecksekunde (die diesen Namen gar nicht verdiente) hatte er sich rasch wieder im Griff; er ging einen Schritt zurück, hinter die Türschwelle, und instinktiv drehte er sich zu Seite, um Schuschwanow möglichst wenig Fläche zu bieten, falls dieser schießen sollte. Gleichzeitig fingerte er nach der Dienstwaffe im Schulterhalfter. Aber er griff ins Leere; eine Dienstwaffe hatte er noch nie mitgenommen, wenn er Anita besuchte.

Die Körperdrehung zur Seite war im letztmöglichen Augenblick erfolgt, denn schon sirrte ein Geschoss dicht an seinem Arm vorbei – es hätte wohl seinen Oberkörper treffen sollen. Ein rascher Schritt zu Seite – er befand sich außerhalb des Türrahmens, presste sich an die Wand und war damit vor weiteren Geschossen geschützt. Jetzt gerade jedenfalls. Fieberhaft arbeitete es in seinem Hirn: Was tun? Was tun? Ohne Waffe hatte er nicht die mindeste Chance! Er musste zusehen, dass er nicht abgeknallt wurde wie ein streunender Hund. Da gab es nur eines: Den Flur entlang rennen, um möglichst schnell um die nächste Ecke zu kommen.

Wie er sich zum Wegrennen anschickte, huschte ein Schatten an ihm vorbei, und wie er wegrannte, hörte er Schüsse von der Zimmertür, die aus dem Innern des Zimmers erwidert wurden. Hinter der nächsten Ecke blieb er stehen und lauschte: Nach den Schüssen ein kräftiges Türenschlagen, ein gedämpftes Klirren von Fensterscheiben, dann Ruhe. Vorsichtig lugte er um die Ecke, in den Flur hinein. Er sah gerade noch, wie eine männliche Gestalt am anderen Ende des Flurs verschwand.

- Kapitel 50 -

"Du machst ja Sachen, Theo, aber auch wirklich!" Kommissar Stößel hatte soeben in den Akten geblättert, die sich mit jenem Besuch eines

Unbekannten in Kriminalkommissar Theodor Brösamles Hotelzimmer befassten. Besagter Stößel schüttelte verwundert den Kopf, als sein Stuttgarter Kollege sein Dienstzimmer betrat. "Dass dieser unbekannte Verrückte nun auch in deinem Hotel sein Unwesen treiben muss! Hast du eine Erklärung dafür?" Brösamle schüttelte den Kopf und dachte an seine Begegnung mit Karl Adler in der Städtischen Galerie: Er war sich ziemlich sicher, dass auch hier Karl Adler wieder einmal seine Finger im Spiel hatte. Es wurde zunehmend schwieriger, die Sache mit den Geheimdienstleuten zu verschleiern. Aber immerhin: Karl Adler hatte ihm nicht nur zum zweiten Mal das Leben gerettet. Er hatte nun auch dafür gesorgt, dass er als vorbildlicher Beamter des höheren Polizeidiensts dastand.

Helmut Stößel blätterte weiter. "Sagenhaft! Sagenhaft!" hörte Brösamle seinen Kollegen murmeln. Und dann lauter: "Sagenhaft, Theo, das muss man dir schon lassen. Immer die Dienstwaffe dabei. Immer gerüstet. Für alle Fälle. Sagenhaft, diese Reaktionsschnelligkeit. Sofort geschossen. Schade nur, dass der Kerl abhauen konnte." Kommissar Stößel schloss die Akte. Der bewundernde Glanz schwand aus seinen Augen; sein Blick wurde wieder geschäftsmäßig. "Übrigens, Theo, was ist mit dem osteuropäischen Autokennzeichen? Bist du da weiter gekommen?" Da haben wir's, dachte Brösamle. Kaum steht man einmal ein wenig besser da als sonst, dann gönnt es einem wieder keiner.

Er fühlte, dass es nun an der Zeit war, das Dienstzimmer seines Kollegen Stößel zu verlassen. Nur ein Detail bewegte ihn noch. Eine einzige offene Frage wollte er noch geklärt haben. "Ist der Kerl verletzt? Ich meine, habe ich ihn getroffen?" Auf Stößels Gesicht zeigten sich wieder einige leichtere Spuren der zuvor so intensiv sichtbaren Bewunderung. "Wahrscheinlich nur ein Streifschuss. Zwei Tröpfchen Blut auf dem Fenstersims. Blutgruppe A, Rhesus-Faktor positiv. DNA-Analyse ist in Auftrag. Wird aber nicht viel nützen. Der Kerl ist über alle Berge."

Selig wie ein Säugling, der sich gerade an der Mutterbrust sattgenuckelt hat, lag Brösamle auf dem breiten Bett, schaute zum Fenster von Anitas Schlafzimmer hinaus. Er hatte wieder einmal eine dieser wonnevollen Spätzle-mit-Rehbraten-und-Pfifferlingen-Nächte hinter sich. Kleine Gedankenfetzen zogen gemächlich durch sein Hirn wie kleine Kumuluswolken, bewegt von einem linden Lüftchen. Anita war im Badezimmer zugange, wie er aus diversen Klappergeräuschen schloss. Und wie die Gedankenwolken ihm durch den Schädel schweiften, da bemerkte er darunter eines, auf dem in dicken fetten Lettern geschrieben stand: UFL 32 DAR.

Theo Brösamle hob schlaftrunken den Kopf und drehte ihn in Richtung Badezimmer. "Anita! Mein Lieblings-Schatz! Hör mal! Hast du eine Ahnung, was "UFL 32 DAR" sein könnte?" Die Antwort war zunächst wenig befriedigend. "Was?" – "Wie?" – "Warum das gerade?" – "Wie kommst du denn auf so was?" Geduldig wiederholte er nach jeder neuen Einlassung sein Anliegen. Sehr geduldig. Und Geduld hatte er genug, nach einer derart sattsam verbrachten Nacht. Schließlich erschien die holde Anita in der ganzen Üppigkeit ihrer Körperfülle im Türrahmen, Lockenwickel auf dem Kopf, Hautregenerierungs-Creme im Gesicht, einen Toilettenspiegel in der Hand, ihre quellenden Formen in einen Hauch von luftig-duftigem Morgenmantel gehüllt. Nun war die endlich Erfolg versprechende Gelegenheit, seine Frage noch einmal in aller Deutlichkeit zu wiederholen.

"UFL 32 DAR!" rief sie erstaunt. "Das weißt du nicht? Und du willst gebildet sein? Mit Abitur und Studium, ein Beamter des höheren Diensts, und das im Land von Schiller, Hölderlin und Hegel! Sag nur, du machst Spaß!" Die kleinen munteren Gedankenwölkchen waren nun mit einem Schlag hinweggeweht; der jagdgeile Kriminaler (der er ja sonst immer wochentags war) hatte von ihm Besitz ergriffen und ruckartig erhob er sich vom warmen Liebespfuhl. "Bitte, bitte! Anita, mein Sonnenschein, mein Augapfel, mein allerliebster Lieblingsliebling, sag mir's doch!"

Anita sah, wie wichtig ihm diese Sache war und lächelte. Sachte zog sie ihren luftig-duftigen Morgenmantel über ihrer Brust zusammen und setzte sich neben ihn auf die Bettkante. "Das ist eine Buch-Signatur aus unserer Stadtbücherei!" Hastig und aufgeregt wie ein Feuerwehrmann beim Ertönen des Alarms sprang Brösamle auf und warf sich in die Kleider. "Die Bücherei hat übrigens Samstagvormittag geöffnet", beeilte sie sich zu bemerken. "Was hat denn der so plötzlich?" hörte er noch Andys verschlafene Stimme, bevor die Wohnungstür hinter ihm ins Schloss fiel.

Anitas Auto nehmen? Ein Auto, mit dem er noch nie gefahren war? Daran wollte er erst gar nicht denken. Eilig hastete er seinen wohl vertrauten Spazierweg stadteinwärts, nun ausnahmsweise auch einmal vormittags. Schweißgebadet stand er wenig später zwischen den Bücherregalen und fühlte sich denkbar unwohl, denn ausgenommen von Gastwirtschaften gab es wenig Dienstleistungsbetriebe, in denen er sich wohl fühlte. Romane, Kinderbücher, Sachbücher, Comics. Unterhaltung, Historisches, Liebe, Kriminalromane, Abenteuer. Geschichte, Philosophie, Literatur, Naturwissenschaften. Nachschlagewerke, Reisen, Zeitschriften. Brösamle brauchte eine geraume Zeit, bis die Systematik sich ihm allmählich verdeutlichte – und durch Fragen an das anwesende (und überwiegend jugendlich-weibliche) Personal wollte er seine Unwissenheit nicht allgemein zu erkennen geben.

So war mehr als eine halbe Stunde vergangen, bis er in der Ecke mit den Buchstaben R, S und T angekommen war, und noch bevor er U erreicht hatte, da stand auch schon Anita neben ihm. Sie nahm ihn am Arm. "UFL ist dort drüben", flüsterte sie ihm zu. Der Kommissar wollte schon die Hand ausstrecken, um den fraglichen Band aus dem

Regal zu nehmen. Doch vergeblich fingerte er zwischen den Buchrücken herum. UFL sah er da jede Menge; mindestens zwei Reihen davon, auch UFL 32 in stattlicher Anzahl. Aber zwischen UFL 32 DAB und UFL 32 DAT klaffte eine kleine, kaum merkliche Lücke. Brösamle stieß einen herben Fluch aus, den Anita mit missbilligendem Stirnrunzeln quittierte. "Hat einer geklaut", meinte er und befleißigte sich dabei in seinem Ärger keineswegs des in Büchereien üblichen Flüstertons. "Können die hier nicht besser auf ihr Zeug aufpassen!"

"Vielleicht ist das Buch ausgeliehen", meinte Anita besänftigend. "Komm, wir fragen an der Auskunft." "Auskunft? Auskunft? Gibt es hier so was auch?" Die junge Dame an dem Auskunftsschalter war solcherlei Fragen gewöhnt. Leicht gelangweilt fingerte sie an der Tastatur ihres Computers herum, bis sie gefunden hatte, was sie suchte. "Der Band ist sekretiert", lautete ihre Auskunft. "Sekretiert? Sekretiert? Was soll denn das schon wieder heißen?" polterte Brösamle ungeduldig los. Die junge Dame schien auch solche Fragen gewöhnt. "Sekretiert bedeutet, dass der betreffende Band sich nicht in der allgemeinen Handbibliothek befindet." Ihre Stimme klang etwas müde und unbeteiligt. Aber es war ja auch kurz vor dem Ende ihrer Arbeitszeit. "Gehen sie ins Büro der Leiterin und fragen sie dort." - "Jetzt brauchst du mich wohl nicht mehr für deine Büchersuche." Anita schickte sich an, büchereimäßig ihre eigenen Wege zu gehen. "Ich warte auf dich am Eingang."

Ungeduldig klopfte der Kommissar an die Tür, die er erst, wie es ihm schien, nach einer sich ewig hinziehenden, drögen Sucherei aufspüren konnte. Mit Anita wäre das bestimmt schneller gegangen. Der Sekundenbruchteil bis zum Ertönen eines freundlichen "Herein" dauerte ihm ebenfalls viel zu lange, und beim ersten Ton aus dem Inneren des Raums riss er bereits die Tür auf. "Dieses Buch – UFL 32 DAR – es ist hier sekretiert – ich brauche es unbedingt." Brösamle spürte, dass er ganz nahe an ein Geheimnis heran gekommen war.

Aus diesem Grund wohl hatte er die konventionellen Höflichkeitsregeln – wie das Grüßen – vorübergehend außer Acht gelassen.

Die stellvertretende Büchereileiterin, am Schreibtisch sitzend, schaute leicht irritiert von ihrer Arbeit auf. "Sie wollen ein sekretiertes Buch?" fragte sie streng. "Solche Bücher bekommt nicht jeder zu lesen. Aus verschiedenen Gründen. Darf ich erst mal fragen, warum sie gerade dieses Buch wollen?"

Brösamle stutzte. Mit einem derartigen Hindernis hatte er nicht gerechnet. Er holte tief Luft und dachte nach. Dann griff er in die Innentasche seines Jacketts und fingerte nach seinem Dienstausweis. "Brösamle mein Name." Seine Stimme klang kalt und dienstlich, als er der jungen Dame das grüne Stück dünner Pappe mit Passfoto, Unterschrift und Stempel vor die Nase hielt. "Kommissar Theodor Brösamle. Aus Stuttgart. Ein Buch mit dieser Signatur spielt bei meinen gegenwärtigen Ermittlungen möglicherweise eine bedeutende Rolle. Ich muss es vorübergehend konfiszieren. Selbstverständlich erhalten sie eine Quittung."

Die junge Dame zeigte sich sichtlich beeindruckt. In dem Gefühl, eine Sache von hoher kriminalistischer Bedeutung zu unterstützen, stand sie auf und bewegte sich auf einen verschlossenen Schrank zu. "Halt! Der Schlüssel! Der Schlüssel!" hörte man sie murmeln. Sie ging zurück zu ihrem Schreibtisch, zog eine Schublade auf und kramte darin. Jede ihrer Bewegungen erschien dem Kommissar wie in Zeitlupentempo ausgeführt. Seine Ungeduld hatte einen Punkt erreicht, der von einer unbeherrschbaren Explosion nicht mehr allzu sehr entfernt war. Im ehelichen Bereich wären jetzt bereits die ersten Haushaltsgegenstände durch die Luft geflogen. Als die junge Dame nach ergebnislosem Kramen die Schublade wieder schloss, um eine zweite zu öffnen, da führte der Kommissar den Fingerknöchel zum Mund und biss darauf. Das half aber nur ein klein wenig.

Mit einem Schlüssel bewaffnet eilte die junge Dame schließlich raschen Schrittes auf den verschlossenen Schrank zu. Sobald sie die Schranktür öffnete, stand Brösamle dicht neben ihr, denn er konnte die kurze Zeitspanne kaum noch ertragen, die ihn von der Gegenwart bis zum Besitz jenes Buches trennte, jenes Buches, dessen Geheimnis möglicherweise zum Mörder von Monika Wendland führte. Die junge Dame ging mit der Spitze ihres Zeigefingers die Bücherreihe entlang. "UFL 32 DAR – das ist die Signatur", bemerkte Brösamle so hilfsbereit wie ungeduldig. "UFL 32 DAR. Da – hier müsste es sein."

An der fraglichen Stelle zeigte sich in dem Schrank jedoch nur ein Stück Pappe, das zwischen zwei Bücher hinein gesteckt war. "Was bedeutet das?" wollte der Kommissar wissen. Die Bibliothekarin fühlte sich dem Kommissar an diesem Augenblick ob dieser Unwissenheit haushoch überlegen. "Wir nennen das einen Stellvertreter", belehrte sie ihn und gebrauchte dabei jenen herablassenden Ton, den er als Schüler an seinen Lehrern so abgrundtief verabscheut hatte.

"Hier." Sie hielt ihm das Pappstück unter die Nase. "Schreibtisch ur" las er. "Das ist ein Hinweis darauf, wo sich das Buch gegenwärtig befindet." Dieses herablassende Belehren. Wie Brösamle es hasste. Am liebsten hätte er der Bibliothekarin ihren Pappdeckel aus der Hand gerissen und kräftig um die Ohren geschlagen. "Haben sie eine Ahnung, was ur heißt?" Der herablassend-belehrende Ton war aus der Stimme der Bibliothekarin verschwunden. Nun mochte Brösamle sie wieder ganz gut leiden. "Weiß ich doch nicht," antwortete er. "Ich bin doch kein Bibliothekar." "Aber ein Kriminalmensch", gab sie zurück. "Sie haben mir ja ihren Ausweis gezeigt."

Nun mochte Brösamle die junge Dame noch mehr. Plötzlich bemerkte er denn auch, dass sie schöne blaue Augen und wunderbar volle Lippen hatte. Diese Beobachtungen wirkten sich allerdings keineswegs hemmend auf seine Denkfähigkeit aus. Eher im Gegenteil: Er wollte sie mit seinem kriminalistischen Talent beeindrucken. "Probieren geht über studieren", meinte er. "Öffnen sie mal alle Schubladen. Der Reihe nach."

Nun war es an Brösamle, in den Schubladen herumzukramen. Links oben – Mitte – unten. Rechts oben – Mitte – "Und jetzt weiß ich auch, was ur bedeutet." Die junge Dame schaute ihn bewundernd mit ihren großen blauen Augen an. Schon lange hatte sich Brösamle nicht mehr so voll und ganz als Hauptkerl gefühlt! "Ur heißt unten rechts."

Und nun endlich, endlich hielt er dieses Buch in der Hand, dieses Buch mit der Signatur "UFL 32 DAR".

- Kapitel 52 -

"Was ist jetzt UFL 32 DAR – komm, lass schon sehen!" Anita stand am Eingang der Bücherei und konnte ihre Neugier kaum beherrschen. Sie nahm ihn beim Arm und griff nach dem Buch. "Charles Darwin. Die Entstehung der Arten. Nicht schlecht, diesen Titel zu wählen, um darin ein Geheimnis zu verstecken. Du kennst doch dieses Buch, Theo, oder?"

Theo dachte scharf nach. Anita war ausgesprochen bildungsbeflissen. Sich eine Blöße zu geben, das konnte er sich nicht leisten. "Charles Darwin, mmh. Das ist doch der - - der mit den Affen. Der nachgewiesen hat, dass der Mensch vom Affen abstammt." Anita strahlte und schmiegte sich eng an den Kommissar. "Theo, du bist ein Schatz. Ich glaube, ich weiß auch schon, wer dieses Buch ausgewählt hat, um darin ein Geheimnis zu verstecken. Das riecht ganz nach Monika Wendland. Die hatte einen Sinn für solche schrägen Späße."

Sie habe noch einen Stapel Aufsätze zu korrigieren, hatte Anita nach dem Mittagessen verlauten lassen. Seine Anwesenheit in der Lachapelle'schen Wohnung war also vorübergehend wenig gefragt, folgerte Kommissar Theodor Brösamle messerscharf und beschloss, einen ausgedehnten Spaziergang zu unternehmen.

Ohne ein festes Ziel vor Augen schlenderte er stadteinwärts. Es war einer jener leicht schwülen Hochsommer-Nachmittage, an denen die warme Luft fest zu stehen scheint, was zu Trägheit verleitet und die Menschen zum Aufenthalt in Schwimmbädern und auf Grillplätzen einlädt. Ein Großteil der Albstädter Bürgerinnen und Bürger war offensichtlich gegen solcherlei Versuchung gefeit: Sie verbrachten die zweite Hälfte dieses wunderbaren Tags damit, Gartenzäune zu streichen, Hofeinfahrten zu fegen oder Autos zu waschen. Dass sie dies nicht mit pflichtbewusster Verbissenheit taten, sondern dass dabei wohlgelaunter Frohsinn vorherrschte, das war lediglich an der plärrenden Volksmusik zu erkennen, die allenthalben aus den Lautsprechern der Radios und Kassettenrekorder ertönte.

Und wie der Nachmittag weiter voranschritt, bequemten sich die Albstädter zu den weiteren Phasen des samstäglichen Kleinstadtrituals: zur Sportschau und zur Ganzkörper-Reinigung, sprich: zum allfälligen Wannenbad. So verstummte denn das leicht schetternde Getön der Volksmusik allmählich, auch war von den emsig pinselnden, fegenden und wischenden Menschen immer weniger zu sehen. Dafür ertönten aus den Wohnzimmern immer häufiger die aufgeregten Stimmen der Fußballreporter, und aus den Badezimmern war immer öfter munteres Brausen und Plätschern zu vernehmen.

Gerade hatten sich die ersten schwachen Gedanken an eine Rückkehr zu Anitas Wohnung in Brösamles Bewusstsein bemerkbar gemacht, da hörte er hinter sich eine leicht gedämpfte, wohl bekannte Stimme: "Ruhig bleiben, Herr Brösamle! Ruhig bleiben und weitergehen!" Brösamle schielte zurück – ein mittelgroßer Mann, um die Dreißig, mittelblondes Haar, sonst unauffällig: Es war Karl Adler. Trotz der sommerlichen Temperaturen trug er ein Jackett, in dessen Außentaschen er beide Hände vergraben hatte. In einer davon hielt er bestimmt eine klein dimensionierte Handfeuerwaffe, fuhr es dem Kommissar durch den Kopf. Das milde Glücksgefühl, das ihn gerade noch mollig umfangen hatte, bedingt durch die sommerliche Abendstimmung und – mehr noch – durch den Gedanken an Anita: Es war dahin; es war trotz der seltsam warmen Außentemperatur einem kalten, grauen Frösteln gewichen.

"Heute vormittag waren sie in der Bücherei und haben sehr lange nach einem bestimmten Buch gesucht. Als sie die Bücherei verließen, da strahlten sie wie einer, der im Lotto gewonnen hat. Ich bin sehr unzufrieden mit ihnen, Herr Brösamle. Eigentlich hätte ich erwartet, dass sie von der Bücherei direkt zum Rathaus gehen und dem Bettler mindestens ein Fünfmarkstück in den Hut werfen. Jetzt bin ich genötigt, mit ihnen zusammen zu ihrem Hotel zu gehen, um mir das Buch dort abzuholen." – "Ich wusste ja nicht, dass sie es so eilig haben", log Brösamle, "spätestens am Montag wäre ich bei dem Bettler vorbei gegangen."

Karl Adler schwieg. Und auch Brösamle sah keinen Grund zu weiterer Konversation.

Während sich die beiden schweigend auf Brösamles Pension zu bewegten, suchte sich letzterer mit dem so überraschenden wie unangenehmen Erscheinen Adlers gedanklich auseinander zu setzen. Er hat mich beschattet, musste er sich zerknirscht eingestehen, er hat mich die ganze Zeit über beschattet, und ich habe überhaupt nichts bemerkt. Er hat mich sogar beobachtet, wie ich das Buch in die Pension gebracht habe. Theodor, Theodor, sagte er zu sich, du bist ein Versager. – Kein gutes Gefühl war das, wahrhaftig nicht.

Und weil der Mensch allermeistens bemüht ist, schlechte Gefühle umgehend los zu werden, so suchte auch unser Kommissar mental nach einem Ausweg. "Eigentlich", beschwichtigte er sich, "eigentlich kann mir ja gar nichts passieren. Ich gehe rein in mein Zimmer, gebe ihm das Buch, und die Sache ist erledigt." Aber bei dieser Sehweise konnte er es als pflichtbewusster baden-württembergischer Landesbeamter des höheren Polizeidienstes nicht bewenden lassen: Hier ging es ja nicht nur um Diebstahl, sondern auch um internationale Verwicklungen, denn sonst wären da nicht so viele Leute in diesen Firmenunterlagen interessiert. Ob er wegen dieser Verwicklungen sein Leben riskieren sollte, das hielt der Kommissar nun doch für übertrieben, und wenn er dann noch an Anita dachte, erschien ihm ein solches Opfer sogar ganz gewaltig übertrieben.

Solche Gedanken schob Theodor Brösamle in seinem Hirnkasten hin und her, bis die Pension in Sichtweite kam, und als er – mit Karl Adler im Rücken – das Haus betrat, hatte er sich entschlossen, diesem Menschen zu geben, was er haben wollte. "Gebt dem Adler, was des Adlers ist", griente er in Anlehnung an ein Bibelwort leise vor sich hin, als er seine Zimmertür aufschloss.

Mit einem flüchtigen Blick registrierte der Kommissar die unvermeidliche blaue Obstschale auf dem Nachttisch, desgleichen das noch immer andauernde Fehlen der Schraube an der Vorhangstange. Aber zum obligaten Ritual fehlte ihm heute der Nerv, zumal Adler ihn jetzt in die Mündung seines Mini-Schießeisens blicken ließ. Mechanisch ging er auf das Nachttischchen zu, in dessen Schublade er einige Stunden zuvor Charles Darwins Abhandlung über die Entstehung der Arten deponiert hatte. Wie jeden Abend, wenn er seine Pension aufsuchte, waren die Vorhänge zugezogen, weshalb das Zimmer von milchigtrübem Dämmerlicht erfüllt war. Was den schießbereiten Adler offensichtlich störte. "Sie brauchen etwas mehr Licht, Herr Brösamle, damit sie das Buch schneller finden", höhnte er, ging zum Fenster, und riss mit kräftigem Schwung den Vorhang auf.

Nun überstürzten sich die Ereignisse: Der schwere Vorhangstoff fiel genau auf Adler und umhüllte dessen Kopf und Oberkörper. Auf diesen Augenblick hatte Brösamle gewartet, als Adler auf das Fenster zugegangen war. Mit kurzem Ruck ergriff er geistesgegenwärtig die gläserne Obstschale (die ihm nun plötzlich äußerst geschmackvoll vorkam), schleuderte sie auf den Agenten, und mit einem deutlich hörbaren Knacken traf sie dessen Schädel. Während Adler kraftlos zu Boden sank, öffnete der Kommissar die Schublade, nahm das Buch heraus und verließ mit hastigen Schritten das Zimmer.

Dumpf brütete der Kommissar nächsten Tags über dem Werk des britischen Philosophen. Von vorn bis hinten hatte er es durchgeblättert und dabei sorgfältig Seite für Seite beäugt, hatte gesucht nach irgendwelchen Unterstreichungen, nach irgendwelchen Kringeln, Punkten oder Strichen, die ihm einen Hinweis geben könnten auf eine geheime Botschaft. Aber nichts dergleichen. Absolut nichts. Er hatte auch schon an eine Geheimtinte gedacht. Hatte das Papier erwärmt. Hatte die Seiten gegen das Licht gehalten. Hatte einzelne Seiten angefeuchtet. Hatte sich auch verschiedene Chemikalien aus der Mittleren Apotheke geholt, um das Papier damit zu bearbeiten. Ergebnis immer gleich: Nichts.

Sinnend hielt der das ansonsten wenig augenfällige Bändchen zwischen Daumen und Zeigefinger. Er hatte mittlerweile genug geblättert und ob des vielen vergeblichen Blätterns war es ihm denkbar unsympathisch geworden. Um es deutlicher auszudrücken: Er hasste dieses Buch aus Leibeskräften. Ob sich Anita vielleicht geirrt hatte? UFL 32 DAR doch kein Buch aus der Albstädter Bibliothek? Aber was könnte es dann sonst sein? Schade, dachte er. Schade für Anita. Sie ist ja sonst immer so klug.

Bevor er es aber endgültig aufgab, diese Spur weiter zu verfolgen, da wollte er dieses Buch seiner wohlverdienten Strafe zuführen. Es musste nach allen Regeln der Scharfrichterkunst exekutiert werden. So, wie er seinerzeit nach dem Abitur seine Französischbücher exekutiert hatte, denn Französisch, das war das von ihm meist gehasste Schulfach gewesen. Er mochte die Franzosen ansonsten ja ganz gerne. Sie hatten seiner Ansicht nach nur einen einzigen Fehler: Sie sprachen diese absolut unverständliche und unverdauliche Sprache.

Ein Buch zu exekutieren, das bedeutete, es mit größtmöglicher Wucht gegen eine Wand zu schleudern. Das wollte er tun. Die Sache mit UFL 32 DAR wäre dann abgeschlossen. Anschließend würde er einen großen Spaziergang machen, der im Café Hinze enden sollte.

Weit holte er aus; mit kräftigem Schwung segelte das schmale Bändchen wandwärts. Es traf mit der oberen Kante des Buchrückens auf, verformte sich ziehharmonikamäßig und fiel zu Boden. Befriedigt hob der Kommissar das zerknautschte Druckwerk auf. Strafe muss ein. Und: Wer nicht hören will, muss fühlen. Neugierig betrachtete er den Schaden: Die Bindung war am oberen Rand aufgeplatzt. Die Blätter standen auseinander. Die Buchdeckel zeigten schräg verlaufende, zickzackartige Falten und gaben an den Knickstellen einen Teil ihres Innenlebens preis.

Um den Delinquenten noch weiter zu bestrafen, zupfte er die einzelnen Lagen der Pappe auseinander. Dabei bemerkte er, dass auf der Innenseite des hinteren Buchdeckels ein Blatt aufgeklebt war, das wohl nicht ursprünglich dorthin gehörte. Dies war so geschickt geschehen, dass er es bisher nicht bemerkt hatte. Er zupfte und zupfte, und – da fiel ein schmales Stückchen Mikrofilm heraus.

- Kapitel 53 -

"Alle Achtung, Theo, wie du das wieder mal gemacht hast! Der Kerl liegt immer noch im Koma. Jetzt schon der zweite Typ in deinem Zimmer. Sag mal, was wollte dieser Mensch eigentlich von dir? Da steckt doch irgend etwas dahinter. Kannst du dir das erklären?" Mit diesen Worten begrüßte Kommissar Stößel seinen Stuttgarter Kollegen, dessen Antwort recht einsilbig ausfiel und über ein grummelndes "Mmmmh, mmrrmmh" nicht hinaus kam.

"Hier, Post für dich, Theo." Stößel wies auf das Päckchen, das Brösamle auf seinem Schreibtisch vorfand. "Die Sachen, die dieser Hallmeyer bei sich hatte, als man ihn fand. Weit ist er ja nicht gekommen. Gerade mal bis zur nächsten Kreisstadt." Eine Armbanduhr, eine Packung Papiertaschentücher, ein Kugelschreiber, ein Geldbeutel mit DM 4,35 in Münzen und DM 260 in Scheinen, ein Schlüsselbund und ein Notizbuch. Letzteres zog natürlich die ganz besondere Aufmerksamkeit des Kriminalbeamten aus Stuttgart auf sich. Aber nach kurzem Blättern legte er es enttäuscht weg: Keine Namen und Adressen, auch keine Telefonnummern (jedenfalls nahm er solche nicht auf den ersten Blick wahr), sondern nur Zahlen – nichts als Zahlen, in langen, regelmäßig geschriebenen Kolonnen.

Uhrzeiten, wie er rasch feststellte. Wahrscheinlich die Uhrzeiten, an denen er, Brösamle, seine Pension verließ, irgendwo ankam, von dort wieder aufbrach. Das würde er sich später noch genauer ansehen.

Was seine Aufmerksamkeit in zweiter Linie fesselte, das war der Schlüsselbund. Er nahm ihn an sich, schnappte sich ein Paar Handschuhe, murmelte einen Gruß, verließ die Albstädter Polizeistation und eilte im Geschwindschritt zu dem Wohnblock, in welchem Jens Hallmeyer wohnte. Den Hausmeister wollte er dort sprechen, ihm den Schlüsselbund zeigen, denn Hausmeister wissen in aller Regel bestens Bescheid über alle Schlüssel, die zu der von ihnen betreuten Hausanlage gehören. Aber wie das eben mit Hausmeistern so zu sein pflegt: Immer, wenn man sie dringend braucht, sind sie nicht aufzutreiben. Nach langen Herumgeklingel und Herumgelaufe in dem Gebäudekomplex und darum herum fand er schließlich die Hausmeisterwohnung, dort die Hausmeisterfrau, die über ein Hausmeisterhandy verfügte und es letztendlich schaffte, ihren Gatten per Fernruf herbeizuzitieren.

Wie der Hausmeister den Schlüsselbund inspizierte, ging das Leuchten des Fachmanns über sein Gesicht – des Fachmanns, der sein Fachgebiet souverän beherrscht. "Das ist doch der Schlüssel von dem Asmussen, Sven Asmussen, sechster Stock links." Doch kaum hatte er diesen Satz zu Ende gebracht, zog er seine Stirn in misstrauische Falten. "Warum wollen sie das wissen? Und überhaupt: Woher haben sie diese Schlüssel?"

Nun war wieder mal der Griff zum Dienstausweis fällig. "Kriminalpolizei", baffte Brösamle und hielt dem verdutzten Mann das Stück Pappe ins Gesicht. Ist doch immer wieder erstaunlich, amüsierte sich der Stuttgarter Kommissar, wie so ein kleines Papierchen mit so klein wenig Text das Verhalten der Menschen von Grund auf verändern kann: Das Misstrauen des Hausmeisters wich einer geradezu hündischen Unterwürfigkeit. "Oh, Entschuldigung, Herr Kommissar! Ja wenn das so ist! Sie werden jetzt bestimmt die Wohnung sehen wollen!"

Natürlich wollte Brösamle. Und wie er sie betrat, so staunte er kaum, denn er befand sich, wie erwartet, in einer typischen Junggesellen-Wohnung: Wenig Bilder an den Wänden, mit Ausnahme einer großformatigen, großbusigen Playboy-Schönen, keine Zimmerpflanzen, mit Ausnahme eines kleinen, kümmerlichen Kaktus, ansonsten billige, nüchterne Möbel, alles zweckmäßig und für eine Junggesellen-Wohnung verhältnismäßig sauber und aufgeräumt.

Der Kommissar zog sich Handschuhe an und machte sich an Hallmeyers Schreibtisch zu schaffen. Schublade verschlossen, das Schloss aber billigste Machart und deshalb leicht zu öffnen. Immer das Gleiche, dachte Brösamle, wie er die kleinen Papierstapel in der Schublade betrachtete: Rechnungen, Garantiescheine, Kontoauszüge. Nun war es höchst interessant zu sehen, wo Hallmeyer sein Geld her bekam – oder Asmussen, wie er auf den Kontoauszügen hieß. Es hätte den Stuttgarter Kommissar gewundert, wenn der kleingewachsene Mann mit dem Salatblattohr einer geregelten Arbeit nachgegangen wäre.

Brösamle stieß auf Unterlagen von verschiedenen Banken, die sich teils in Albstadt befanden, teils aber auch im Ausland. Fluchend stopfte er sich die Bankpapiere in die Jackentaschen: Zum Kotzen.

Scheiße. Zum Henker. Wie ich das liebe, dachte er, schon wieder Büroarbeit, meine absolute Lieblings-Beschäftigung. Da hänge ich wieder ein oder zwei Tage am Telefon, und wer weiß, ob überhaupt etwas Vernünftiges dabei herauskommt.

Mehr wollte der Schreibtisch an möglichen Hinweisen nicht hergeben: nur Pressspan-Platten und an der Außenfläche Plastik-Furnier. Er schaute sich um: Da war noch ein Wohnzimmerschrank und ein Kleiderschrank, außerdem verschiedene Wandregale, spärlich bestückt mit Broschüren und Zeitschriften, dazwischen vereinzelt auch Bücher. Neugierig nahm sich Brösamle das eine oder andere Magazin vom Bord und blätterte darin herum: Fitness, Muskeltraining, Kraftmaschinen, das waren Asmussens Lieblingsthemen, dazwischen immer wieder ein Porno-Heft. Dann aber auch Taekwondo, Selbstverteidigung, Karate, Judo. Brösamle legte die meist stark bebilderten Gazetten zufrieden wieder an ihren Platz zurück - passte das alles doch so wunderbar zusammen!

Aber weiter im Text: Schränke, Besenkammer, Klo, Badezimmer, die Ecken hinter dem Sofa und die Winkel unter dem Bett. Da kamen denn auch verschiedene Utensilien zu Tage, über die sich Brösamle riesig freute: Ein Handy, ein Schlagring, eine Pistole Marke Smith & Wesson, ein Gewehr mit Zielfernrohr, ein Totschläger, mehrere Stangen Dynamit, zwei Stahlflaschen des Narkose-Gases Halothan, mehrere Ampullen Salzsäure, ein halbes Dutzend Fläschchen E 605, einige Pappschachteln mit Munition, ein extrem teures Fernglas mit Nachtsicht-Vorrichtung, ein langes und überaus scharfes Messer der Art, wie es Jäger zum Auswaiden erlegten Wildes zu benutzen pflegen. Ein Paradies für die Albstädter Spurensicherung, jubilierte er, als er die Wohnung verließ und deren Tür sorgsam abschloss.

Noch selten hatte sich im Café Hinze der speichelfördерne Duft von italienischer Küche in einem derart unwiderstehlichen Ausmaß verbreitet: Lasagne, Cannelloni, Tortellini, Spaghetti, Frutti di Mare, Ravioli, Risotto, Insalata mista, Gnocchi, von jedem etwas, ein wahres Schlemmermahl, dazu verschiedene Weinsorten, allen voran Theodor Brösamles Lieblings-Sorte Frascati, aber auch Valpolicella, Chianti, Prosecco und Spumante, daneben diverse Arten von Grappa – der Kommissar gab ein Abschiedsessen, das sich sehen lassen konnte, alles aus dem "Imperatore" für teures Geld herangekarrt, und seine beiden Freunde Hans Degenhardt und Immanuel Kantzelmann wie auch Anita Lachapelle und ihr Sohn Andy zeigten aufs Allerdeutlichste, dass sie keine Kostverächter waren.

"Eines ist mir nicht ganz klar, Theo," murmelte Degenhardt mit halbvollem Mund, "warum Du kaum mehr etwas erzählt hast von deinem Fall, seit das mit dem Abschiedsbrief von Rominger in der Zeitung kam." Der Angesprochene reagierte nicht, der Meeresfrüchte-Salat schien seine ungeteilte Aufmerksamkeit zu verlangen. Ein lauter Zuruf verfehlte die beabsichtigte Wirkung in gleicher Weise. Erst ein sanfter Tritt ans Schienbein, unter dem Tisch appliziert, brachte den Kommissar zum Sprechen.

"Das mit dem Abschiedsbrief von Rominger", ließ sich Brösamle endlich herbei, "alles Käse." Degenhardt hatte mittlerweile seinen Bissen hinuntergeschluckt; das Sprechen fiel ihm nun wesentlich leichter. "Wieso?" Abermals schien sich Brösamle nicht so leicht von seinem Meeresfrüchte-Salat ablenken zu lassen. Erst mit einem ziemlich dröhnend gejaulten "Wieso-ho" gelang es Degenhardt, seinen Freund zu einer weiteren Antwort zu bewegen.

Der Kommissar legte nun seine Gabel beiseite und schaute von seinem Teller auf. "Der Abschiedsbrief ist eine Fälschung." Nun legte auch Degenhardt Messer und Gabel beiseite; auch der klein gewachsene Philosoph, Anita und auch Andy stellten vorübergehend die Tätigkeit ihrer Kaumuskeln ein und lauschten.

"Eine Fälschung. Und bei Fälschungen, da bin ich Experte. Eine recht plumpe Fälschung obendrein, angefertigt von dem Hamburger Ex-Türsteher und Ex-Leibwächter Jens Hallmeyer alias Sven Asmussen, der damit die Tat dem kurz zuvor verstorbenen Rominger in die Schuhe schieben wollte." "Aber, aber," schaltete sich nun Kantzelmann in das Gespräch ein, "wie kam der Brief in die Hände des Notars?" "Ganz einfach. Über Romingers ungarische Haushaltshilfe. Die beiden kannten sich vom Fitness-Studio. Habe die beiden dort selbst gesehen. Hallmeyer hatte es wieder mal verstanden, die Kleine in Schrecken zu versetzen – tu, was ich sage, sonst sorge ich dafür, dass du nach Ungarn zurückgeschickt wirst. Hat mich viel Überredungskunst gekostet, bis sie endlich angefangen hat zu plaudern. Hallmeyer hat ihr auch den Ring gegeben, den ovalen, von Monika Wendland. Mir sollte sie sagen, sie habe ihn von Eberhard Rominger. Dann hat Hallmeyer ein drittes Indiz für mich zurecht gebastelt: Die abgefahrenen Autoreifen, deren Spuren man in der Nähe der Leiche fand. Ich entdeckte sie an Romingers Kleintransporter. Fast wäre ich auf seine Tricks hereingefallen. Aber zum Glück bin ich in der Werkstatt gewesen. Hallmeyer hatte den Meister zum Stillschweigen verdonnert. Dabei aber nicht an den Azubi gedacht. Der wunderte sich, dass hier alte Reifen aufgezogen werden. Und das mir dann brühwarm erzählt."

"Dann ist also Hallmeyer der Mörder von Monika Wendland?" Die Frage kam von Kantzelmann. "In der Tat sieht es auf den ersten Blick so aus, Herr Phílosoph," erhielt er als Antwort. "Hallmeyer hat ein absolut wasserdichtes Alibi. Polizeilich beglaubigt, im wahrsten Sinn des Worts. Zum Zeitpunkt des Mords saß er nämlich in einer Ausnüchterungszelle auf der Polizeistation in Hamburg-Harburg. Es muss also ganz anders gewesen sein." Vier Augenpaare hingen mit größter Wissbegier an seinen Lippen. Brösamle genoss dies und schaute triumphierend in die Runde. Er senkte den Kopf und tat so, als ließe ihn die Neugier seiner Freunde völlig kalt. Mit seiner Gabel spießte er ein Stück Ravioli auf und führte es langsam zum Mund.

"Hör mal, Theo, du benimmst dich jetzt gerade wirklich unmöglich," unterbrach Anita leicht ärgerlich die spannungsvolle Stille, "so geht man doch nicht mit seinen Freunden um. Und schon gar nicht mit mir. Auf, sag schon: Wer war es denn nun?" Brösamle sah nun ein, dass er sehr nahe daran war, den Bogen zu überspannen. Und mit Anita wollte er es sich auf gar keinen Fall verderben. Jetzt, in diesem Augenblick, schon gar nicht. "Ich selbst wäre auch nicht darauf gekommen. Ohne die Auskünfte der Banken und der Handy-Gesellschaft hätte das nicht funktioniert. Es ist wirklich verrückt: Also, passt auf: Es war die Schwedin, die Frau von Werner Holstenbach. Sie hat ein umfassendes Geständnis abgelegt."

Ein allgemeines Raunen zog über den reich gedeckten Tisch. "Aber warum," wollte nun Degenhardt wissen, "was ist das Motiv?" Der Kommissar nahm einen großen Schluck Frascati, bevor er mit seiner Erklärung begann. "Das Motiv. Ganz einfach: Eifersucht. Maßlose Eifersucht." – "Ist doch klar," fiel ihm Anita ins Wort, "stellt ihm diese Frau einen solchen Prachtschuppen hin, fast ein Schloss. Und er – was macht er? Er poussiert sich durch das ganze Städtchen hindurch, lässt nichts anbrennen. Also: Das kann doch keine Frau auf Dauer aushalten. – Aber sag, Theo, wie hat sie das angestellt?"

Theodor Brösamle genoss es, wie die von ihm angebetete Anita Lachapelle, diese hochgebildete Lehrerin, ehrfurchtsvoll an seinen Lippen hing, an den Lippen des großen, erfolgreichen Kriminalers. "Wenke Holstenbach hatte einfach die Schnauze voll. Ihr Werner hatte ja schon einmal eine Affäre mit Barbara, äh, will sagen, mit Monika Wendland gehabt. Und danach hoch und heilig versprochen, so etwas nie wieder zu tun. Als das mit Werner Holstenbach zu Ende war, widmete sich Monika diesem Langweiler, diesem Wolfgang Ruckstuhl. Hielt es aber nicht sehr lange bei ihm aus." Dass sich Monika Wendland nur an Ruckstuhl heranmachte, um an das Firmengeheimnis von Ruckstuhl und Röschle zu kommen, das verschwieg der Kommissar in dieser Runde wohlweislich. Er konnte dies auch nur erahnen. Und ebenso, dass sie Ruckstuhl wie eine heiße Kartoffel fallen ließ, so bald sie das Firmengeheimnis auf Mikrofilm gebannt hatte.

"Und nun dieser Rückfall. Da war es mit ihrer Geduld aus. Als Holstenbach mit Barbara, äh, Monika beim Italiener war, da lauerte Wenke den beiden vor Monikas Wohnung auf." An dieser Stelle spürte Brösamle das unstillbare Verlangen nach einem Schluck Frascati, den er sich auch umgehend genehmigte. Wodurch er allerdings die ganze Tischgesellschaft erneut über Gebühr auf die Folter spannte. "Und," wollte Degenhardt wissen, "wie geht es weiter?"

"Wart's ab," fuhr Brösamle fort, nachdem er sein Glas abgesetzt hatte. "Wenke Holstenbach hatte das recht schlau eingefädelt. Sie hatte dafür gesorgt, dass ihn ein ganz wichtiger Kunde auf dem Handy anrief, während ihr Gatte mit Monika Wendland im Restaurant saß, der ihn unbedingt noch am selben Abend sprechen wollte. Also musste Werner Holstenbach sein Rendezvous etwas abkürzen. Als er Barb – äh, Monika nach dem Essen beim Italiener nach Hause gebracht hatte, klingelte Wenke bei ihrer Rivalin. Die machte ihr auf, und – schwups – die Schwedin erwürgte sie. So. Das ist die Geschichte."

Kommissar Brösamle genehmigte sich einen weiteren Schluck Frascati, mit welchem er sein Glas leerte, dann widmete er sich mit voller Hingabe dem Meeresfrüchtesalat. Doch bevor er diesen vollends vertilgt hatte, meldeten sich seine beiden Freunde zu Wort. "Theo," fing Degenhardt an, "das kann doch nicht alles gewesen sein. Da gibt es noch einige offene Fragen. Erstens: Was ist mit dem Mord an Gisela Brodbeck?" – "Und zweitens," fiel Kantzelmann ein, "welche Rolle spielte dieser Hallmeyer in der Geschichte?"- "Und drittens", klinkte sich Anita ein, "was ist mit diesem Buch von Charles Darwin aus der Bücherei? Hat es dir weiter geholfen?"

Unbeirrt von diesem Frage-Schwall mampfte Brösamle an seinem Meeresfrüchte-Salat weiter. Es waren jetzt ohnehin nur noch wenige Tintenfisch-Stücke auf seinem Teller. "Langsam, langsam," ließ er sich hören, "immer der Reihe nach." Genüsslich ließ er ein Stück Tintenfisch nach dem anderen unter seinem riesigen Schnauzbart verschwinden, bis auch der letzte Rest seinen Teller verlassen hatte. Tintenfisch – das war für ihn einfach das leckerste, was die mediterrane Küche zu bieten hatte. Und das beste, die Tintenfisch-Tentakel, hatte er sich als altes Leckermaul bis zum Schluss aufbewahrt.

Der Kommissar ließ sich Zeit: Die Lippen mit der Serviette abgetupft, das Glas wieder mit seinem Lieblings-Frascati gefüllt, den Teller beiseite geschoben. "Beginnen wir mit der dritten Frage. Das ist die leichteste." Natürlich konnte er nicht erzählen, dass er im Buchdeckel einen Mikrofilm mit dem Firmengeheimnis von Ruckstuhl und Röschle gefunden hatte und dass er diesen Film umgehend dem Seniorchef zurück gebracht hatte. "Das Buch führte nicht weiter. War Fehlanzeige." Damit hatte Brösamle nicht einmal gelogen, denn das Buch gab ja tatsächlich keinen Hinweis auf den Mörder von Monika Wendland.

"Und nun zur ersten Frage. Gisela Brodbeck." Beim Aussprechen ihres Namens musste er unwillkürlich an die gemeinsam verbrachten Tage und Nächte denken. Und an den Sarg. Seine Stimme wirkte leicht zittrig, als er fortfuhr. "Da muss ich etwas weiter ausholen." Brösamle musste sich ordentlich räuspern, bis er seine Stimme wieder voll im Griff hatte. Um seine anfängliche Sprechhemmung zu überspielen, plauderte er mit einer leicht aufgesetzten Munterkeit drauf los. "Ich beginne bei dem Mord an Monika Wendland. Sie war Werner

Holstenbachs Geliebte gewesen und dann plötzlich verschwunden. Holstenbach trauerte ihr nicht lange nach und suchte sich gleich eine Neue. Und da kam ihm Gisela Brodbeck gerade recht. Natürlich hätte er eine Vermisstenanzeige aufgeben können. Aber dann wären unangenehme Fragen gekommen – warum fiel es gerade ihm auf, dass die Bibliothekarin fehlte? Warum niemand anders? Also ließ er es bleiben. Außerdem: Kein Mensch außer ihm hatte ihre Abwesenheit bemerkt – sie hatte ja Urlaub." Dass Gisela Brodbeck auf diese Gelegenheit gewartet hatte, um über Werner Holstenbach an Wolfgang Ruckstuhl und damit an das Geheimnis der Firma Ruckstuhl und Röschle heranzukommen, das verschwieg er wohlweislich.

"Nun kommt die Antwort auf Frage zwei ins Spiel. Die Frage nach Hallmeyer. Wenke Holstenbach hatte ihn engagiert, so bald die Leiche von Monika Wendland im Wald gefunden worden war. Er hatte zwei Aufgaben. Erstens sollte er ihr helfen, mögliche Spuren zu verwischen, die auf sie hinweisen könnten. Und zweitens sollte er alle Frauen von ihrem Mann fernhalten."

Wieder ein Schluck Frascati. "Hallmeyer war es – er hat Gisela Brodbeck umgebracht, dieser Mistkerl." Erneut ging ein erstauntes Raunen durch die Tischrunde. – "Die Krümel unter Giselas Fingernägeln stammen eindeutig von Hallmeyers Handschuhen." Obwohl die Erinnerung an Gisela Brodbeck eben noch seine Stimme hatte zittern lassen, gelang es dem Kommissar wenige Sätze später nicht, ein leichtes, stolzes Lächeln zu unterdrücken. "Dann sprechen auch die Eintragungen in seinem Terminkalender für ihn als Täter. ‚SA' steht da unter dem Datum des Mords. Ich löse diese Abkürzung auf als "Sonderauftrag". Und dann hat Wenke Holstenbach ja alles zugegeben."

Nun meldete sich einer zu Wort, der sich bisher aufs Zuhören beschränkt hatte: Andy. "Was ist mit dem Kopf? Mit dem Kopf von Monika Wendland? Hat man ihn mittlerweile gefunden?" Brösamle spürte, wie ihm das Blut aus dem Kopf wich, wie ihm die Luft wegblieb, wie ihm ein sachtes, aber höchst unangenehmes Gefühl der Übelkeit durchs Gedärme kroch. Das hatte ihm jetzt gerade noch gefehlt – die Vorstellung verwesender Leichenteile, das war es, was er an seinem Beruf am allermeisten hasste. Eigentlich hatte er gehofft, von diesem Detail verschont zu bleiben, er war diesem Ziel auch schon sehr nahe gekommen, denn der Fall war ja schon so gut wie abgeschlossen – und nun kam dieser Junge und bohrte mit seiner Frage ihm geradewegs in die Magengrube.

"Der Kopf – also, der Kopf - - -" so kam es gedehnt und mit belegter Stimme aus seinem Mund. Seit seiner ersten Begegnung mit dem leblosen Körper Monika Wendlands hatte er sich größte Mühe gegeben, sich die Ermordete als ein junges, bildhübsches, attraktives Frauenzimmer vorzustellen. Und jetzt dieses. "Andere Frage", warf Anita ein, der Brösamles Unpässlichkeit nicht verborgen geblieben war, "was ist jetzt eigentlich mit Werner Holstenbach?"

Dankbar schaute der Kommissar zu Anita über den Tisch hinüber und holte tief Luft. "Ja, Werner Holstenbach." Noch nie hatte er diesen Namen mit einer derart inbrünstigen Zufriedenheit ausgesprochen. "Werner Holstenbach, der. Er wird seinen Lebensstil in Zukunft wohl etwas ändern müssen. Selbstverständlich hat seine Frau ihrem Rechtsanwalt aufgetragen, in ihrem Namen alle Überweisungen aus Schweden zu stornieren. Und das repräsentative Domizil, das hatte sie ohnehin bereits bei dem Erwerb einem entfernten Verwandten in Schweden überschreiben lassen. Holstenbach hat das nie bemerkt. Wenkes Rechtsanwalt wird alles tun, um ihn aus der Villa rauszuschmeißen. Werner Holstenbach ist geliefert."

- Kapitel 55 -

Bahnhof Albstadt, Gleis eins. Kommissar Theodor Brösamle wartet auf den Zug, der ihn nach erfolgreichem Abschluss seiner Ermittlungen wieder nach Stuttgart bringen soll. Wehmütig blickt er in die Runde der Kalkfelsen, die aus den Höhenzügen herausragen, von denen Albstadt umgeben ist. Und wehmütig sieht er den Schlossfelsenturm, der von einer dieser Höhen herunterschaut.

Brösamles Freunde haben sich zum Abschied am Bahnsteig eingefunden – sein alter Kumpel und Klassenkamerad Hans Degenhardt, dessen Stammgast und Freund Immanuel Kantzelmann, genannt der Philosoph. Verlegen grinsend stehen die beiden da. Sie wissen nicht so recht, wie sie sich verhalten sollen – ob sie den harten Mann markieren sollen, dem scheidenden Gefährten die Hand schütteln, ihm auf die Schulter klopfen, ein kurz angebundenes "machs gut" murmeln – oder aber, ob sie spontan sein sollten, sich zu ihren wirklichen Gefühlen bekennen, den alten Freund herzlich umarmen, die Tränen nicht zurückhalten und ihm sagen, wie schön es doch mit ihm zusammen war.

Auch Anita Lachapelle ist zum Bahnsteig gekommen. Als Frau braucht sie ihren Gefühlen keinen Zwang anzutun; deshalb hängt sie mit tränennassen Augen am Hals des Stuttgarter Kommissars. Mitgekommen ist da außerdem noch Anitas Sohn Andy, einen Pappkarton unter den Arm geklemmt. Er würde ja dem Kommissar gerne zeigen, dass er ihn ziemlich mag, fast ein bisschen schon wie einen Vater. Aber er sieht ein, dass seine Mutter heute wesentlich näher an dem Kommissar dran ist als er es jemals sein wird.

Wie Anita ihre Wange an die seine drückt, spürt Brösamle die Feuchtigkeit ihrer Tränen auf seiner Haut und, etwas weiter unten, den Druck ihres üppigen Busens auf seinem Brustkorb. "Du kommst doch nächstes Wochenende wieder, Theo, nicht wahr?" Ich hasse Abschiede, dachte der Kommissar, besonders diesen. Ein kaum hörbares, aber durchaus bejahendes Grunzen war seine Antwort. "Damit du in Stuttgart besser an mich denken kannst, habe ich dir ein kleines Abschiedsgeschenk besorgt."

Auf einen kleinen Wink seiner Mutter reicht Andy dem Kommissar den Pappkarton. Erwartungsvoll schauen die Freunde auf Brösamle, der mit einem Geschenk nicht gerechnet hat und nun etwas zögerlich den Karton in die Hände nimmt. "Mach schon auf," lacht ihm Anita ins Gesicht. "Es wird dir bestimmt gefallen!" Theodor Brösamle tut, wie ihm geheißen, und siehe da: Wie er in die Schachtel fasst, ergreift er eine weibliche Terracotta-Figurine aus der Werkstatt des Bildhauers Albert Lacherer, eine lasziv sich räkelnde Liegende.

Das ist Liebe, denkt Brösamle, das ist wirkliche Liebe! Gerührt umarmt er Anita in heftiger Begeisterung und vergisst dabei, dass er den Karton mitsamt der Figurine noch in Händen hält. Aber Andy ist reaktionsschnell genug und bewahrt das Geschenk vor allzu früher Zerstörung. "Theo", flüstert Anita dem Kommissar ins Ohr, "ich habe auch schon für uns beide einen Tisch im "Imperatore" bestellt!"

"Mmmh", brummt Brösamle und drückt Anita noch fester. Dabei denkt er keineswegs an die Segnungen und Wonnen der italienischen Küche. Sondern an Rehbraten mit Pfifferlingen und Spätzle.

- Nachwort -

Monate später. Es ist einer jener herrlichen Frühherbst-Sonntagnachmittage, wie man sie nur auf der Westalb erleben kann. Die Wälder haben sich in berückend bunte Fleckenteppiche verwandelt, und die Sonne strahlt auf den Hochflächen von einem wolkenlosen Himmel, während in den Flusstälern oftmals trübes Nieselwetter angesagt ist.

Lind die Luft, trocken der Boden: Die Wandersleute sind von weit her gekommen, um die milde Wärme wie auch die vielfarbige Waldkulisse zu genießen – überall kann man sie in der Landschaft sehen, wie sie in Flanellhemd, Wanderschuh und Kniebundhose trüppchenweise durch die Gegend ziehen, wie sie sich an den

Aussichtspunkten am Albtrauf zusammen sammeln und ihre Ferngläser auspacken, die sie nach Westen gerichtet haben, dorthin, wo sich die Schwarzwaldhöhen mit dem Himmel treffen.

Heute ist Paul Röschle ausnahmsweise einmal nicht in zünftiger Kluft im Gelände unterwegs, weil der Wanderverein eine größere Unternehmung wegen eines Todesfalls kurzfristig abgesagt hat. Vielmehr sitzt er jetzt gerade auf seinem Balkon, ist mit sich und mit der Welt zufrieden, genießt die milde Wärme, lässt ab und an ein Schlückchen Cannstatter Zuckerle in sich hineintropfeln und blättert nebenher ein bisschen im Heimat-Teil des "Albstädter Boten". Aber er kann sich nicht auf die Lektüre konzentrieren. Sein Blick schweift über das weite Land, das sich von seinem Balkon aus auftut, nach Westen hin, auf das Eyachtal, wo die Sonne sich schon allmählich dem höchsten Punkt am Horizont nähert, dem Lochenhörnle.

Er muss daran denken, wie ihm der Stuttgarter Kommissar die Mikrofilme gebracht hatte und ihm nicht verraten wollte, wie er zu ihnen gekommen war, ihm aber bedeutete, auf seine Sachen in Zukunft besser aufzupassen. Er denkt daran, wie er die Filmstreifen auf einem alten Teller verbrannte, bis nur noch schwarze, verbogene Fitzelchen übrig waren.

Und schließlich breitet sich ein sattes Grinsen über sein angejahrtes Älblergesicht, denn er ist auf seine neueste Vorsichtsmaßnahme ausnehmend stolz. Er hatte die Patentschrift der Firma Ruckstuhl und Röschle mit Hilfe moderner Ditigaltechnik so präzise auf ein feines Büttenpapier kopiert, dass Original und Replik nicht mehr von einander zu unterscheiden waren. In der Kopie hatte er jedoch zuvor noch einige entscheidende Parameter abgeändert. Versteckt und unauffällig. Nicht einmal ein Fachmann würde das so schnell bemerken. Um aber selbst die beiden Schriften auseinander halten zu können, hatte er hinter die Patent-Nummer auf der Replik einen kleinen feinen Punkt gesetzt.

Für das Original hatte er sich ein besonderes Versteck ausgedacht. Hatte er doch auf dem Dachboden noch einige der Heftchen aus seiner Jugendzeit gefunden, diejenige Sorte von Heftchen, die damals nur unter dem Ladentisch gehandelt wurden, weil darin übermäßig geschminkte Damen ihre dicken Brüste zeigten. Zwischen diese Heftchen hatte er die Original-Patentschrift gelegt. Jedem Spion würden bei seiner Suche nach der Patentschrift irgendwann einmal diese Heftchen in die Hände fallen. Er würde milde lächelnd den Kopf schütteln, die Heftchen beiseite legen und wo anders weiter suchen.

Mittlerweile hat sich die Sonne im Westen noch weiter dem Lochenhörnle genähert. Paul Röschle beschließt, den Balkon zu verlassen, bevor es kühl wird. Wenn er zuvor noch einem Blick in die Zeitung geworfen hätte, dann hätte er folgende kleine Mitteilung lesen können: "Schädel gefunden. Wie die Polizei erst jetzt mitteilte, wurde vor drei Wochen in den Wäldern um Albstadt ein Schädel gefunden. Eine DNA-Analyse ergab, dass es sich um den Kopf der im Frühjahr ermordeten Bibliothekarin Monika Wendland handelt (wir berichteten)."

Und selbst wenn er es gelesen hätte, es hätte ihn in diesem Augenblick überhaupt nicht interessiert.

■ ***Ölschieferwerk Frommern. Industriereportage (1947). Hg. v. Schwäbischen Kulturarchiv des Schwäbischen Albvereins.***

Nach dem Zweiten Weltkrieg betrieb man unter französischer Besatzung ein einst von den Nationalsozialisten errichtetes Ölschieferwerk, um den enormen Treibstoffbedarf für den Wiederaufbau zu decken. Wegen mangelhafter Rentabilität wurde das Werk jedoch schon bald danach wieder demontiert. Zurück blieb eine zerklüftete Kraterlandschaft, fotografische Dokumente waren bislang Mangelware. Im Archiv einer süddeutschen Presseagentur wurde nun jedoch eine ganze Fotoreportage entdeckt, die man einst anonym aufgenommen hatte. Ein aufsehenerregender Fund! Aufsätze kompetenter Autoren erhellen in dem großformatigen Bildband die Hintergründe. Die aufwändig produzierte Fotoreportage ist vollständig abgebildet: jedes der Bilder für sich eine ästhetische Inszenierung der Schnittstelle zwischen Natur, menschlicher Arbeitskraft und Maschine.

Albstadt: SP-Verlag 2002 / ISBN 3-9807873-1-1
Bildband, 88 Seiten / unverb. Preisempfehlung: € 23,80

■ ***Orlik, Roger: Lennart Bernadotte – »Der König vom Bodensee«.***

Kein Zweifel: Die Lebensgeschichte von »Mainau-Graf« Lennart Bernadotte hat die Kraft, ganz zu vereinnahmen. In seiner turbulenten Jugend am Schwedischen Königshof kehrte er ganz bewusst seiner königlichen Lebenswelt den Rücken und tat damit einen unwiderruflichen Schritt in Richtung Freiheit, aber auch Richtung Unsicherheit... Der Autor Roger Orlik zeichnet mit diesem Band ein lebensnahes Porträt eines ›eigensinnigen‹ Prinzen und ermöglicht dem Leser einen faszinierenden Blick hinter die Kulissen der europäischen Königshäuser. Mit einem Vorwort des Bundespräsidenten a. D. Roman Herzog.

Albstadt: SP-Verlag 2002 / ISBN 3-9807873-2-X
Bildband, 200 Seiten / unverb. Preisempfehlung: € 25,--